정치인

정치인

결정하는 인간

정진영 장편소설

안나푸르나

차례

1. 떡국   007

2. 동상이몽   039

3. 연(緣)   077

4. 벽   107

5. 섬 안의 섬   139

6. 재시동   179

7. 반격   201

8. 축제   221

작가의 말   265

용어 해설   267

1. 떡국

동전은
던져졌다

"늦어지겠네."

　아이스아메리카노 두 잔을 주문한 고객이 배달 앱에 주소를 잘못 입력한 바람에 배달이 예상 시간보다 꽤 늦어졌다. 내 오랜 아르바이트와 비정규직 경험에 따르면, 자신의 실수를 곱게 인정하는 고객은 멸종위기종인 벵골호랑이만큼 희귀하다. 정도의 차이는 있지만, 고객은 기본적으로 '손님이 왕'이라는 자세를 갖고 있다. 액수와 관계없이 지갑을 연 이상, 자신이 실수했느냐 여부는 중요하지 않다고 생각하니까.

　이미 몇 차례 독촉 전화를 받은 터라 배달장소인 고급 중국집으로 들어가는 발걸음이 편치 않았다. 점심 시간대가 지난 중식당 홀은 화려하면서도 썰렁했다. 카운터에 앉아 있던 직원이 나를 권태로운 표정으로 바라보았다. 출입문 근처에서 서성이던 30대 중반의 남자가 다가와 빼앗듯 커피를 챙기며 짜증을 냈다.

"얼음 다 녹았잖아. 왜 이렇게 배달이 늦어요?"

예상을 벗어나지 않는 남자의 반응 앞에서 내 목소리는 침착해졌다.

"주문할 때 주소를 잘못 입력하지 않았습니까. 엉뚱한 곳에 들렀다 오느라 배달이 늦어졌습니다."

남자는 두 눈을 크게 치켜뜨며 시비조로 내 눈앞에 커피를 들어 보였다.

"잘못 입력하긴 뭘 잘못 입력해? 내 책임이란 거야?"

"주문 내용 확인시켜드릴까요?"

"아, 됐어!"

이제 남자는 계산대 직원을 쏘아봤다.

"주소 제대로 알려준 거 맞아요?"

직원은 떨떠름한 표정으로 계산대에 놓인 명함꽂이에서 명함 한 장을 뽑아 남자에게 건넸다.

"아까 드린 이 명함에 적힌 주소로 주문하셨다면요."

명함을 확인하며 일그러지는 남자의 표정을 통해 책임 소재가 분명해졌다. 나는 그에게 추가배달비 3천 원을 요구했다. 어처구니없다는 듯 눈을 흘겼다.

"뭐? 추가배달비?"

"주문자가 실수로 주소를 잘못 입력하면 추가로 배달비를 지불하셔야 합니다."

"배달도 늦게 한 주제에 추가배달비까지 챙기시겠다?"

"다시 한번 말씀드리지만, 배달이 늦어진 건 고객님의 과실입니다."

홀 안쪽 방에서 노인이 걸어 나왔다. 얼핏 봐도 철 지난 낡은 양복을 입은 그는 몹시 불만스러운 표정이었다. 낯익은 중년 남자가 굳은 얼굴로 노인의 뒤를 따랐다. 이 동네를 지역구로 둔 자유당 재선 국회의원 김화균이었다. 낮술을 과하게 마셨는지 낯빛이 몹시 붉었다. 노인이 그의 배웅을 거절하고 식당 밖으로 빠져나갔다. 곧 길바닥에 침 뱉는 소리가 들렸다. 김화균이 커피를 주문한 남자의 정강이를 발로 세게 차며 흥분했다.

"너는 인마! 수행비서란 놈이 커피 심부름 하나 제대로 못하냐? 저 냥반이 움직이는 조직표가 몇 장인지 몰라!"

수행비서였어? 식당에서 비서의 조인트를 까는 의원이라는 놈이나, 배달부에게 갑질하는 놈이나 오십보백보였다. 비서는 정강이를 문지르다 말고 자세를 바로잡으며 김화균에게 90도로 고개를 숙였다.

"후원회장님께서 원하신 브랜드 커피는 이 근처에 없어서…… 죄송합니다! 제가 직접 사 왔어야 했는데 생각이 짧았습니다!"

나는 혀를 차며 둘 사이에 끼어들어 추가배달비를 요구했다. 비서의 얼굴이 일그러졌다. 김화균이 술에 취해 살짝 풀린 눈으로 나를 빤히 바라보다 비서에게 물었다.

"지금 이게 무슨 상황이지? 야마만 짧게 설명해."

"그게……. 이 사람이 늦게 커피를 배달해서."

나는 그 말을 무시하고 재차 3천 원을 요구했다. 김화균은 지갑에서 5만 원권 두어 장을 꺼내 비서에게 건넸다.

"몽땅 동전으로 바꿔 와."

"저, 전부요?"

김화균의 호통이 날아들었다.

"당장 동전으로 바꿔 오라고 새끼야!"

비서는 부리나케 계산대로 달려가 직원에게 지폐를 건넸다. 카드결제기 옆에 놓인 아크릴 동전 기부 상자를 들고 왔다. 김화균은 상자를 빼앗아 내 앞에 내던졌다. 상자가 박살 나면서 수많은 동전이 바닥에 산산이 흩어졌다. 거만하게 턱으로 동전들을 가리키며 말했다.

"가져가고 싶은 만큼 가져가."

지난 총선 때 이 '씹템버'에게 표를 주지 않은 게 천만다행이었다. 갑작스레 벌어진 황당한 상황 앞에서 내 마음은 오히려 차갑게 가라앉았다.

"후회하실 텐데요."

"뭐 인마?"

대꾸 없이 바닥에서 3천 원어치 동전을 집어 들었다. 김화균이 빨대로 커피를 빨아 마시는 소리가 귓가에 거슬렸다. 식당 밖으로 나와 헬멧 오른쪽에 장착된 액션캠이 제대로 작동하고 있는지 확인한 후 다시 안으로 들어갔다. 바닥에 흩어진 동전을 줍고 있던 비서가 움직임을 멈췄다. 저만치 의자에 앉아 커피를 마시던 김화균이 나를 보고 눈을 치켜떴다. 그 앞자리에 털썩 앉았다.

"저 아세요?"

"내가 널 어떻게 알아?"

나는 테이블을 두 손으로 힘껏 치며 소리쳤다.

"그런데 어딜 감히 처음 보는 지역구 주민에게 함부로 반말에 갑질이야!"

놀라서 어안이 벙벙해진 김화균은 말을 더듬었다.

"뭐, 뭐야 너!"

"너? 지금 지역구 유권자한테 너라고 그랬냐?"

오른손 검지로 액션캠을 툭툭 쳤다. 비서가 화들짝 놀랐다.
 "아까 당신이 내게 했던 짓! 여기 다 찍혔어."
 씩 웃으며 김화균에게 다가가 속삭였다.
 "당신 지금 좆됐다고. 아직 상황 파악 안 돼?"
 주머니에서 동전을 꺼내 김화균 앞에 펼쳐놓았다.
 "당장 천 원짜리로 바꿔 와."
 비서가 다급히 지갑에서 1천 원권 지폐 석 장을 꺼내 동전 옆에 놓았다.
 "아이고 선생님! 여기 있습니다."
 그를 향해 피식, 웃었다.
 "난 당신 가르친 적 없는데, 왜 내가 당신 선생님이지?"
 두 손을 내저으며 비서를 밀어내고 김화균에게 다시 소리쳤다.
 "당장 바꿔 와!"
 김화균은 붉으락푸르락하면서 비서만 멀뚱멀뚱 바라보았다. 나는 약 올리듯 그에게 물었다.
 "황당하쥬? 화나쥬? 그런데 아까 저한테 왜 그러셨어유?"
 테이블 위에 놓인 지폐 석 장을 주머니에 집어넣었다.
 "사람 함부로 대하지 맙시다. 언제 어디서 어떻게 다시 만날지 모르는데 겁나지 않습니까?"
 밖으로 나와 오토바이에 오르려 할 때 비서가 뛰어나와 앞을 가로막았다.
 "선생님! 정말 죄송합니다!"
 "난 그쪽 가르친 적 없다니까. 그러게 왜 죄송할 짓을 해요?"
 "저희 의원님이 많이 취하셔서."
 "취하지도 않은 그쪽은 제게 왜 그러셨어요?"

비서는 당장 무릎이라도 꿇을 자세로 애원하기 시작했다.

"영상 공개되면……. 죽을죄를 지었습니다! 사람 하나 살리는 셈 치고 그냥 넘어가 주시면 안 됩니까? 제가 어떻게든 보상해드리겠습니다."

조금 전과 180도 달라진 태도가 짜증을 불러일으켰다.

"보상은 필요 없고요. 그냥 넘어갈 테니까 들어가서 취하신 분이나 제대로 모셔요."

"저, 죄송하지만 영상 지워주시는 걸 확인할 수 있을까요?"

물에 빠진 사람 구해주니 보따리 내놓으라는 꼴이었다. 나는 액션캠에서 메모리를 빼 비서의 눈앞에서 흔들었다.

"여기에 담긴 영상을 지워달라고요?"

비서는 갑자기 내 손에서 메모리를 빼앗아 냅다 도망쳤다. 멀어지는 그의 뒷모습이 우스꽝스러웠다. 주머니에서 핸드폰을 꺼냈다. 다행히 액션캠과 연동된 핸드폰에도 영상이 함께 저장돼 있었다.

"죽을죄를 지었으면 죽는 게 인과응보이지."

매일한국 서희철 기자에게 동영상을 보냈다. 그리고 10초 후 메시지를 남겼다.

기삿거리 하나 보낼게. 꽤 쓸 만할 거야.

"매일한국이 아니라 엉뚱한 곳에 실렸네."

사건의 전말은 매일한국이 아닌 다른 언론사를 통해 온라인으로 짧게 보도되었다. 그마저도 불과 몇 시간 만에 흔적도 없이 사라졌다. 서희철은 전화를 걸어 너스레를 떨었다.

"형님, 내가 치맥 쏠게요. 자세한 건 만나서 이야기하죠."

합정역 인근 치킨집에 도착하자마자 맥주 500cc를 한입에 비우고 그에게 따졌다.

"내 제보 기사, 왜 내려간 거야?"

"김화균 말이죠. 꼴 보기 싫지만, 우리 회사 선배예요. 매일한국에선 쓰고 싶어도 못 써요. 선배들이 막아서. 그래서 다른 공장에 토스했어요."

"그건 나도 아니까 그렇다 쳐, 매일한국에서 쓰지도 않았으면서, 큼직하게 나간 기사라면 이해라도 하겠어, 그런데 김화균 그 인간을 익명으로 처리하고 영상도 첨부하지 않은 작은 기사였잖아? 도대체 이유가 뭐야?"

서희철은 내 눈을 피한 채 맥주를 홀짝였다. 나는 질문을 멈추지 않았다.

"그 기사까지도 윗선에서 막힌 거야? 다른 신문사인데도?"

그는 한숨을 푹 쉬며 씁쓸하게 말했다.

"형님도 이제 반은 기자시네. 김화균이 직접 나서서 여기저기 전화를 돌린 모양이더라고요. 기자 생활 오래 한 양반이잖아요. 짬밥 무시 못 해요. 이 바닥이 좁기도 하고요."

"아! 이 씹템버!"

"예전부터 궁금했는데, 그 씹템버라는 국적 불명의 단어는 뭐예요? 욕이에요?"

공익근무요원으로 복무했던 20대 초반, 근무지인 동네 주민센터에 조폭 출신인 선임이 있었다. 그는 나를 보면 늘 씹템버라 불렀다. 9월에 자신의 후임으로 들어왔다는 게 이유였다. 9월을 의미하는 영어 단어 '셉템버(September)'를 찰지게 변형한 욕에 선임의

걸쭉한 입심이 더해지니 왠지 듣기 싫지 않았다. 그 후로 내 입에도 그 욕이 붙어버리고 말았다. 썹템버의 어이없는 기원을 들은 서희철은 피식 웃었다.

"씨방새, 씹탱구리보다는 귀엽네요."
"겨울에 들어왔으면 씨베리아였으려나?"
"그나저나 세고나 활동 접으셨어요? 세고나 회원이 대표님의 근황을 왜 제게 묻습니까?"

나는 신경질적으로 잔에 남은 맥주를 한입에 비웠다.
"대표님이란 말 좀 하지 마. 집회에 안 나간 지 꽤 됐어."
"왜요?"
"다 꼴도 보기 싫어. 생각하면 할수록 쪽팔려서."

두 달 전, 나는 임대차 보호 운동단체 '세입자 고민 없는 나라'(세고나) 회원들과 함께 마포 연남동의 한 호프집에서 벌어지는 강제집행을 막고 있었다. 회원 모두 강제집행에 동원된 용역들과 격렬하게 대치한 터라 지친 기색이 역력했다. 대치가 잠시 멈췄을 때, 회원 한 명이 라면 상자를 들고 가게로 들어왔다. 마치 보물이라도 발견한 듯 흥분한 그에게 힘없이 물었다.

"그건 뭐예요?"
"저기 바깥 사거리에서 탑차 하나가 커브 돌다가 물건이 쏟아진 모양이야. 거기서 하나 챙겨왔지. 정 대표도 나가서 하나 챙겨와."
"네? 그거 주인 있는 물건입니다! 가져오면 범죄예요!"

그는 범죄라는 말에 발끈했다.
"아니, 정 대표는 무슨 말을 그리 살벌하게 해?"

"길에 떨어진 물건에도 다 주인이 있어요. 그냥 주워 오면 점유이탈물횡령죄라고요!"

"이 친구 진짜 답답하네!"

상자를 바닥에 내려놓고 손가락으로 바깥을 가리켰다.

"저기 봐! 다들 하나씩 가져가느라 정신없잖아!"

라면 상자를 든 사람 여럿이 도망치는 걸음으로 호프집 앞을 지나가는 모습이 보였다. 다른 회원이 천천히 일어나며 내 눈치를 살폈다.

"다 같이 챙길 때 안 챙기면 바보지. 안 그래?"

그 말에 하나둘 내 눈치를 보며 슬금슬금 밖으로 빠져나갔다. 그 틈을 타 용역들이 호프집을 급습했다. 나는 홀로 맞섰지만 역부족이었다. 길었던 대치의 허무한 마지막이었다.

"자업자득이야. 얼마 남아있지도 않던 인류애가 싹 사라지더라."

서희철은 진동벨을 눌러 맥주를 추가 주문하며 쓴웃음을 지었다.

"뭘 또 거창하게 인류애까지."

"더 황당한 건 뭔지 알아? 그게 사고가 아니었다는 거야. 용역 새끼들이 일부러 상황을 연출해 세고니 회원들을 꾀어낸 거였어."

서희철은 깜짝 놀라 맥주잔을 탁, 내려놓았다.

"정말요?"

그것은 후에 알게 된 사실이었다. 일부 철거 용역이 강제집행 현장 근처에 탑차를 세우고 라면 상자나 음료수 박스를 길 위에 뿌려 사고로 위장하는 전략을 쓰고 있었다. 전략이 먹혀들어 철거에 성공하면 좋고, 실패해도 큰 손해를 입지 않으니 철거 용역에겐 남는 장사였다.
"그놈들은 다 꿰뚫어 본 거야. 우리가 고작 그것밖에 안 되는 부류라는 걸. 난 더는 안 해. 아니! 못 해!"
"……."
그날 집으로 돌아와 악몽을 꾸었다. 내가 운영했던 분식집에 갑자기 철거 용역들이 들이닥쳤다.
"하나도 남기지 말고 사그리 부숴버려!"
용역들은 분식집 안에 있는 집기들을 닥치는 대로 부쉈고, 세고나 회원들의 다급한 외침이 커졌다가 줄어들었다. 천장에선 수명을 다한 형광등이 깜빡였고, 용역이 집기를 부수는 소리가 이명과 뒤섞여 울렸다. 살수차가 쏟아낸 거센 물줄기를 맞은 간판이 바닥으로 떨어져 박살 나면서 굉음을 냈다.
용역 몇 명이 소화기를 들고 뛰어 들어와 일제히 핀을 뽑았다. 순간 주위가 고요해지고 핀을 뽑는 금속성이 날카롭게 울려 퍼졌다. 그들을 막으려는 나를 향해 소화기 분말이 쏟아졌다. 흰 분말이 시야를 하얗게 덮었다. 바닥에 쓰러져 격렬하게 기침을 뱉어내는 나를 비웃는 소리가 점점 커졌다.
악몽에서 깨어나 눈을 떴을 때, 실제로 소화기 분말을 뒤집어 쓴 듯한 이물감과 불쾌감에 몸을 떨었다. 잊을만 하면 약 올리듯 4년 전에 겪은 참담한 순간이 꿈으로 되살아나 나를 괴롭혔다.
"썹템버!"
눈을 비비고 주위를 살폈다. 손바닥만 한 창문을 뚫고 들어온 가느다란 햇살이 방바닥에 길게 늘어져 있었다. 핸드폰을 켰다. 오전 8시 31분이었다. 더러운 꿈자리를 탓하며 다시 몸을 눕히려 할 때 전화벨이 울렸다. 저장되지 않은 번호였다. 얼결에 퉁명스럽게 전화를 받았다.

"여보세요. 네. 정치인 맞습니다. 어디라고요?"

**인생은 나에게
술 한잔
사주지 않았다**

연남동 기사식당에서 청국장과 두루치기를 사이에 두고 마주 앉은 서희철은 피식 웃음을 터뜨렸다. 소주병을 따며 어깨를 들썩였다.
"형님, 아니 영감님. 하루 사이에 이게 뭔 일이래요?"
나는 잔을 받으며 진저리쳤다.
"아, 무슨 영감님이야! 징그럽게!"
"의원 자리에 잘 있던 사람이 돌연사하질 않나, 그 자리를 이어받은 사람은 아내 병간호한다고 사퇴하질 않나, 다음 순번 후보자는 성추행 사건이 드러나 탈당하질 않나. 이건 무슨 드라마도 아니고. 온 우주의 기운이 다 형님께 모였네, 안 그래요?"
그의 잔을 채우며 헛웃음을 터뜨렸다.
"난들 알았겠냐? 자고 일어났더니 정말 정치인이 되어버렸을 줄."
"아무튼 축하해요, 형님. 아니, 의원님."
아침에 느닷없이 걸려온 전화는 내가 행복당 비례대표 의석을 승계했다는 연락이었다. 행복당은 3년 전 국회의원 총선거가 치러질 때 세고나 대표로 활동 중이던 나를 비례대표 후보로 영입했다. 그 전에, 홍대 앞과 신사동 가로수길 등을 중심으로 이뤄진 상권 활성화는 임대료 폭등이라는 부작용을 불러왔다. 젠트리피케이션의 시작이었다. 상권을 키운 주역인 자영업자들 상당수가 임대료 폭등을 이기지 못하고 망원동, 상수동, 연남동 등 주변부로 밀려났다. 시간이 지남에 따라 주변부 또한 새로운 핫플레이스로 떠오르며 임대료가 폭등했다. 여기에 투기 자본까지 몰려들면서 상가 건물을 시세보다 비싸게 사들여 임차인에게 지나친 임대료 인상을 요구하고, 그 요구를 받아들이지 않으면 명도소송으로 쫓아내는 악순환이 반복됐다.

여러 곳에서 젠트리피케이션이 사회적 문제로 불거지자 행복당은 정부의 임차인 권리 보호 정책이 부실하다며 공격의 고삐를 당겼다. 총선에 출마시킬 인물을 영입하는 데 혈안이 된 행복당의 레이더에 공교롭게 내가 걸려들었다. 하지만 비례대표 당선권에서 아주 멀었기에 금배지를 달 거라는 기대는 애당초 없었다. 그런데 앞선 순번 후보자들의 연이은 사건과 낙마가 나를 새로운 세계로 밀어 넣고 있었다.

핸드폰에서 쉴 새 없이 진동이 울렸다. 서희철은 턱으로 내 핸드폰을 가리켰다.

"왜 전화를 받지 않는 거예요?"

나는 씁쓸하게 웃었다.

"금뺏지가 대단하긴 대단한가 보네. 생전 연락 한번 하지 않던 인간들이 죄다 나를 찾고 있어. 그 전화를 받아야 하나!"

서희철은 빙긋 웃으며 잔을 들었다.

"여하튼 이름대로 살아볼 좋은 기회잖아요. 3년 전에 행복당의 비례대표 제안을 받아들였던 이유를 생각해보세요."

아무런 재주도 없이 고교 중퇴 학력으로 살아가면서 사람대접 받기는 쉽지 않았다. 왜 가방끈이 짧은지 그 이유를 묻는 사람은 거의 없었다. 고교 중퇴라는 이력은 내게 늘 주홍글씨였다. 심지어 군대도 학력 미달이란 이유로 나를 거부했다. 주민센터에서 공익근무요원으로 일하며 검정고시로 고졸 학력을 취득했으나 취업 시장에선 있으나 마나 한 스펙이었다. 배달부, 건설 현장 일용직, 중소기업 생산직 등 다양한 직종의 비정규직을 전전하는 나날이 10년 이상 이어졌다. 다스릴 치(治)와 어질 인(仁)이라는 좋은 뜻을 가진 이름은 하필 정 씨라는 성 때문에 어디서든 늘 놀림감이었다. 세상을 떠나기 전에 내 이름을 미리 지었다는 할아버지를 원망하지 않을 수 없었다.

몇 년 동안 신림동 고시촌에서 아르바이트와 사법시험 준비를 병행하며 고시생 노릇을 했던 시절도 있었다. 이왕 거창한 이름을 가졌으니 거창하게 살아보고 싶어서였다. 고졸 출신이 사법시험에 합격해 정치인이 되고 대통령이 되는 모습을 보고 '나도 할 수 있다'는 용기를 얻었다. 그러나 용기만으로 안 되는 일이 있음을 합격자 명단과 성적표로 확인하며 뼈저리게 느꼈다.

결국에는 공부를 더 하고 싶어도 못하는 지경에 이르렀다. 사법시험이 폐지되고 로스쿨 제도가 도입돼 고졸 학력으로 법조인이 되는 길은 완전히 막히고 말았다. 개천용이 되겠다는 꿈은 결국 꿈으로 끝났다.

아르바이트와 비정규직만 전전하다가 나이만 먹은 나를 받아

줄 번듯한 직장은 없었다. 내 장사를 하면 적어도 지금보다 더 사람 대접받을 수 있지 않을까, 지금까지 악착같이 모은 밑천에 대출을 끼면 작은 가게라도 하나 열 수 있지 않을까? 고시촌 반지하 원룸에 누워 새로운 인생의 미래를 그려 보기 시작했다.

머릿속에 떠오른 사업 아이템은 물떡이었다. 동대문에 있는 닭칼국숫집에서 아르바이트로 꽤 오래 일했던 시절이 있었다. 겨자와 고춧가루로 깔끔하면서도 톡 쏘는 매운맛을 내고 질 좋은 간장으로 깊은 감칠맛을 더한 양념장, 육수에 익은 떡볶이 사리를 건져 그 양념장에 찍어 먹으면 맛이 기가 막혔다. 내 입맛에는 닭고기와 칼국수보다 더 좋았다. 분식집을 열어 그때 먹은 물떡을 주력 메뉴로 팔면 승산이 있을 듯했다.

전국에 맛집으로 소문난 분식집 곳곳을 돌아다니며 구체적인 사업 계획을 세워나갔다. 맛집 상당수가 결코 좋은 목이라 할 수 없는 곳에서 영업 중이었다. 넉넉하지 않은 밑천이 마음에 걸렸으나 맛만 확실하다면 목이 좋지 않아도 해볼 만하다는 계산이 섰다. 부산에서 물떡이라 불리는 먹거리를 발견했을 때 잠시 긴장했었다. 하지만 가래떡을 꼬치에 꽂아 오뎅 국물에 불린 형태여서 내 아이템과는 달랐다.

부산의 그 물떡에서 아이디어를 얻어 원가 절감을 위해 닭육수 대신 치킨 스톡을 쉬은 오뎅 국물로 떡을 불려보기로 했다. 숱한 시행착오 끝에 동대문 닭칼국숫집에서 먹었던 양념장과 비슷한 맛을 내는 양념장을 만드는 데 성공했다. 치킨 스톡을 섞은 오뎅 국물로 불린 밀 떡볶이 사리는 닭육수로 불린 맛 못지않았다.

문제는 분식집 자리를 구하는 일이었다. 서울 이곳저곳에서 발품을 팔아가며 유동 인구가 많은 지역에서 사각지대를 뒤졌다.

맛이 좋다는 소문만 난다면, 사각지대로 사람들을 끌어올 수 있다는 근거 없는 자신감이 있었다. 발바닥에 물집이 잡히도록 서울 곳곳을 뒤진 끝에 후암동에서 발걸음을 멈췄다. 1층이 오랫동안 비어있는 허름한 상가건물을 발견한 것이었다. 그러나 동네 주민 한 명은 걱정스레 귀띔해주었다.

"여그서 장사혀서 1년 이상 버틴 사람 없시요."

보증금 3천만 원에 월세 70만 원. 주변에 딱히 상권이 형성돼 있지 않은 터라 임대료와 보증금이 다른 지역보다 저렴했다. 오랫동안 비어있던 공간이어서 권리금도 없었다. 20평 남짓 크기인 공간은 혼자 관리하기에도 충분해 보였다. 그렇게 간판을 내걸었다. 내 이름 '치인'을 빠르게 발음하면 친할 친(親)이 된다는 아이디어를 간판에 보탰다.

친친분식

개업하는 그날부터 가게에서 먹고 자면서 장사에 매달렸다. 맛이 확실하다면 목이 좋지 않아도 해볼 만하다는 예상은 다행히 적중했다. 1년도 지나지 않아 내 가게는 온라인에서 맛집으로 이름이 알려졌다. 사람들이 늘어나면서 주변 골목도 활기가 돌기 시작했다. 홀 주문뿐 아니라 포장 주문도 급증해 3년 만에 대출을 청산할 수 있었다. 이제야 비로소 내 인생의 어둠이 끝나고, 장밋빛 미래가 펼쳐지는 듯했다. 하지만 인생은 나에게 술 한잔 사주지 않았다.

후암동 일대는 서울의 중심에 있으면서도 낙후된 지역이었다. 오래된 집들이 다닥다닥 붙어있는 좁고 한적한 골목을 걷다 보면, 여기가 정말 서울의 중심이 맞는지 의구심이 들었다. 그 무렵 이태원의 경리단길 일대가 전국적인 핫플레이스로 떠오르면서 옆 동네인 해방촌도 들썩였다. 오래된 집들이 루프톱 카페로 변신해 수많은 사람을 끌어들였다. 물이 높은 곳에서 아래로 흐르듯 해방촌에 형성된 상권은 자연스레 언덕을 따라 후암동으로 흘러 내려왔다.

    동네 주민을 상대로 장사하는 작은 동네에 사람들이 몰리자 상가 건물주들은 기다렸다는 듯 임대료를 올렸다. 색깔 있던 가게의 간판이 빠르게 유명 프랜차이즈 간판으로 바뀌었다. 분식집 건물주가 바뀌면서 내게도 위기가 닥쳤다. 옆 가게 사장이 그 위기를 일러주었다.

    "그 소식 들었소? 새 건물주가 아이돌 출신 유명 배우라 합디다."

    그는 건물 관리 전부를 한 법무법인 소속 파트너 변호사에게 위임했다. 변호사는 사무장을 통해 간단히 통보했다.

    "보증금은 1억 2천만 원으로 올리고, 월세는 280만 원으로 올립니다."

    한꺼번에 네 배를 올린다는 통보였다. 내가 과도한 인상이라 항의하자, 그는 월세를 받는 계좌를 감췄다. 3개월 이상 월세를 내지 않으면 임대차계약을 해지할 수 있다는 법을 악용한 것이다. 내가 변제공탁[1]으로 맞서자 곧바로 명도소송 제기가 이어졌다. 법은 내 편이 아니었다. 계약갱신요구권 보장 기간인 5년 이상 가게를 운영한 나와 재계약할 의무가 없다는 변호사의 주장이 받아들여졌기 때문이다. 짧게나마 법을 공부했던 나는, 머리로는 법의 논리를 이해했지만 가슴으로는 현실을 받아들일 수 없었다.

    내 전부를 쏟아부어 일군 가게를 무력하게 내줄 수밖에 없는 처지가 되었다는 게 너무 억울했다. 아무도 찾지 않던 빈 가게를 맛집으로 바꿔 건물 가치를 높인 사람은 나였지만 그로 인한 이익은 고스란히 건물주에게 돌아갈 판이었다. 나를 가게에서 내쫓으려는 강제집행이 곧 시작됐다. 나는 둘 중 하나를 선택해야 했다. 보증금만 돌려받고 물러나거나, 아니면 끝까지 버텨보거나. 내 선택은 후자였다.

 나는 개점휴업 상태로 버티며 강제집행에 맞섰다. 여러 단골손님이 SNS로 이 소식을 퍼뜨리고, 건물주가 유명 배우라는 사실이 알려지면서 내 가게는 젠트리피케이션 이슈의 중심으로 떠올랐다. 고군분투하는 내 사정이 세상에 알려지자 세고나가 손을 내밀었다. 그들과 함께 강제집행을 막기 위해 가게 앞에 바리케이드를 설치했다. 조폭을 방불케 하는 용역업체 직원들과 바리케이드를 사이에 두고 치열한 공방이 벌어졌다.

 "참 이상한 일이네."

 공방전이 펼쳐지면서 여러 이상한 정황을 포착했다.

 "뭐가 이상해요?"

 "여기 분식집 건물주를 포함해서, 이 일대에서 강제집행이 벌어진 가게의 건물주 모두가 내게 명도소송을 건 변호사의 고객이야."

 강제집행은 늘 법원 퇴직 공무원 출신인 특정 집행관을 통해 이뤄졌다. 여기에 한 용역업체가 이들과 한몸처럼 움직였다. 이들이 개입한 강제집행은 법에 따른 공무 행위인데도 지나치게 사적인 이해관계로 엮여있다는 인상을 받았다.

 강제집행으로 가게를 잃은 나는 세고나 활동에 주력하며 상가임대차 보호를 위한 입법에 관심을 두게 됐다. 그나마 민생 문제에 조금이라도 눈길을 주는 여러 국회의원에게 이 같은 일의 반복을 막으려면 법과 제도의 개선이 시급하다는 의견을 수시로 전달했다. 하지만 내 의견에 적극적으로 호응하는 의원은 없었다. 많은 여론이 강제집행에 맞서 임대료 인상을 반대하는 자영업자를 '임대인의 정당한 재산권 행사를 방해하는 뻔뻔한 장사치'로 바라보고 있었다.

내 분식집의 강제집행 과정을 상세하게 취재해 보도했던 서희철은 온갖 악플과 비난 메일에 시달렸다. 가게 건물이 이전 시세보다 50% 더 비싸게 팔렸으며, 유명 배우가 건물을 매입하자마자 임대료를 4배나 올려 건물 가격이 매입 당시보다 2배 가까이 치솟았고, 이 때문에 임대료 뻥튀기를 통한 부동산 투기가 과열되고 있다는 서희철의 보도는 철저히 묻혔다.

나는 손닿는 부분을 개선하는 게 우선이라 판단했다. 자영업자들이 강제집행에 저항하는 모습이 여론의 반감을 사는 이유 중 하나는 세고나 집행부의 투쟁 방식이었다. 집행부의 주류는 대학 시절 학생운동에 몸담았던 인사들로 구성돼 있었다. 막말과 고성은 물론, 목적 달성을 위해서라면 몸싸움이나 흑색선전도 마다하지 않는 그들의 투쟁 방식은 내 눈에 용역업체의 폭력적인 강제집행과 크게 달라 보이지 않았다.

"지금과 같은 전투적인 투쟁 방식에서 벗어나야 합니다."

그러나 세고나 집행부는 내 건의를 무시했다. 결국 나는 자영업자보다 자영업을 더 많이 아는 듯 행동하고, 정치적 입지를 확보히기 위한 강경 투쟁에민 골몰하는 집행부의 오만한 태도에 폭발했다. 회원들 사이에서 자영업자 출신으로 구성된 새로운 집행부가 필요하다는 공감대가 형성되었다. 홀로 총대를 메고 집행부와 맞섰던 내가 새로운 대표로 나서야 한다는 여론이 일었다. 집행부는 강하게 반발하며 버텼으나 내부 고발로 국고보조금 횡령 사실이 밝혀지자 버틸 동력을 잃었다. 학창 시절에 반장 한 번 못해본

내가 얼떨결에 시민단체 대표로 올라섰다.

나는 새로운 집행부의 의견을 적극적으로 받아들여 SNS를 통한 맛집 리스트 알리기, 자영업자 브이로그 등을 기획해 세고나를 과거와 다른 방향으로 이끌었다. 세고나의 변화한 모습은 이전보다 훨씬 호의적 여론을 불러일으켰다. 총선을 앞두고 사회적 약자 권리 보호를 위해 상생동행위원회(상동위)를 발족한 행복당이 이러한 내 행보에 주목했다. 뜻밖에 상동위 위원장 신동윤 의원이 전화를 걸어왔다.

"직접 국회로 들어와 강제집행 관련 법 개정을 추진해보는 게 어떻겠습니까?"

당장 대답할 수 없는 제안이었다.

"위원회 몫의 비례대표 자리가 있으니 당선권 순번을 드리죠."

망설이다 서희철에게 의견을 물었다. 그는 몹시 흥분했다.

"그 제안이 망설일 일이에요? 지금까지 법을 현실에 맞게 고쳐보겠다고 세고나에 올인한 거 아니에요? 국회로 들어가면 형님이 직접 법을 만들고 고칠 수 있어요. 의원들 뒤꽁무니 쫓아다니며 아쉬운 소리 할 필요 없다고요. 아시겠어요?"

행복당의 당선권 순번 배정 약속은 지켜지지 않았다. 그 대신 비례대표 후보 선출을 위해 당원뿐 아니라 시민 선거인단까지 포함하는 개방형 경선제를 도입해 화제를 모았다. 온갖 불행과 좌절로 점철된 내 인생사는 경선 후보 연설에서 다른 후보보다 훨씬 서민처럼 보이는 무기가 됐다. 부족한 말재주는 진솔한 사람이라는 이미지까지 덧씌웠다. 남들보다 부족한 부분은 경선에서 인간적 매력으로 포장돼 시민 선거인단의 호감을 샀음에도 당원에겐 힘을 발휘하지 못했다. 결국 당선권과 거리가 먼 순번을 받았다. 내가 몰아낸 세고나 전임 대표 류성휘가 행복당 청년당원 사이에서 상당한 영향력을 행사하는 인물이었으며, 내 역할은 경선 흥행을 위한 불쏘시개였다는 사실을 나중에야 알게 되었다.

미래가 보이지 않는 세고나 활동에 지친 내게 뜻밖의 소식이 들려왔다. 부동산 정책 전문가 출신인 김명하 행복당 비례대표 의원이 심장마비로 급사한 것이었다. 사회복지학과 교수 출신 김성대 후보가 그 자리를 승계할 뻔했으나 아내 병간호를 이유로 고사했다. 다음 순번이었던 북한 인권단체 대표 출신 윤호준 후보는 승계 직전에 탈북민 여성 여럿을 상습적으로 성추행했다는 폭로가 터져 나오자 재빨리 탈당을 선언하며 모습을 감췄다.

이 모든 일이 불과 며칠 만에 벌어졌다. 이 때문에 반지하 원룸에서 하릴없이 뒹굴고 있던 내가 느닷없이 잔여 임기 1년짜리 비례대표 의석을 승계하는 기가 막힐 일이 일어났다.

'물떡이나 팔던 국회의원'
'구멍가게 하다가 여의도로!'
'정치인이 정치인 되었네'

의원직 승계 보도 기사에는 비아냥 댓글이 줄줄이 달렸다. 포딜 사이트 검색창 옆에 '떡국'이라는 단어가 연관 검색어로 달라붙었다. 여하튼지, 그렇게, 아무튼, 나 '정치인'은 이번 국회에 첫 자영업자 출신 의원으로 뒤늦게 이름을 올렸다.

"고작 1년으로 뭘 할 수 있겠어? 세금이나 축내는 꼴이지."
자조 섞인 내 말에 서희철은 내가 발라먹던 생선구이 등뼈를 가리켰다.

"뼈에 붙은 살이 가장 맛있잖아요. 얼마 남지 않은 임기라지만 하기 나름이죠. 전임인 김명하 의원은 부동산 전문가로 영입돼 국토위에 있었어요. 형님도 임대차 보호 운동 경력으로 행복당에 영입됐잖아요. 이변이 없는 한 전임자가 있었던 국토위에서 활동하게 될 거예요. 가서 직접 법을 제안하고, 고치고, 만드세요. 얼마나 좋은 기회예요."

"……."

"선서식을 하기 전에 먼저 윤현종 원내대표와 만난다고 하셨죠?"
"어떤 사람인지 알아?"
"지금 행복당 대표인 강상모 전 총리는 바지사장이에요. 사실상 윤 대표가 당 대표죠. 잘 보이면 좋긴 한데, 속 보이는 양반이죠. 실권은 자기 손에 쥐고, 책임은 대표에게 미루는."

그의 빈 잔에 소주를 채웠다.
"그래도 말이야. 뒤늦게 왔어도 신고식은 확실하게 해줘야겠지?"
"신고식요?"

멀뚱한 표정을 짓는 그에게 건배를 권하며 씩 웃었다.
"조용히 시작하려니 배알이 꼴려서. 곧 알게 될 거야."

잘부탁드립니다

오랫동안 입지 않았던 싸구려 정장과 구두가 몸에 맞지 않아 불편했다. 전철에서 내려 국회의사당 앞에 서서 정문 너머 본관을 바라보았다.

'실감이 안 나네.'

발걸음이 쉽게 떨어지지 않았다. 별일 아니라고 마음을 다잡고 정문으로 힘차게 발을 뗐다. 몇몇 사람들이 부지런히 드나들고 있었다. 그들을 지켜보던 경찰 기동대원 한 명이 나에게 다가왔다.

"어떻게 오셨습니까."

제복 앞에서 괜히 긴장돼 말을 더듬었다.

"아! 저저는, 국회, 의원입니다."

"네?"

기동대원이 믿기지 않는다는 눈으로 위아래로 나를 훑었다. 첫 걸음부터 난감했다. 다른 사람들에게는 묻지 않는 질문을 왜 나에게만 하는지 의아했다. 그보다 급한 것은 나를 증명하는 일이었다.

'나를 어떻게 증명하지?'

핸드폰을 꺼내 비례대표 의원직 승계를 전하는 온라인 뉴스를 보여줬다. 그는 나와 기사에 실린 내 사진을 번갈아 바라보았다. 눈이 휘둥그레졌다. 앞으로 얼마나 더 많은 사람이 그런 표정을 지을까 생각하니 쓴웃음이 새나왔다.

직원의 안내를 받아 행복당 원내대표실 회의실에 들어갔을 때 처음 눈에 띈 것은 긴 직사각형 테이블이었다. 테이블 안쪽 끝자리에 윤현종이 앉아 있는 모습은 설명하기 어려운 위압감을 풍겼다. 그는 자리에 앉은 채 여유롭게 미소를 지었다.

'뭐지? 뭔가 익숙한 상황인데.'

나는 석연치 않은 기분을 느끼며 그에게 다가갔다. 그제야 자리에서 일어나 악수를 청했다.

"정 의원님, 늦었지만 여의도에 오신 걸 환영합니다. 이름 좋으십니다."

"감사합니다."

그와 나는 테이블에 사선으로 마주 보고 앉았다. 직원이 커피 두 잔을 들고 들어와 테이블 위에 놓았다. 윤현종은 커피를 권하고 두 손을 깍지 꼈다.

"승계 절차를 마치면 바로 임기가 시작될 겁니다. 내일 본회의장에서 선서하신 후에 전임자인 김명하 의원께서 사용하셨던 사무실을 쓰면 됩니다. 당장 보좌진을 꾸리긴 어려우실 테니 전임자와 함께 일했던 보좌진을 그대로 활용하시죠."

"네, 알겠습니다."

갑자기 속삭이듯 말했다.

"그래도 비서관 한 명 정도는 믿을 만한 사람을 쓰세요. 의원실에서 각종 대소사와 실무를 챙기는 사람은 비서관입니다. 직급이야 보좌관이 가장 높지만, 자리만 차지하고 일을 안 하는 사람이 의외로 많습니다. 참고하시고요."

'믿을 만한 사람? 누가 있을까?'

서희철의 얼굴을 떠올렸다가 바로 지웠다. 윤현종은 질질 끌지 않고 바로 본론으로 들어갔다.

"정 의원의 상임위는 기재위로 배정될 겁니다."

"네? 기재위요?"

"가셔서 당장 할 일은 그리 어렵지 않습니다. 곧 열릴 기재위 전체 회의에서 당론에 따라 처리할 법안이 있습니다. 그때 우리 당 소속 다른 위원님들과 보조를 맞춰주시면 됩니다."

'시키는 대로 해라? 점잖은 갑질이네.'

사람 좋은 얼굴로 지시하는 그의 태도에서 나는 위압감의 정체를 파악했다. 큼, 헛기침을 한번 하고 입을 열었다.

"대표님. 제가 3년 전 행복당에 영입된 이유는, 상가 임대차 보호 운동을 했기 때문입니다."

"그래서요?"

"그렇다면 저를 국토위로 배정하는 게 맞지 않습니까? 전임인 김명하 의원께서도 국토위에 계셨다고 들었습니다. 굳이 저를 기재위로 배정하시는 이유가 무엇인지 모르겠습니다. 일단 저는 기재위가 무엇을 하는 곳인지 전혀 모릅니다."

그는 팔짱을 끼며 허리를 뒤로 젖혔다.

"자영업자 출신 아닙니까? 이제 막 오셔서 잘 모르시겠지만, 기재위 역시 정 의원의 전문성을 살리기 좋은 상임위입니다. 그리고 모르는 건 지금부터 배우면 되죠."

그의 말투는 '네가 뭘 할 수 있겠냐'는 얕봄이었다. 나는 어처구니가 없었다.

'고작 1년짜리 임기를 이어받은 내게 모르는 걸 배우라고? 배우기도 전에 임기가 끝날 텐데!'

그의 얼굴 위로 내게 비슷한 표정을 보여줬던 누군가의 얼굴이 겹쳤다. 10년 전 30살 즈음에 나는 욕실 액세서리를 생산하는 업체에서 일하다가 임금체불을 당했다. 두 달 월급을 받지 못했음에도 그만두는 날까지 월급이 지급되지 않았다. 퇴사한 지 세 달 넘도록 통장에 돈이 들어오지 않아 고심 끝에 공장으로 찾아가 사장을 만났다. 그는 대뜸 큰소리쳤다.

"다른 직원 뽑을 시간도 주지 않고 일방적으로 당신이 그만두는 바람에 내가 큰 손해를 봤어."

"그게 무슨?"

"밀린 임금 받고 싶으면 고용노동부에 신고해서 체당금으로 대신 받아."

얼마 되지 않는 체당금[2]이라도 받기 위해 어쩔 수 없이 고용노동부에 신고했다. 그러자 사장은 자신이 고용노동부 조사에 응하지 않으면 체당금도 받지 못할 것이라며, 그것이라도 받게 해줄 테니 고소를 취하하라고 오히려 나를 협박했다. 윤현종의 눈빛은 그때 사장이 나를 멸시하던 눈빛과 비슷했다. 나는 자세를 고쳐 앉으며 그에게 고개 숙였다.

"제가 잘 몰랐습니다. 죄송합니다. 앞으로 모르는 건 물으며 배워 나가겠습니다."

그는 팔짱을 풀며 다시 사람 좋은 미소를 지었다.

"괜찮습니다. 처음이니 잘 모를 수도 있지요."

"임기 시작 전에 따로 불러 좋은 말씀 해주셔서 감사합니다. 내일 선서식에서 뵙겠습니다."

"별말씀을. 앞으로 어려운 일 있을 때 부담 없이 찾아오세요."

왼쪽 가장자리 맨 앞 좌석. 국회 본회의장에 배정된 내 자리였다. 나는 의석 옆에 포장지로 싼 사람 크기의 물건을 세웠다. 의원들의 호기심 어린 시선이 내가 아닌 그 물건에 일제히 쏠렸다.

"다음은 행복당 비례대표 의석을 승계하신 의원님의 선서를 실시하겠습니다. 정치인 의원 풋!"

김재형 국회의장이 나를 소개하다가 웃음을 터뜨렸다. 본회의장 곳곳에서 웃음을 참는 소리가 들렸다. 김재형은 급히 엄숙한 표정으로 발언을 이어 나갔다.

"죄송합니다. 정치인 의원께선 발언대로 나와 주시길 바랍니다. 의석에 계신 의원 여러분께서는 모두 일어서 주시길 바랍니다."

여야 의원 모두 자리에서 일어섰다. 나는 물건을 들고 나가 발언대 옆에 세웠다. 오른손을 들어 선서하며 왼손에 든 선서문을 읽었다.

"선서, 나는 헌법을 준수하고 국민의 자유와 복리의 증진 및 조국의 평화적 통일을 위하여 노력하며, 국가이익을 우선으로 하여 국회의원의 직무를 양심에 따라 성실히 수행할 것을 국민 앞에 엄숙히 선서합니다. 국회의원 정치인."

선서를 마치자 김재형은 의원들에게 착석을 요청했다. 나는 그에게 선서문을 건네고 다시 발언대 앞에 섰다.

"존경하는 국민 여러분. 행복당 정치인 의원입니다. 비록 1년이지만, 대한민국 국회에서 국민을 위해 일할 명예로운 기회가 주어져 영광입니다. 의정 활동을 시작하기 전에, 정치를 어떻게 해야 하는지 가르침을 주신 동료 의원 두 분께 감사를 표하겠습니다."

발언대 옆에 세워뒀던 물건의 포장을 뜯었다. 배달업체 유니폼을 입은 내 모습을 담은 등신대가 모습을 드러내자 의원들이 웅성거렸다. 나는 등신대를 내 옆에 세웠다.

"불과 일주일 전 제 모습입니다. 배달 알바였죠. 어떻습니까? 지금 제 모습과 비교해 보니 자리가 사람을 만든다는 말이 실감 나지 않습니까?"

코웃음을 치거나, 어이없다는 표정을 짓거나, 비웃거나, 흥미롭다는 눈빛을 보이거나……. 나를 바라보는 여야 의원들의 표정이 다채로웠다.

"이보다 전에는 분식집에서 물떡을 팔았습니다. 온라인에선 제가 떡국이라 불리더군요. 물떡이나 만들다가 느닷없이 국회의원이 됐다고 말입니다."

김화균의 얼굴이 보였다. 그는 나와 등신대를 번갈아 바라보며 당혹스러워했다. 그에게 시선을 고정하며 마이크를 가까이 가져왔다.

"혹시 얼마 전에 뉴스를 탔던 국회의원 갑질 사건을 기억하십니까? 해당 의원실에서 발 빠르게 움직였는지 온라인에서 금방 기사가 사라지더군요. 얼마나 황당하던지. 그 사건의 주인공은 바로 자유당 김화균 의원님과 저입니다."

김화균을 향해 손을 흔들었다.

"의원님! 제 얼굴 기억하시죠? 기자 출신다운 신속한 일 처리에 감탄했습니다!"

의원들의 시선이 일제히 그에게 쏠렸고, 본회의장 분위기도 소란스러워졌다.

"저는 김 의원님을 통해 국민을 섬기는 자세를 배웠습니다. 그날 저도 보고 들은 게 있으니, 아랫사람이 벌인 일이라며 꼬리 자르지 마시고요. 저는 국회의원임과 동시에 김 의원님 지역구 주민이기도 합니다. 주민의 한 사람으로서 김 의원님을 지켜보겠습니다."

"등원 첫날부터 이게 무슨 무례한 짓이야!"

자유당 의원석에서 누군가 소리쳤다. 그 뒤를 이어 이곳저곳에서 비웃는 소리가 들렸다. 그 어수선함 속에서 신동윤이 뒤늦게 본회의장에 들어오는 모습이 눈에 띄었다.

"다들 조용히 해주시고요. 사실 저는 여러분과 함께 임기를 시작할 뻔했습니다. 3년이나 늦게 이 자리에 선 이유는 저를 비례대표 당선권 번호에 배치하겠다는 행복당의 약속이 지켜지지 않았기 때문입니다."

자리에 막 앉은 신동윤을 향해 손을 흔들며 반가운 척을 했다.

"제게 약속하셨던 같은 당 식구 신동윤 의원님! 그간 안녕하셨습니까? 이제야 국회에서 한솥밥 먹게 됐습니다! 영광입니다!"

눈이 마주친 신동윤의 표정이 일그러졌다. 다른 행복당 의원들도 어처구니없다는 듯 혀를 찼다. 그들에게 오른손 주먹을 불끈 쥐어 보이며 목소리를 높였다.

"저는 신 의원님을 통해 약속의 소중함을 절실하게 깨달을 수 있었습니다!"

본회의장 가운데 맨 뒷자리에 앉아 있는 윤현종이 팔짱을 낀 채 내려다보고 있었다. 나는 마이크를 잡으며 그에게로 시선을 옮겼다.

"앞으로 잘부탁드립니다."

2. 동상이몽

거부할 수
없는 제안

"일단 한잔 들어요."

여의도 일식집 방에서 마주 앉은 김기윤 행복당 재선 의원은 날치알 마끼를 삼키며 내 빈 잔에 소주를 채웠다. 음식을 씹는 소리와 태도에서 어설프게 자신이 힘센 수컷임을 과시하려는 의도가 엿보여 우스웠다. 잔을 받은 뒤 앞주머니를 살짝 눌러 소형 녹음기의 전원을 켰다. 임금을 떼먹은 뒤 앞에서 하는 말과 뒤에서 하는 말이 달랐던 사업주를 여럿 경험한 뒤 생긴 습관이었다. 김기윤은 짐짓 여유로운 표정으로 건배를 권했다.

"앞으로 알게 되시겠지만, 초선은 중요한 의사결정 과정에 참여할 일이 그리 많지 않습니다. 툭 까놓고 말해 거수기에 불과해요. 뭘 좀 해보려면 최소한 재선 이상은 돼야 말발이 먹힙니다. 잔여 임기 1년짜리 비례대표? 죄송한 말인데, 솔직히 아무 일도 못 합니다."

옆에 앉은 같은 당 재선 의원 이세진이 심드렁하게 말을 받았다.

"재선에 도전하려면 임팩트 있는 뭔가를 보여줘야겠죠."

나는 잔을 들이켜며 머릿속 생각을 정리했다. 두 사람을 따로 보았을 때 각각 다른 사람이었다. 그러나 나란히 앉아 있는 모습을 보니 기시감이 들었다. 잔을 비우며 바쁘게 기억을 되돌리자 몇 달 전 들렀던 강남의 한 오피스텔 지하 주차장 풍경이 선명하게 떠올랐다.

그때 나는 배달 대행만으로 생계를 꾸리기 어려워 밤마다 대리운전 기사로 일했다. 그날 나를 호출한 고객은 남자였다. 그 옆에 조금 덜 취한 여자가 붙어있었다. 주차를 마친 후 뒷좌석에 나란히 앉은 채 잠든 둘을 깨웠다. 먼저 눈을 뜬 여자가 남자를 흔들어 깨워 차에서 내렸다. 남자가 그 뒤를 따라 내리며 물었다.

"…… 얼마죠?"

나는 남자에게 키를 넘기며 말했다.

"2만 5천 원인데, 호출하셨을 때 이미 결제가 끝났습니다."

그는 내 말을 제대로 듣지 못했는지 품에서 주섬주섬 지갑을 꺼내 만 원권 지폐 세 장을 꺼내 손에 쥐여줬다.

"거스름돈, 안 주셔도 됩니다……. 수고하셨습니다……."

"손님!"

당황한 나는 돈을 돌려주려 남자를 쫓았지만, 여자가 그와 지나치게 엉겨 붙어있어 끼어들 수 없었다. 남자는 여자의 어깨를 감싼 채 지하 주차장 공동현관 앞에서 비틀거리며 비밀번호를 눌렀다. 나는 안으로 들어가는 둘의 모습을 멍하니 바라보기만 했다.

'이런 자리에서 다시 만날 줄은 몰랐는데 재미있네.'

그날의 풍경이 떠올라 나도 모르게 코웃음을 쳤다. 둘은 나를 전혀 기억하지 못하는 눈치였다. 술에 취한 남녀가 대리운전 기사 얼굴을 기억하는 게 더 이상한 일일 것이었다.

　남들보다 늦게 아무런 준비 없이 국회에 입성한 초짜 비례대표 의원이 다음 총선에서 공천받아 재선할 가능성은 사실상 없었다. 그런 내게 같은 당 의원이 먼저 접근해 괜찮은 아이템을 던져주는 것은 고마운 일이었다. 하지만 경계심이 앞섰다. 내가 지금까지 살면서 깨달은 진리 중 하나는 세상 어디에도 공짜 점심은 없다는 사실이다. 저 둘이 내게 내밀 청구서의 내용이 무엇인지 파악할 필요가 있었다.

　"다들 아실 텐데, 제 별명은 떡국입니다. 물떡이나 팔던 국회의원."

　이세진이 살짝 웃었다가 표정을 고쳤다.

　"두 분께서 아시다시피 저는 여러모로 부족한 사람입니다. 불러주신 건 감사한 일이지만, 솔직히 제가 두 분께 무슨 도움을 드릴 수 있을지 모르겠습니다."

　김기윤이 젓가락을 상에 내려놓고 물수건으로 손을 닦았다.

　"규제자유구역에 관해 알고 계시죠?"

　"이제 막 국회로 들어온 제가 뭘 알겠습니까."

　이세진이 간단하게 설명했다.

　"정부가 전자·바이오·뷰티 등 전략 산업을 육성하기 위해 전국 시·도별로 지역 전략 산업 관련 규제를 과감히 철폐해 자유로운 기업 활동을 보장한 지역입니다."

　나는 건성으로 고개를 끄덕였다.

　"정부가 나서서 자유로운 기업 활동을 위해 쓸데없는 규제를 없애준다? 좋네요."

　"그렇게 간단히 넘어갈 문제가 아니에요."

이세진이 김기윤과 눈을 마주치며 고개를 끄덕였다. 둘 사이에 오가는 눈빛이 끈적거렸다. 이 자리에 오기 전에 알아봤던 둘의 프로필을 떠올렸다. 김기윤은 나보다 4살 많은 만 45세로, 운동권이 끝물일 때 활약하다가 사교육 시장에 뛰어들어 성공을 거두고 정치계에 입문한 인물이었다. 이세진은 나와 동갑인 만 41세로, 사법시험을 차석으로 합격한 뒤 인권변호사로 이름을 날리다가 행복당에 영입된 인사였다. 둘은 같은 대학 선후배 사이로 7년 전에 함께 30대라는 젊은 나이로 국회에 입성했다는 공통점을 가지고 있었다. 궁합도 안 본다는 네 살 차이였다. 배우자의 이름은 서로가 아니었다. 온라인으로 검색했을 때는 둘이 각자의 법적 배우자와 별거 중인지 이혼했는지 알 수 없었다.

'불륜일까? 아니면 연애? 그러거나 말거나 내 알 바 아니지.'

슬며시 올라가는 입꼬리에 힘을 주며 잡생각을 털어냈다. 김기윤이 이세진의 눈치를 슬쩍 보며 입을 뗐다.

"2년 전, 김윤미 대통령이 대국민 담화에서 지역 투자 활성화를 위해 규제를 완화하겠다고 발표했습니다. 우리나라는 사실 말로만 세계적인 경제 강국이지 산업 발전을 가로막는 자잘한 사전 규제가 많은 나라입니다. 특히 대기업을 대상으로 한 규제가 지나치게 많아요."

나는 그의 말을 이해할 수 없었다.

"의원님 말씀대로라면, 규제를 완화해야 한다는 대통령의 말씀이 옳다는 뜻인데… 제가 잘못 이해한 건가요?"

그는 고개를 저었다.

"아닙니다. 정 의원님 말씀이 맞습니다. 당연히 쓸데없는 규제를 완화해야죠. 문제는 정부가 추진하는 규제 완화 입법의 의도가 순수하지 않다는 점입니다."

"순수하지 않다? 어떤 점에서 말입니까?"

"사실상 DTC라는 특정 기업을 위한 입법이기 때문입니다."

"DTC[3]라면 그 대기업?"

김기윤은 심각한 표정을 지으며 두 손을 깍지 꼈다.

"요즘 핫한 기술 중 하나인 자율주행차를 예로 질문을 드리겠습니다. 만약 자율주행차가 인명사고를 내면 그 책임은 누구에게 있을까요? 차에는 별다른 하자가 없다고 가정하겠습니다."

"글쎄요. 차주 아닐까요?"

"자율주행이어서 차주가 운전대를 잡지 않았는데도요?"

"그렇다면 제조사가 책임져야 하나요?"

"물건에 하자가 없는데도요?"

젓가락을 놓고 잠시 생각에 잠겼다.

"어렵네요."

"운전하지도 않은 차주에게 사고 책임을 묻는다면 어떤 일이 벌어질까요? 자율주행차 매장에는 파리가 날릴 겁니다. 반대로 제조사에 책임을 묻는다면 어떤 일이 벌어질까요? 아마 차를 생산하지 않을 겁니다."

나는 대화의 의도를 파악하고자 뜸을 들이면서 그를 살폈다.

"균형 있는 법을 만드는 게 중요하겠네요."

"그런데 지금 정부가 추진하는 규제자유구역 특별법은 지나치게 한쪽으로 기울어진 운동장입니다. 새로운 기술을 상용화하는 데 있어서 허용이 원칙이고 규제가 예외예요. 국민의 안전을 담보하지 못하는 미래 먹거리가 무슨 의미입니까."

"뭐든 일단 시도해보는 게 안 하는 것보다 낫지 않을까요?"

그가 손바닥으로 상을 살짝 쳤다.
"그게 바로 정부와 DTC의 논리입니다!"
"제가 지금까지 듣기에는 그다지 문제가….”
그가 내 말을 끊고 타이르듯 말했다.
"그런 마인드가 문제라는 겁니다. 아시는지 모르겠지만, 이 법안의 핵심 영역은 바이오와 빅데이터입니다. 둘은 국민의 생명과 안전, 개인정보와 밀접한 기술임과 동시에 공공의 영역이기도 합니다. 안전성을 제대로 확인하지 않은 기술이 첨단이나 혁신으로 포장돼 조기에 시장으로 진입하는 게 옳은 일일까요? 그런 영역을 온전히 시장에 맡겨선 안 되죠."
그의 열변이 꼰대 선생의 도덕 수업처럼 들려 귀에 거슬렸다.
"무슨 말씀인지 얼추 알아들었고요. 아무튼, 가장 큰 문제는 이 법안이 DTC를 위한 법안이란 거군요."
"규자법은 DTC의 입법 민원 사항이었습니다. 우리 당은 지금까지 입법을 반대해왔고요."
"그런데 지금은 찬성한다?"
그는 내 쪽으로 고개를 기울이며 목소리를 줄였다.
"네. DTC는 이 난제를 풀기 위해 우리 당에 청부입법 로비를 벌여왔고, 그 중심에 정부 측 인사가 있습니다."
"누구죠?"
"차경모 기재부 제1차관입니다."
그의 이력은 널리 알려져 있었다. 가난한 농부의 집안에서 장남으로 태어나 고학 끝에 서울대 경제학과를 졸업하고, 1년 후 행정고시에 합격한 뒤 30년 가까이 공직에 몸담아온 정통 금융 관료였다.
"그 사람은 청와대와 여권 실세의 인사 청탁을 도맡아 처리하는 심부름꾼이자, 대기업의 입법 민원 창구입니다."

"……."

"의원은 기업의 민원을 받아 맞춤형 입법을 하고, 그 대가로 기업은 인사 청탁을 받아들이는 일이 이 바닥에 비일비재합니다. 차경모는 둘 사이에서 중개인 역할을 하고 있지요."

김기윤의 설명에 따르면, <규제자유구역 특별법>은 DTC의 오랜 입법 민원 사항이었다. DTC는 사업을 다각화하면서 의료기술 산업에 눈독을 들였다. 늘어나는 노인 인구만큼 의료기술 산업의 규모도 커지리란 것은 누구나 예상할 수 있었다. 의료 영리화를 바라보는 국민의 곱지 않은 시선이 장애물이었다. 특별법에 따라 병원의 부대사업이 제한 없이 허용되면, 병원이 이윤 중심으로 돌아갈 것이 뻔했다. DTC가 그런 시선을 분산하고자 바이오·헬스·정보통신기술 분야 여러 기업을 참여시킨 컨소시엄을 구성했고, 그와 동시에 여야를 가리지 않고 집요하게 입법 로비를 벌여왔다는 게 설명의 요지였다.

"작년부터 차경모가 윤 원내대표를 자주 사적으로 만났다는 소문이 파다했습니다. 그때부터 당내에서 규자법을 입법해야 한다는 목소리가 나오기 시작했죠."

나를 뜬금없이 기재위로 보내고도 내 항의를 거만한 태도로 뭉개버렸던 윤현종이 의혹의 중심에 있다는 뜻이었다. 지루했던 대화에 이제야 흥미가 생겼다. 이세진이 거들었다.

"자유당은 물론 우리 당 의원 일부도 차경모와 긴밀한 관계인데, 윤 대표는 그중 핵심 인사라는 게 결론입니다. 공교롭게도 최근에 윤 대표의 딸이 DTC뱅크에 특채로 입사했습니다. DTC뱅크는 DTC의 핵심 계열사인데, 특채는 이번이 처음입니다. DTC 기조실장 조영건은 기재부 예산실장 출신인 모피아이고요. 기재부 시절엔 차경모의 직속 상관이기도 했습니다."

김기윤이 허탈하게 웃었다.

"하…… 흔히 출세하려면 줄을 잘 타야 한다고 말하죠. 그런데 이 사람은 오히려 정권 실세가 자신의 줄을 타게 만들어요. 이런 스타일의 관료는 처음 봤습니다. 기업의 입법 민원 창구였다면 뒷돈을 좀 받아먹었을 것 같지 않습니까? 여러 경로로 뒤를 파봤는데, 본인이나 가족이 어디서 뭘 받아먹은 흔적이 없어요. 재산도 서울 강북에 있는 아파트 한 채가 전부고요. 자녀의 병역 사항도 깨끗해요. 그 흔한 위장전입도 없어요. 요직을 두루 거치긴 했는데, 그렇다고 고시 동기보다 특별히 승진이 빠르지도 않아요. 이걸 청렴하다고 말해야 하는 건지…… 알다가도 모를 캐릭터입니다."

지금까지 보지 못한 흥미로운 인물이었다. 그런데 아무리 고위공무원이라지만 차관 혼자 여당과 여당을 쥐락펴락한다는 것은 쉽게 이해하기 어려웠다.

"정부 고위 관료가 청부입법 로비스트라? 참 거시기하네요. 그게 혼자서 가능한가요?"

이세진이 비릿하게 웃었다.

"설마요. 혼자서 그런 일을 벌이기엔 사이즈가 너무 크죠. 대통령 비선 실세가 뒤에 있어요."

"대통령까지요? 정리하자면 DTC가 의료민영화 사업 진출을 위해 청부입법을 시도했고, 그 로비 중심에 고위 관료가 있다. 그리고 대통령 비선 실세가 그 뒷배다, 뭐 이런 건가요?"

"맞습니다."

"나라 꼴 잘 돌아가네. 도대체 그 대단한 비선 실세가 누굽니까?"

"대한문화재단 이사장 김리안입니다. DTC가 차경모를 통해 재단에 출연하겠다며 김리안에게 접근했고, 김리안은 대통령에게 사적으로 규제자유구역 특별법이 필요하다는 메시지를 계속 전달한 듯합니다. 대통령의 관심 사항으로 떠오르니 자연스럽게 정부와 여당이 비중 있게 다뤄야 할 사항이 됐죠."

김리안? 나는 놀란 표정을 감추지 못한 채 그녀에게 되물었다.

"대통령 동생 말인가요?"

그녀는 떨떠름한 표정으로 반문했다.

"네. 그를 사적으로, 아시나요?"

자동차 엔진이 내는 굉음이 귓가에서 이명처럼 울렸다. 겨우 묻어뒀던 기억하고 싶지 않은 사건이 생생하게 되살아났다.

2년 전 봄, 결혼을 약속했던 이경선이 불의의 교통사고로 세상을 떠났다. 그날 새벽, 그녀가 몰던 다마스 승합차가 강변북로 서울숲 방향 진출로에 진입하다가 가드레일 밖으로 추락했다. 과속으로 3차로를 달리던 은색 BMW 520D 차량이 서울숲 방향 진출로인 6차로로 무리하게 차선 변경을 시도했다. 다마스는 갑자기 끼어든 BMW를 피하려다 중심을 잃었다. BMW 운전자는 김리안의 둘째 아들 이범재였다.

경선은 승합차에 식자재를 싣고 오빠 이세훈이 운영하는 '후니제빵소'로 가던 중이었고, 이범재는 경찰의 음주 단속을 피해 도주하던 중이었다. 그는 강변북로에서 빠져나온 뒤 갓길에 차량을 버린 채 도주했다가 다음 날 오후 경찰서에 자진 출두했다. 경찰이 사고 경위를 조사하기 위해 이범재를 입건해 음주 측정을 한 결과, 혈중알코올농도 0%가 나왔다.

하루 벌어 하루 먹고사는 세월이 길었던 내게 연애는 사치였다. 내가 기억하는 아버지와 어머니는 서로를 경멸하는 모습뿐이어서 결혼이라는 단어는 늘 나를 거북하게 했다. 세고나 활동을 하며 만나 형 동생 하는 사이가 된 이세훈은 어느 날 불쑥 말했다.

"내 여동생 한번 만나 보소."

그 제안을 여러 차례 거절했지만, 그의 고집은 나보다 훨씬 셌다. 오빠의 빵집 일을 돕고 있다는 경선은 나보다 3살 어린 수수한 인상의 여자였다. 서른을 훌쩍 넘긴 나이에 처음으로 경험하는 소개팅은 몹시 어색했다. 하지만 몇 차례 만남이 이어지자 내 마음의 벽에 조금씩 균열이 일어났다. 그 균열 속으로 경선의 다정한 말이 스며들었다. 내가 말을 더듬고 엉뚱한 소리를 해도 끝까지 들어준 후에야 입을 열었다. 다정한 말의 온기 앞에서 나는 결국 무너질 수밖에 없었다.

"듣는 저도 이렇게 아프고 힘든데, 그동안 얼마나 힘드셨겠어요."

과연 나는 누군가를 사랑할 수 있는 사람일까. 나는 그녀에게 이 같은 고민을 어렵게 털어놓았다. 그녀는 미소와 함께 훌륭한 답을 내놓았다.

"제가 어디서 들은 말인데요. 내가 이 사람과 함께 행복해지고 싶은 마음이 들면 사랑이고, 이 사람을 통해서 행복해지고 싶은 마음이 들면 사랑이 아니래요. 오빠는 어느 쪽이에요?"

푸른 하늘이 유난히 아름답게 느껴졌던 어느 봄날, 나는 처음으로 누군가와 함께 하늘을 올려다보며 행복해지고 싶다는 충동을 느꼈다. 그날 경선에게 그 마음을 고백했다.

"따뜻하다. 내 삶의 온도가 딱 이 정도였으면 좋겠어. 앞으로 너와 함께 행복해지고 싶다."

그녀는 나와 함께 하늘을 올려다보며 웃었다. 가진 건 없었지만 세상을 다 가진 듯했다. 돌이켜보면 지금까지 살아오며 가장 행복했던 순간이었다. 그때 그녀가 해준 말은 삶의 좌우명이 됐다.

"오빠는 좋은 사람이에요. 앞으로도 계속 좋은 사람으로 남아주세요."

행복은 그리 길게 가지 못했다. 나는 세고나 활동을 하며 강제집행 현장 곳곳을 누볐고, 자연스럽게 경선과 만날 시간이 줄어들었다. 그러다 보니 빵집 일을 마친 그녀가 늦은 밤에 찾아와 잠깐 얼굴을 보거나, 새벽에 갓 만든 빵을 전해주는 게 만남의 전부인 날이 많아졌다. 이범재 때문에 발생한 불의의 교통사고로 세상을 떠난 날도 그랬던 날 중 하루였다.

법원은 교통사고처리 특례법 치사 혐의로 기소된 이범재에게 무죄를 선고했다. 목격자 진술이 없는 데다 블랙박스 영상 등의 증거에 따르면 사고 시점과 위치를 특정할 수 없고, 운전자가 예견하기 어려운 이례적인 사태를 예측해 대비해야 하는 주의의무까지 있다고 보기 어렵다는 게 무죄 선고의 이유였다. 판결 직후 방청석에서 기도하며 안도하던 김리안, 고개 숙인 채 미소를 숨기던 이범재의 얼굴은 내게 평생 지울 수 없는 상처로 남았다.

이세진이 태블릿을 꺼내 내밀었다. 얼결에 받아보자 정부 광고가 화면에 떠 있었다.

대한민국 경제의 미래를 위한 주요 과제 - 규제자유구역 특별법 조기 입법

"저와 김 의원이 작년에 함께 기재위에 있을 때 기재부 국감에서 지적한 내용입니다. 당시 홍지형 경제수석이 이 광고의 대행사를 김리안 측근이 운영하는 업체로 지정한 사실도 드러났고요. 더 파보니까 김리안의 둘째 아들이 DTC의 한 계열사에 별다른 경력도 없이 경력직으로 채용됐더라고요. 얼마 후 승진까지 했는데, DTC와 청와대의 커넥션이 의심되는 부분입니다."

 태양광, 스마트 관광, 화장품, 수소연료…… 광고를 들여다보던 나는 어이가 없어 피식 웃었다.

 "오만가지 산업의 규제를 다 풀어버리네요. DTC 외에도 여러 기업이 입법 로비를 벌였나 보죠?"

 김기윤은 고개를 끄덕였다.

 "DTC로서는 자사에 쏠리는 시선이 분산되니 나쁠 것 없고요. 김리안이 대한문화재단을 만들 때 여러 기업에 출연금을 할당해 돈을 받았고, 출연한 기업에 파격적인 특혜를 주겠다고 약속했다는 소문이 파다합니다. 공교롭게도 대한문화재단에 출연한 기업 대부분이 DTC와 컨소시엄으로 엮여있습니다. 우연의 일치일까요? 특별법 제정은 재단에 출연한 기업들을 밀어주기 위한 바닥 다지기 작업이라는 게 우리 결론입니다."

 이세진이 태블릿을 여러 번 터치했다. 고진시에 구축되는 바이오 헬스케어 단지의 시범사업자 선정 과정 의혹을 보도한 기사가 나타났다.

 "뇌물수수 혐의로 구속된 홍지형 경제수석에게서 수첩 하나를 압수했는데, 시범사업자 평가점수로 짐작되는 숫자들이 흘려 적혀 있었습니다. 수첩에 평가점수를 적은 날짜는 발표 열흘 전이었고요. 그때는 사업자 선정 여부만 공개됐지 평가위원들이 매긴 점수는 공개되지 않았습니다."

 "……."

"그런데 최근에 DTC 내부자로부터 입수한 외부 평가위원 평가 결과표와 홍 수석이 적은 수첩의 내용이 일치했어요. 이 기사 내용처럼 심사점수가 사전에 정해져 있었고 청와대도 이를 알고 있었다는 유력한 증거입니다."

김리안이 관련된 사안이라는 점 하나만으로도 내가 '아사리판'에 끼어들 이유가 충분했다. 두 사람을 번갈아 보며 단도직입적으로 물었다.

"두 분이 원하시는 게 뭡니까?"

두 사람이 원하는 것은 하나였다. 임시국회에서 열릴 기재위 전체 회의에서 <규제자유구역 특별법>을 상정해 심사할 때, 내가 외부 평가위원 세부 심사평가 결과표를 공개해 DTC컨소시엄 관련 의혹을 점화해주는 것이었다. 나는 둘의 제안을 이해하기 어려웠다. 연말에 대통령 선거가 치러질 예정이고, 국회에서는 대선 승리의 발판을 마련하기 위한 여야 정쟁이 이미 치열해지고 있었다. DTC컨소시엄 관련 의혹은 청와대와 특정 기업 사이의 유착관계를 의심하게 만드는 사안이었다. 대선을 앞둔 시점에서 이 사안을 물고 늘어진다면 언론의 주목을 받아 스타 정치인으로 떠오를 가능성도 있었다.

'그런데 왜 하필 나일까?'

문득 일급을 너 올려주겠다며 자기 회사로 오라더니 퇴직금을 주기 싫어 11개월 20일짜리 계약서를 내밀었던 플라스틱 사출 공장 사장의 얼굴이 떠올랐다. 그 얼굴 뒤로 내 뒤통수를 치며 '호의를 함부로 받아들이면 안 된다'는 사실을 일깨워준 몇몇 얼굴이 차례로 스쳐 지나갔다. 이들이 호의를 베푸는 목적은 무엇일까, 궁금했다.

"정치 신인인 제게 주목받을 기회를 만들어주시는 건 감사한 일입니다. 그런데 두 분이 왜 하필 다른 사람도 아닌 제게 이런 제안을 하시는지 이해가 잘 안 됩니다."

이세진이 미간을 찡그리며 고개를 갸웃거렸다.

"어떤 부분이 이해가 안 되죠? 존재감을 보일 좋은 기회 아닌가요?"

"두 분 말씀대로라면 이 의혹은 대선에 영향을 줄지도 모를 중대 사안입니다. 이 의원님 말씀대로 존재감을 보일 좋은 기회인지도 모르죠. 그런데 왜 저입니까?"

내 질문에 당황한 듯 김기윤의 눈빛이 흔들렸다.

"저희는 기재위 소속이 아니니까요."

순간 부아가 치밀었다. 그들은 나를 금배지를 단 허수아비로 보고 있었다.

"기재위에 소속된 우리 당 의원이 저 말고도 몇 분 더 계시잖습니까. 그런데 왜 하필 저입니까? 솔직하게 이유를 말씀해주시죠."

"기재위 소속 우리 당 의원 대부분이 윤 원내대표 라인입니다."

"그렇지 않은 분도 있을 거 아닙니까?"

둘은 난감한 표정을 지으며 침묵했다. 나는 자리에서 일어섰다.

"다음에 다시 만날 때는 조금 더 준비하고 오시지요."

어색한 침묵을 뒤로 하고 일식집에서 빠져나왔다. 나는 이형규 수석보좌관의 의견이 궁금했다. 그는 올해로 보좌관 경력 23년 차인 베테랑이다. 현재 국회에서 이보다 오랜 경력을 가진 보좌관은 물론, 이보다 국회 짬밥을 오래 먹은 의원도 드물었다. 임기가 보장되지 않는 별정직 공무원 자리를 어지간한 일반직 공무원보다 오래 지킨 희귀종이었다. 실력만큼이나 처세술도 훌륭하다는 의미

일 것이다.

　흥미로운 부분은 지금까지 그를 거쳐 간 의원의 숫자가 나를 제외하고 두 명에 불과하다는 점이었다. 그는 경력 중 20년을 염인성 전 행복당 의원과 함께했다. 염인성은 수도권에서 내리 5선에 성공한 뒤 국회의장을 거쳐 정계에서 은퇴한 원로다. 은퇴 전에 발탁한 인물이 김명하였다.

누가
고양이 목에
방울을 달 것인가

    다음 날, 의원회관 1층 흡연구역에서 만난 이형규는 전자담배에 궐련을 꽂으며 심드렁하게 말했다.
    "두 분이 의원님을 부른 의도는, 의원님께서 대신 총대를 메라고 부탁하기 위해서일 것입니다."
    나는 그 말에 동의하며 담배에 불을 붙였다.
    "제 생각도 그렇기는 한데... 어떻게 하는 게 좋을까요?"
    그의 안경 너머 보이는 권태로운 눈빛이 거슬렸다. 담배 연기를 내뿜으며 나지막하게 말했다.
    "아무것도 하지 않으면, 아무 일도 생기지 않습니다."
    1년 후의 미래도 보장할 수 없는 나는 이형규에게 그저 뜨내기 손님일지도 모른다. 그런 생각이 들자 가슴 한구석이 서늘해졌다. 그런데도 지금 당장 조언을 구할 사람은 이형규뿐이었다. 한 장소에서 오랜 세월 장사한 식당은 십중팔구 맛집이다. 한 명의 의원과 오랜 세월을 함께 일한 경력은, 그만큼 믿을 만한 사람이라는 방증 아닐까. 그의 경력은 왠지 모를 신뢰감을 줬다.

그를 온전히 내 사람으로 만들기는 어려울 것이다. 오래된 맛집 중에는 손님을 가려 받는 곳도 있으니까. 이형규가 적어도 내 뒤통수를 치지는 않으리라 믿고 싶었다. 오래된 맛집이 맛으로 배신하는 경우는 드문 편이니 말이다. 이 정글 같은 곳에서 오랜 세월 버티며 얻은 지혜를 내게도 약간 빌려주기를 바랐다. 나는 그에게 속마음을 털어놓았다.

"아무것도 하지 않아 아무 일도 생기지 않는 것보다, 무엇이라도 해서 무슨 일이든 생기게 하는 게 더 낫지 않겠습니까?"

그는 말없이 쓸쓸한 미소를 지었다. 문득 차경모가 어떤 정권에서든 숨은 실세 자리를 유지한다며 허탈하게 웃던 김기윤이 떠올랐다.

"차경모 차관은 어떤 인물입니까?"

"국내 최고의 금융통으로 꼽히는 관료입니다. 적이 없고 자기관리가 철저한 사람으로도 유명하죠. 여야를 막론하고 두루두루 친한 정치인이 많습니다."

"직접 만나보셨나요?"

"염 의장님 모실 때 자주 뵈었습니다. 두 번째 만났을 때 제 이름을 기억하는 걸 보고 무척 놀랐습니다. 보통 사람은 아니라는 인상을 받았습니다. 정치적으로는 무색무취한 인물이지만, 바로 그 점 때문에 여야를 가리지 않고 러브콜을 받아왔고요. 언젠가는 금융위원장이나 기재부 장관까지 올라갈 인사입니다. 국회로 올지도 모르고요."

나는 고개를 끄덕였다. 평가가 후했다. 드러나는 곳에선 성실하고 능력 있는 관료, 드러나지 않는 곳에선 정치권의 인사 청탁과 기업의 입법 로비를 쥐락펴락하는 숨은 실세, 치부(致富)와는 거리를 둬 뒤탈을 남기지 않는 치밀한 성격, 정권 성향과 관계없이 누구나 자신을 찾아오게 만드는 독특한 처세술…….

'여러모로 흥미로운 인물이네.'

여의도의 한 호텔 이그제큐티브 라운지에서 다시 만난 김기윤과 이세진은 처음 만났을 때보다 덜 여유로워 보였다. 특히 나를 깔보는 듯한 태도를 보여줬던 이세진은 다소 긴장한 눈빛을 숨기지 못했다. 2층 식당의 조용한 방에 자리를 잡은 김기윤은 바로 본론을 꺼냈다.

"DTC의 목표는 어떻게든 기재위에 계류된 규자법 정부안을 원안대로 전체 회의에서 통과시키는 겁니다. 차경모가 최근까지 부지런히 기재위 소속 여야 의원을 만나며 DTC를 위한 입법 로비를 벌여온 걸로 압니다."

법안이 법으로 완성되려면 소관 상임위의 법안심사소위원회와 전체 회의 의결, 법제사법위원회 의결, 국회 본회의를 거쳐야 한다. 법안소위에선 윤현종의 측근인 몇몇 행복당 의원이 자유당과 보조를 맞춰 합의를 이끌었다. 대개 법안소위에서 여야가 이견을 가장 많이 좁히고, 이 문턱을 넘은 법안은 이변이 없는 한 일사천리로 처리된다는 게 김기윤의 설명이었다.

"법안을 살펴보면 규제자유구역에 적용되는 규제 특례를 다른 법령보다 우선해 적용한다고 규정하고 있습니다. 여기저기 흩어진 규제 법안을 하나하나 고치는 게 번거로우니까 기재부가 현존하는 모든 규제 법안을 무력화하는 특별법을 정부안으로 기획해 만든 겁니다. 아마도 차경모가 주도적 역할을 맡았겠죠."

<규제자유구역 특별법>이 국회 본회의를 통과하면, DTC컨소시엄은 법의 혜택을 받는 첫 사례가 될 전망이었다. 그의 말대로 이 법은 DTC만을 위해 만든 핀셋법안이 분명해 보였다.

"법은 만들기도 어렵지만, 폐지하기는 더 어렵습니다. 대놓고 말하지는 않아도, 그간의 당론과 배치되는 이 법안에 불만을 가진 우리 당 의원이 많습니다. 정 의원께서 드러난 의혹을 짚고 넘어가야 한다고 지적하면, 그에 호응할 의원이 나올 겁니다. 이미 몇몇 의원과 이야기를 해뒀고요."

나는 다시 첫 만남의 마지막 순간으로 돌아갔다.

"다시 묻겠습니다. 왜 저입니까?"

그가 망설이다 겨우 입을 열었다.

"당내에 특별법을 반대하는 의원이 많지만, 누구도 윤 대표와 대놓고 맞서려 하지 않습니다."

"누구도라는 말에는 두 분도 포함되는 거죠?"

두 사람은 내 말에 반박하지 못하고 얼굴을 붉혔다. 고양이 목에 방울을 매달라는 주문이었다.

'자기들이 대놓고 물어뜯기는 겁나겠지.'

문득 법정에서 고개 숙여 미소를 숨기던 이범재의 얼굴이 떠올랐다. 이유가 생겼다고 덥석 물기에는 위험하지만 거부하기도 어려운 제안이었다. 초조해 보이는 둘의 눈을 차례로 응시했다.

"제가 기재위에서 DTC를 둘러싼 의혹을 거론하면, 윤 대표 입장에선 서프라이즈겠네요. 그분 눈에는 제가 금뺏지를 단 허수아비로 보일 텐데."

둘은 어색하게 웃었다. '당신들도 윤현종과 마찬가지 아니냐'

는 말이 목구멍까지 치고 올라왔다. 윤현종이 나를 기재위로 보낸 이유가 어렴풋이 짐작됐다.

'1년 동안 괜히 국토교통위원회에서 임대차 문제로 시끄럽게 굴지 말고, 아무것도 모르는 기재위에서 조용히 찌그러져 거수기 역할이나 하다가 꺼지라는 의도였나?'

만약 내가 기재위 전체 회의에서 DTC를 둘러싼 의혹을 거론하면, 자유당을 자극함과 동시에 윤현종에게는 견제구를 던져 행복당의 당론 이탈을 막는 데 도움을 줄 것이었다. 대신 윤현종과 매우 불편한 사이가 될 것이다. 불편해져도 딱히 달라질 건 없어 보였다. 내가 조용히 지낸다 해도 윤현종이 차기 총선에서 나를 배려해주지는 않을 것이 분명했다. 그에게 어떤 식으로든 존재감을 보여주고 싶다는 오기가 생겼다.

"저 나름 장사꾼 출신입니다. 제가 보기에 이 제안, 두 분이 정면으로 나서기엔 구찌가 커요. 솔직히 말씀해주시죠. 오늘 이 자리, 어디까지 이어져 있는 겁니까? 믿을 만한 도매상이어야 거래를 틀 것 아닙니까?"

과거 내게 고압적인 태도로 삿대질하며 윽박질렀던 사람들의 얼굴이 둘의 얼굴 위로 차례로 겹쳤다. 조직에서 뒷배 없이 설치는 새끼는 없다. 내게 상습적으로 폭언을 퍼붓던 주방용품 공장 생산팀장은 사장의 동생이었고, 휴일에 나를 불러 이삿짐을 나르게 한 물티슈 공장의 경리팀장은 사장의 조카였다. 김기윤과 이세진의 뒷배는 누구인지 궁금했다.

"윤 대표를 견제하면 가장 큰 이득을 얻는 분이 누구입니까?"

"박상문 시장님은 정치 감각을 타고난 분입니다. 위기 대처 능력도 훌륭하고요. 무엇을 어떻게 해야 여론의 주목을 받을 수 있는지 동물적으로 아는 분입니다."

내가 짧은 시간에 파악한 이형규는 먼저 입을 열진 않아도 질문에는 가능한 한 성실하게 답하는 캐릭터였다. 저녁을 사겠다는 핑계로 그를 국회의사당 근처 호프집에 붙잡고 질문 공세를 펼쳤다.

김기윤과 이세진의 뒷배인 행복당 소속 재선 서울시장 박상문은 수도권 지역구 5선 의원에 경기도지사 출신인 이건재와 함께 유력한 차기 대선 주자로 꼽히는 인물이다. 박상문은 국회와 한 발짝 떨어진 자리의 특성을 잘 활용해 예민한 당내 이슈를 피하는 한편, 부동산가격 안정화 정책 발표 등 이슈 메이킹을 주도해 서울을 넘어 전국적인 지지세를 얻고 있었다. 하지만 그러한 이슈 메이킹이 포퓰리즘을 조장한다는 비판도 적지 않았다. 당권을 장악한 윤현종은 이건재를 지지하고 있어 원외인 박상문의 당내 기반은 취약한 편이었다. 박상문에게 줄을 선 김기윤과 이세진은 윤현종의 자리를 흔들어 놓을 칼잡이를 수배하고 있었고, 수배에 걸려든 게 나였다.

"윤현종 원내대표는 어떤 분입니까?"

"조직 장악력이 뛰어나죠. 작년에 최고위원들을 움직여 전국 당원협의회를 대상으로 당무 감사를 벌였을 때 그 위세가 정말 대단했죠. 핸드폰 번호만 등록해 놓고 지역구 관리에 손을 놓은 당협위원장이 그때 대거 정리됐습니다. 명분이 워낙 확실해 누구도 다른 목소리를 낼 수 없었죠. 당원협의회가 제대로 작동해야 조직력이 생기고, 조직력이 한데 모여야 차기 대선에 힘을 발휘할 수 있으니까요. 그때 새로 취임한 당협위원장은 모두 그분 덕을 봤다고 말할 수 있습니다."

윤현종은 시의원으로 정치에 입문해 도의원과 도의회 의장을 거쳐 지역구 3선 반열에 오른 입지전적 인물이었다. 이형규는 그런 그를 6선 같은 3선이라 평가했다. 김기윤과 이세진을 비롯한 행복당 의원들이 왜 직접 의혹 제기에 나서지 못하는지 짐작할 수 있었다.

바닥부터 시작해 자수성가한 사람은 싸우지 않고 이기는 방법을 잘 안다. 하지만 싸워야 할 때는 개싸움을 마다하지 않는다. 윤현종은 당협위원장을 물갈이하는 공포정치를 통해 의원들의 복종을 받아내며 명분과 실리를 챙겼다. 바닥에 있을 때 많이 싸워봤기 때문에 그런 과감한 전략을 펼칠 수 있었을 것이다. 상대하기 어려운 인물임이 분명했다.

"우리 당 대선 후보 경선에서 둘 중 누가 승리할 거라고 보십니까?"

이형규는 안경테를 만지작거리며 확답을 피했다.

"당내 입지는 이건재 의원님이 유리한데, 전국적인 호감도는 박상문 시장님이 높고... 대답하기 어려운 문제입니다. 정치는 생물이라 하지 않습니까. 두 사람 외에 새로운 분이 혜성처럼 등장할지도 모르죠. 늘 예상을 빗나가는 게 정치입니다."

나는 직구를 던졌다.

"그렇다면 제가 두 분 중 누구와 가까이 지내는 게 더 유리하겠습니까?"

맥주 한 모금을 마시고 슬그머니 답을 피했다.

"박상문 시장님과 가까이 지내는 건 좋지만, 윤현종 대표님과 척을 지면 여러모로 피곤해지겠죠?"

상임위 문제로 항의하던 나를 같잖게 바라보던 윤현종의 얼굴이 떠올랐다. 그는 본능적으로 마음에 들지 않았다. 이형규가 처음으로 내게 먼저 질문했다.

"의원님, 그 전에 장사하셨지요?"

그의 반응이 반가우면서도 낯설어 대답을 얼버무렸다.

"그냥 뭐……. 구멍가게죠."

한 손을 턱에 괸 채 내 눈을 응시했다. 그의 얼굴에서 살짝 취기가 엿보였다.

"좋은 물건을 싸게 사서 이문을 많이 남기는 게 장사 아닙니까? 이 건은... 위험부담이 큰 거래입니다. 거래하겠다고 마음을 먹었다면, 제값을 받는 것은 기본이고 수당까지 챙기는 흥정을 해야 하지 않겠습니까?"

세 번째 만남에서 김기윤과 이세진은 박상문이 대통령으로 당선되면 차기 총선에서 행복당이 유리한 수도권 지역구에 나를 공천하겠다고 약속했다. 매력적인 제안이지만 박상문의 취약한 당내 기반이 대선 레이스에서 발목을 붙잡을 가능성이 컸다. 만약 그런 상황이 벌어진다면, 나는 얼마 남지 않은 임기 내내 당내에서 왕따로 지내다가 차기 총선 전에 당에서 버려질 게 뻔했다. 위험부담이 큰 제안이었다. 마치 지금 내 앞에 펼쳐져 있는 음식 가짓수만 많고 먹을 게 없는 한정식처럼.

"지킬 수 있는 약속입니까?"

"시장님께선 한 입으로 두말하지 않으십니다."

"두 분이 확실하게 서류로 약속해주시죠."

이세진이 살짝 짜증스러운 표정을 지으며 흘겨봤다.

"구두 약속에도 법적 효력이 있습니다."

김기윤이 핸드폰을 꺼내 어디론가 전화를 걸었다. 그리고 스피커폰을 켰다. 테이블 위에 놓은 핸드폰 액정에 '박상문 시장' 이름이 떠 있었다. 10여 초 후 스피커폰에서 박상문의 목소리가 들렸다.
"네. 김 의원."
"지금 제 앞에 정치인 의원이 계십니다. 정 의원께서 다음 총선 공천을 보장해달라는 확실한 약속을 요구하십니다."
"…… 정 의원, 듣고 계십니까?"
예상치 못한 상황 전개에 조금 당황했다.
"네, 시장님."
박상문이 목소리에 힘을 실었다.
"제 정치생명을 걸고 약속합니다."
더 이상의 말이 필요 없었다. 김기윤이 자신감 넘치는 목소리로 물었다.
"이 정도면 저희가 서류로 하는 약속보다 더 확실하지 않습니까?"
제값을 받는 것은 기본이고 수당까지 챙기는 흥정을 하라던 이형규의 조언이 귓가에 맴돌았다.
"만약 시장님이 대선에서 패배하면 저만 낙동강 오리알 되는 거 아닙니까? 하나만 더 약속해주시죠. 제가 나중에 법안을 발의할 일이 있을 때, 두 분이 힘 좀 보태주세요. 시장님의 당선 여부와 상관없이 말입니다."
김기윤은 피식 웃으며 고개를 끄덕였다.
"품앗이가 뭐 어려운 일이라고. 약속드리죠. 이 의원도 동의하시죠?"
이세진은 말없이 고개를 끄덕이며 못마땅한 표정을 지었다. 나는 그녀의 표정에 빈정이 상해 이 자리에서 확답을 주려 했던 마음을 바꿨다.

"더 고민해 보고 연락드리겠습니다."

이세진의 목소리가 높아졌다.

"아직도 더 고민이 필요하신가요?"

나는 씩 웃으며 자리에서 일어났다.

"제가 셈이 좀 느려서요. 곧 결정하겠습니다."

두 사람은 식당 엘리베이터 앞까지 나와서 나를 배웅했다. 김기윤은 좋은 소식을 기다리겠다며 짐짓 여유로운 표정으로 악수를 청했다. 그의 손은 땀으로 축축했다. 처음에 나를 만났을 때 자신만만했던 이세진의 얼굴에 초조함이 엿보였다. 나는 뒷주머니에서 지갑을 꺼내 만 원권 지폐 석 장을 김기윤에게 건넸다. 그는 손사래를 치며 당황했다.

"오늘 자리는 저희가 사는 건데,"

나는 그의 말을 끊고 손에 지폐를 쥐여주었다.

"잘 먹고 갑니다."

인생은
쓴맛과 신맛의 연속

 택시에서 내려 반지하 원룸 자취방으로 향했다. 뒤편에서 발걸음 소리가 들리는가 싶었는데 누군가 어깨를 툭툭 쳤다. 뒤돌아보니 서희철이었다.
 "서 기자, 여기서 뭐해?"
 그는 하늘을 올려다보며 한숨을 쉬었다.
 "…… 저 사표 썼습니다. 더는 좆같아서 못 하겠더라고요."
 "느닷없이 무슨 사표야! 연락이나 하고 찾아오지 참나. 언제부터 기다린 거야?"
 천천히 손가락으로 숫자를 셌다.
 "음……. 두 시간?"
 검은 비닐봉지를 내게 건네주며 씁쓸하게 웃었다.
 "형님, 아니 의원님. 저 레몬 소주 좀 만들어줘요. 그거 마시고 싶어서 찾아온 거예요. 소주는 '히야시'된 거 방에 있죠?"

비닐봉지 안에 레몬 여러 개가 들어있었다.

"명색이 기자라는 놈이 이상한 일본어나 쓰고 말이야. 신혼인데 집에 안 들어가도 돼?"

"그 친구도 기자잖아요. 서로 익스큐즈하며 사는 거죠 뭐."

김기윤과 이세진을 만난 한정식집에서 제대로 먹은 게 없어 출출하던 차였는데 반가웠다. 비닐봉지를 도로 그에게 건네고 현관문을 열었다.

"안주는 치킨 시킬게. 근처에 잘 튀기는 집이 있어. KFC에서 10년 넘게 일하고 개업했다더라. 맛이 크리스피 치킨과 비슷한 데 반값이야. 가성비 쩔어."

내 뒤를 따라 방으로 들어온 서희철은 익숙한 움직임으로 주방에서 글라스 잔을 챙겼다. 나는 잔에 소주와 얼음을 붓고 착즙기로 짠 레몬즙을 젓가락으로 섞어 건넸다. 술을 들이켠 그의 표정이 짜릿해졌다.

"이야! 어떻게 이런 고급진 단맛이 나지? 이건 마실 때마다 정말 기가 막힌다니까요. 레몬만 넣은 거 맞아요?"

"이 양반이 속고만 살았나."

"알코올의 쓴맛에 레몬의 신맛이 더해지면 단맛이 난다? 말이 안 되잖아요?"

"고진감래라는 말이 괜히 나왔겠어? 근데 내 인생에도 이제 단맛이 났으면 좋겠다. 어째 만날 쓰고 시기만 하냐."

서희철이 잔을 들어 바라보며 감탄했다.

"이야! 이 잔에 인생이 들어있다는 말이네요. 멋있다! 정치인! 파이팅! 정치인!"

"흰소리는 집어치우고, 사표를 낸다는 건 뭔 소리야? 회사가 포럼을 하나 더 만들기라도 한대?"

그가 기자 일에 회의를 느끼고 있음을 안 지 꽤 되었다. 내가 보기에도 매일한국이 기자들에게 가욋일로 업무를 지시하는 방식은 이해하기 어려웠다. 가장 납득하기 어려운 지시는 출입처에 찾아가 포럼 행사의 티켓을 팔라는 것이었다. 이 같은 강제 티켓팔이가 매일한국뿐 아니라 포럼을 주최하는 대부분의 언론사에서 이뤄지고 있다는 사실이 더 기가 막혔다. 출입처는 언론사를 무시하지 못해 울며 겨자 먹기로 홍보 예산을 쪼개 장당 100만 원이 넘는 티켓을 사는 게 관행이었다. 기자가 자신의 출입처에 고가의 티켓을 강매하고 그곳에 대해 비판적 기사를 쓰는 게 과연 가능한 일인가? 제3자인 나도 의문이 들었다. 그런데 서희철의 대답은 뜻밖이었다.

"아뇨. 의원님 때문에 그래요."

"뭐?"

너무 놀라 레몬 소주를 삼키지 못하고 질질 흘렸다. 서희철은 휴지를 건네며 흐흐 웃었다.

"막장드라마 보셨나! 제가 바깥에서 의원님 아이를 낳아 왔다는 고백을 한 것도 아닌데 뭘 그리 놀라요?"

"너라면 안 놀라겠어? 멀쩡히 다니던 신문사를 나 때문에 그만두겠다는데? 도대체 무슨 소리야?"

"저번에 제보해주신 김화균 의원 건 있잖아요. 이 바닥 좁다는 건 알았지만, 소문 정말 빠르더라고요. 그 소문이 퍼지는 과정은 더럽고."

그가 겪은 일은 정말 어처구니없었다. 김화균은 자신의 갑질 기사가 온라인에 올라온 이후 집요하게 보도 경위를 추적했다. 그 과정에서 서희철이 다른 언론사에 제보를 전달했다는 사실이 드러났고, 왜 같은 회사 출신 선배를 윗선에 보고도 없이 저격했느냐는 데스크의 추궁이 이어졌다.
"제가 지금까지 기자로 일하면서 그날처럼 쪽팔렸던 일이 없어요. 출입처에 포럼 티켓팔이 할 때보다 훨씬 더! 그 일이 저를 붙잡고 따질 일이에요? 잘했다고 칭찬해줘도 모자랄 판에?"
잔에 담긴 레몬 소주를 한입에 비우고 하소연했다.
"저는 지금까지 도대체 무엇을 위해 일해온 걸까요."
"그래서, 정말 사표 쓸 거야?"
"이미 썼다니까요. 데스크와 싸우고 사원증까지 쓰레기통에 버리고 왔어요."
"노빠꾸네, 이걸 잘했다고 해야 하나, 못했다고 해야 하나?"
갑자기 자세를 바로잡으며 내 눈을 똑바로 바라봤다.
"사실 그 일 때문에 제안과 부탁을 드리러 찾아온 거예요."
"무슨 말을 하려고 각을 잡아? 불안하게."
"제안과 부탁 중 뭐부터 들을래요?"
"매도 먼저 맞는 게 낫겠지? 부탁부터 말해 봐."
"지금 의원실에 사람 여럿 모자라죠? 정치부에 있는 동기를 통해 미리 알아보고 찾아왔어요. 그중 비서관 자리 하나가 빈다는 말을 들었거든요."
비서관 한 명 정도는 믿을 만한 사람을 쓰라던 윤현종의 조언이 머릿속을 스쳤다. 그 조언을 들었을 때 가장 먼저 떠오른 얼굴은 서희철이었지만 바로 고개를 저었다. 멀쩡히 다니는 신문사를 그만두고 고작 1년밖에 보장할 수 없는 자리로 오라는 것은 말도 안 되는 제안이었다.
"솔직히, 당신 생각 안 한 거 아니야. 그런데 알잖아? 낑해봐야

1년짜리야. 나 재선 가능성? 냉정하게 말해 없어."

"의원님, 저도 이제 백수예요. 1년짜리면 알바 자리라도 감지덕지죠."

차마 내가 먼저 꺼낼 수 없었던 부탁을 상대가 선수를 치니 반가우면서도 민망했다.

"나 이것 참!"

"출근해요, 말아요?"

못 이기는 척 고개를 살짝 끄덕였다.

"알았어."

그는 자리에서 벌떡 일어나 90도로 고개를 숙였다.

"감사합니다, 의원님! 앞으로 잘 모시겠습니다!"

손사래를 치며 그를 제지했다.

"아이 씨! 술맛 떨어지게 뭐 하는 짓이야. 빨리 앉아. 부탁은 끝났고 제안은 뭐야?"

"제가 살던 합정동 투룸으로 이사 오세요. 공덕에 신혼집 얻은 후 거기 빈집으로 남아있거든요. 짐도 거의 없으니 몸만 오시면 되겠네요. 풀옵션이에요."

"내가 그곳엘?"

"아시잖아요. 그 원룸 건물 저희 부모님 소유라는 거. 두 분 다 흔쾌히 동의하셨어요. 어차피 제가 꽁으로 살던 방이라 의원님께 월세 안 받아도 부모님 가계에 아무 지장 없어요."

"아무리 그래도 그건 아니지."

"의원님 주머니 사정 뻔히 아는데요 뭐."

내 손을 잡으며 힘을 줬다.

"꼭 이사 오세요. 부탁이에요."

지금 머무는 반지하 원룸의 계약 기간이 끝나가고 있었다. 계약을 연장하려면 월세를 올려줘야 하는 터라 고민 중이었다. '괜찮다'는 말이 목구멍을 타고 올라오다가 막혔다. 그는 내 마음을 읽은 듯 채근하는 강도를 높였다.

"거기 투룸이어도 나름 펜트하우스예요. 옥상에 널찍한 평상 있어서 여름에 삼겹살 구워 먹기에도 좋아요."

나는 쑥스러운 표정을 감추며 레몬즙을 짰다.

"고맙다. 여러모로."

빈 잔을 내게 들이밀었다.

"고마우면 한잔 더 만들어줘요. 근데 아까 어디 다녀오신 거예요?"

"이세진하고 김기윤 만나고 왔어."

"그래요? 무슨 일로?"

"둘이 나한테 뭘 제안하더라. 듣고 판단해 볼래, 서비?"

서 비서관의 줄임말에 서희철은 히죽 웃었다. 치킨 배달을 알리는 초인종이 울렸다. 그가 치킨 받으러 간 사이에 핸드폰이 울렸다. 김기윤의 메시지였다.

어려운 결정을 해주셔서 감사합니다. 그동안 수집한 자료와 기재위 전체 회의에서 지적해야 할 사항을 메일로 보내드리겠습니다.

서로 엉겨 붙은 채 오피스텔 1층 현관 안으로 들어가는 김기윤과 이세진의 모습이 담긴 동영상을 떠올렸다. 둘의 모습은 내 보디캠에 촬영돼 외장하드에 저장돼 있었다. 그들이 내게 한 제안보다 두 사람의 은밀한 만남이 더 어렵고 위험한 행동 아닌가? 둘의 사랑을 응원하지는 않지만, 가십 뉴스로 접하는 날은 오지 않기를 바랐다.

이것은
깜짝쇼가 아니다

 "오늘 의사 일정에 들어가기에 앞서 우리 기획재정위원회에 보임돼 활동하시게 된 정치인, 품! 죄송합니다. 정치인 위원님을 소개합니다. 정 위원님 인사해 주시길 바랍니다."

 자유당 정경수 기재위원장이 내 이름을 소개하며 웃음을 참지 못해 민망해했다. 다른 위원들도 웃음을 참으려는 듯 고개를 돌리거나 어깨를 들썩였다. 나는 천천히 자리에서 일어나 살짝 고개를 숙였다.

 "딱히 소개할 거리가 없어서······. 아무튼, 열심히 해보겠습니다. 잘 부탁드립니다."

 의례적인 환영의 박수가 회의장에 짧게 울려 퍼졌다. 정부 측 참석자 차경모가 표정 없이 나를 힐끗 바라보다 시선을 거뒀다. 박수가 끝나자마자 내게 모였던 시선이 흩어졌다.

 "위원회 보고 사항은 유인물로 대체하겠습니다. 오늘 회의는 효율적인 진행을 위하여 법률안 11건을 상정해서 먼저 의결하겠습니다. 법안심사제1소위원회에서 심사를 마친 법률안을 심사하도록 하겠습니다."

<국가재정법 개정안>, <국유재산특례제한법 개정안>, <세무사법 개정안> 등의 심사 보고가 길게 이어졌다. 보고가 끝나자 정경수가 다시 회의를 진행했다.

"법안심사제1소위원회에서 심사 보고한 내용에 대해 의견이 있으신 위원님께서는 말씀해주시기 바랍니다. 지역 맞춤형 규제자유구역 지정과 운영에 관한 특별법은 제정 법안이기 때문에 국회법 제58조 제5항에 따라 축조심의[4]를 하게 되어있습니다. 그 앞의 법안에 대해 의견이 있으신 위원님께서 먼저 말씀해주시기 바랍니다. 이제 법률안을 의결하도록 하겠습니다. 의사 일정 제1항 국가재정법 일부개정법률안은 원안대로 의결하고자 하는 데 이의 없으십니까?"

아무도 이의를 제기하지 않았다. 정경수는 법률안 가결을 선포하며 의사봉을 두드렸다. 이 같은 장면이 몇 차례 더 반복됐다. TV로만 보아왔던 장면이 눈 앞에 펼쳐지니 신기하면서도 씁쓸했다.

"앞서 말씀드린 대로 의사 일정 제11항 규제자유구역 특별법은 제정법률안이기 때문에 축조심의를 하겠습니다. 제1조 목적부터 제12조 규제 확인까지 의견이 있으시면 말씀해주시길 바랍니다."

혁신당 반수정 의원이 손을 들었다.

"거대 양당 지도부의 합의를 존중하지만, 속기록에 '특별법에 대한 문제 제기가 있었다'는 기록을 소수의견으로 남겨 주시면 고맙겠습니다. 기업이 활동하기 좋은 환경을 만들어야 한다는 데는 원칙적으로 동의합니다. 문제는 이 특별법에 명시된 우선 허용, 사후 규제 원칙입니다.

위원들은 그저 조용히 듣기만 했다.

"신기술을 활용하는 사업이 국민의 생명과 안전을 위협하거나 환경을 현저히 저해하면 제한할 수 있다는 단서 규정이 법안에 있긴 합니다. 하지만 구체적인 제한 범위를 시행령으로 미뤘습니다. 시행령은 아시다시피 정권이 바뀌면 언제든 고칠 수 있고, 늘 그래 왔습니다. 위원 여러분 모두 아시지 않습니까? 새로운 기술에는 새로운 규칙과 합의가 필요한 법입니다. 우리가 과연 국민과 그 합의를 제대로 했습니까? 깊은 유감을 표하지 않을 수 없습니다."

회의실은 여전히 침묵이었다.

"반수정 위원님 수고하셨습니다. 다른 의견 주실 분 없습니까? 없으면 제13조 기업실증특례부터 제19조 법령의 개선 권고까지 의견 있으시면 말씀하여 주시길 바랍니다."

발언권을 얻은 혁신당 김성환 의원이 격앙된 반응을 보였다.

"제 의견도 속기록에 소수의견으로 남겨 주십시오. 저는 여당인 자유당과 제1야당인 행복당이 왜 한뜻으로 법안 통과에 열정적으로 나서는지 이해할 수 없습니다. 특히 행복당은 과거 정권을 잡았던 시절에 이 법안이 의료, 환경, 안전을 위한 규제를 없애고 대기업에 특혜를 준다며 반대하지 않았습니까. 갑자기 여당과 보폭을 맞추는 이유가 뭡니까."

자유당과 행복당 의원들의 표정이 떨떠름해졌다. 김성환은 성토를 멈추지 않았다.

"이뿐만이 아닙니다. 법안을 보세요. 규제자유구역을 지정하는 주체가 누굽니까? 기재부입니다. 지나치게 기재부에 힘을 실어주는 것 아닙니까? 지난해 기재부의 예산 조정액이 얼마나 되는지 아십니까? 무려 11조 원입니다. 반면 국회는 고작 1.6조 원을 조정했습니다. 기재부는 조정 과정을 전혀 공개하지 않고 있고, 혁신당에서 요구한 예산조정내역 자료 제출까지 거부했습니다. 국민을 대표하는 국회가 관료들에게 지나치게 끌려다니고 있는 것 아닌지 가슴에 손을 얹고 깊이 생각해볼 때입니다. 이상입니다."

정경수가 미간을 찡그리며 성의 없이 답했다.

"김성환 위원님 수고하셨습니다."

나는 손을 들어 발언권을 요청했다.

"존경하는 정치인 위원님 질의해 주시길 바랍니다."

뜬금없이 내 이름 앞에 붙인 '존경'이라는 단어가 귀에 거슬렸다. 심호흡을 한 차례 한 후 입을 열었다. 국회의원으로서의 첫 발언이었다.

"여야 법안소위 위원님들께서 머리를 맞대고 합의하신 덕분에 규제자유구역 특별법이 기재위 통과를 눈앞에 두고 있습니다. 그런데 이 법안! 정말로 국민을 위한 법안 맞습니까?"

발언을 일단 멈춘 후, 고진시에 구축되는 바이오 헬스케어 단지의 시범사업자 선정 과정 의혹을 보도한 과거 기사를 들어 보였다.

"첫날부터 예전에 보도된 찌라시를 가져와서 도대체 뭐 하자는 거야!"

"여기서도 선서식 때처럼 깜짝쇼를 벌이겠다는 거야!"

아니나 다를까 자유당 위원들이 손가락질하며 언성을 높였다. 그들을 무시하고 발언을 이어갔다.

"다들 아시겠지만, 고진시는 헬스케어와 빅데이터 관련 규제자유구역 지정을 추진 중입니다. 그런데 말입니다."

가방에서 새로운 자료를 꺼내 들어 보였다.

"당시 정부는 시범사업자 선정 결과만 공개했습니다. 외부 평가위원들이 매긴 점수는 공개하지 않았죠. 그런데 제가 입수한 기재부의 외부 평가위원 세부 심사평가 결과표를 보시죠. 살펴보니 꽤 재미있습니다. 보시는 바와 같이 평가 결과가 당시 보도된 홍지형 경제수석이 수첩에 적은 내용과 일치합니다. 이걸 우연의 일치라고 봐야 할까요? 위원님들께선 숫자로 적어야 하는 주관식 문제의 정답을 무려 네 개나 찍어서 정확하게 맞출 자신이 있습니까?"

회의장 분위기가 술렁였다. 이때다 싶어 공세를 늦추지 않았다.

"DTC는 가장 늦게 컨소시엄을 구성해 시범사업자 선정에 뛰어들었습니다. 접수일도 고작 마감일로부터 일주일 남겨둔 상황이었습니다. 그러다 보니 사업제안서 자료의 질적 수준이 다른 컨소시엄보다 떨어진다는 뒷말이 많았습니다."

과장된 몸짓으로 자료를 흔들며 목소리를 높였다.

"여기 점수를 보십시오! DTC컨소시엄의 점수는 1등이 아닙니다! 과거에 돌았던 뒷말이 뜬소문이 아니었던 겁니다! 대한민국 4차산업 발전을 위한 사업자 선정이라면! 지역 발전을 위한 사업자 선정이라면! 당연히 가장 높은 평가를 받은 사업자가 선정돼야죠, 안 그렇습니까?"

차경모가 안경을 올려 쓰며 굳은 얼굴로 나를 바라보았다. 그 시선을 피하지 않았다.

"청와대는 이 같은 사실을 정말 몰랐는지 해명해주시고요.. 시범사업자 선정 과정 자체에 의혹이 있다면, 의혹을 푸는 일이 법안 통과보다 먼저겠죠? 여기서 좋은 게 좋다고 대충 넘어가면! 좀 쪽팔리지 않겠습니까? 우리가 매달 받는 세비가 얼만데. 아! 저는 아직 못 받아봤습니다. 위원장님, 얼마죠?"

3. 연(緣)

생각보다
간이 짜지?

기재위 전체 회의는 결국 파행 끝에 <규제자유구역 특별법> 심사를 보류했다. 전체 회의가 끝나자마자 온라인에 정부와 DTC 사이에 부적절한 관계가 있는지를 조사해야 한다는 기사가 쏟아져 나왔다. 김기윤의 메시지는 여운이 있었다.

오늘 고생 많았습니다. 나중에 따로 좋은 자리에서 만나지요.

다 차려진 밥상 위에 숟가락 올린 게 전부인데, 순식간에 화제의 중심에 오르니 기쁘기보다는 민망했다. 한편으로는 내게 어떤 후폭풍이 몰려올지 은근히 걱정도 되었다.
청와대는 김리안이 대통령을 배후에서 좌지우지하는 비선 실세가 아니냐는 의혹에 다시 휘말리며 비상 상황을 맞았다. 낮은 지지율 때문에 정권 재창출 전략을 고민하던 자유당의 발등에도 불이 떨어졌다. 행복당은 대외적으로 의혹을 모두 털어내야 한다며 자유당과 각을 세웠다. 하지만 내부에선 특별법을 지지하는 의원들과 반대하는 의원들 간에 신경전이 본격화됐다. 이를 계기로 윤현종의 기세에 억눌려 있던 다른 계파 의원들이 하나둘 자기 목소리를 내기 시작했다. 그리고 윤현종의 입질이 왔다. 꽤 과격한 방식으로.

며칠 후, 한 방송사가 뉴스 하나를 단독 보도했다. 내가 세고나 전임 대표 류성휘를 협박해 대표 자리를 차지했다는 폭로 기사였다. 뉴스에서 보도한 CCTV 영상에는 세고나 회원 여러 명을 뒤에 병풍처럼 세운 내가 그에게 따지는 모습이 담겨 있었다. 소리는 들리지 않았으나 영상만 보면 내가 그를 협박했다고 오해하기에 충분했다. 류성휘는 얼굴을 모자이크로 처리한 채 변조된 음성으로 '대표 자리를 협박으로 빼앗은 정치인은 의원직에서 당장 물러나야 한다'고 주장했다. 내가 의원실에 들어오자 변호사 출신 법률 담당 비서관 이슬기가 다가왔다. 그녀는 걱정스러운 표정으로 조심스레 말을 건넸다.

"윤현종 원내대표가 당 윤리심판원에 의원님과 관련한 의혹에 대해 직권조사를 명령한다는 말이 돌고 있습니다."

"그래요?"

회의실로 보좌진을 불러 모아 핸드폰을 열어 새로운 영상을 보여줬다. 다른 각도로 촬영된 영상에는 CCTV 영상에 없는 현장 음성이 담겨 있었다.

"그때 제가 보디캠으로 촬영한 것입니다. 여러분께서 들으셨듯이 저는 류성휘 대표에게 자리를 내놓으라고 협박하지 않았습니다. 세고나 회원들과 함께 집행부의 국고보조금 횡령에 관해 해명하라고 따진 것뿐입니다. 류성휘는 지레 겁을 먹고 자리를 내놓았고요."

며칠 전 정책 담당 비서관으로 의원실에 합류한 서희철이 분통을 터뜨렸다.

"류성휘, 이 인간 끝까지 진상이네. 해명 보도자료 준비하고 몇몇 기자들에게 따로 연락해 설명도 하겠습니다. 금방 해결되겠네요."

나는 이형규에게 물었다.

"하필 이 시점에 류성휘가 무리수를 던진 걸 보면, 윤 원내대표가 뒤에 있다는 의미겠죠? 이번 건과 관련해 신속하게 직권조사를 명령한 걸 보니 말입니다."

그는 심드렁한 반응을 보였다.

"이례적으로 신속한 움직임이긴 하죠. 각오하신 일 아닙니까? 일단 윤 대표를 만나 최선을 다해 해명하는 수밖에요."

행복당 원내대표실을 찾았을 때 윤현종은 회의실 내 긴 직사각형 테이블의 끝 상석에 앉아 있었다. 출입문과 가장 가까운 말석에 놓인 커피잔이 눈에 들어왔다. 그와 나 사이의 거리는 사실 그보다 더 멀 것이었다.

'생각보다 유치하네.'

윤현종은 반가움을 과장한 목소리를 냈다.

"정 의원! 얼마 전 기재위에서 활약하시는 모습 잘 봤습니다! 역시 제가 사람을 잘 본 모양입니다. 정 의원 덕분에 청와대와 여당이 아주 난리가 났습니다. 하하!"

그는 입으로만 웃었다.

'정말 난리가 난 곳은 따로 있을 텐데, 이 양반 화를 꽤 참고 있구나.'

앞주머니를 살짝 눌러 녹음기 전원을 켰다.

"별말씀을요. 신경 써서 기재위로 보내주셨으니 당연히 그 배려에 보답하는 게 도리죠."

나는 말에 일부러 뼈를 담아 나를 기재위로 보낸 사람은 윤현종임을 상기시켰다.

"실력에 겸손까지 갖추시고, 앞으로 우리 당에 많은 힘이 돼 주시리라 믿습니다."

마음에도 없는 칭찬을 들으니 속이 울렁거렸다. 쓸데없는 소리를 더 듣고 싶지 않아 커피를 한 모금 마신 뒤 바로 본론으로 들어갔다.

"당 윤리심판원이 저를 직권조사한다는 말을 들었습니다."

"당은 정 의원을 믿지만, 국민은 그렇지 않습니다. 당이 발 빠르게 나서서 오해를 푸는 게 정 의원에게도 좋은 일 아니겠습니까?"

나 역시 그를 바라보며 입으로만 웃었다.

"오해는 지금 이 자리에서 바로 풀어드리겠습니다."

보좌진에게 보여줬던 영상을 재생시켰다.

"이 정도면 충분히 해명하고도 남지 않을까 싶습니다. 저는 이 영상을 해명 보도자료와 함께 공개해 류성휘 전 대표의 배후에 누가 있는지 밝히려 합니다."

그가 어색하게 미소 지었다. 나는 씩 웃으며 핸드폰을 덮었다.

"하지만 국회에 오자마자 이런 일로 계속 시끄럽게 하는 건 아니다 싶더라고요. 그래서 조용히 해결하려고 원내대표님을 찾아왔습니다."

"잘 찾아오셨어요. 역시 현명하십니다."

"어려운 일 있을 때 부담 없이 찾아오라고 말씀해주시지 않았습니까? 그 말씀 늘 마음에 새기고 있습니다."

그는 커피를 한 모금 마신 뒤 내 눈을 응시했다.

"궁금했는데, 정 의원은 규제자유구역에 관해 어떻게 생각하십니까?"

'이제야 본론으로 들어가는군.'

그 질문은 아무것도 모르는 놈이 왜 설치고 돌아다녀 일을 그르치느냐는 책망으로 들렸다. 나는 김기윤과 이형규에게서 주워들은 설명을 적절하게 섞어 풀어냈다.

"기업 활동에 활력을 주기 위한 규제 완화에 저도 동의합니다. 4차산업 발전을 막는 낡은 규제도 없애야겠죠. 저는 특별법에 딱히 반대하지 않습니다. 오히려 입법 추진이 우리나라 경제 발전에 장기적으로 유리하다고 봅니다."

내 대답이 흥미로운 듯 그는 안경을 고쳐 썼다.

"그런가요?"

"결과? 중요하죠. 하지만 그에 못지않게 과정도 중요하지 않겠습니까? 누가 봐도 사업자 선정 과정에 문제가 있었습니다. 사업자 평가에서도 1등이 따로 있었음이 드러났고요. 이런 상황에서 법안을 본회의로 넘기는 건, 국회가 DTC의 입법 로비를 자인하는 꼴입니다."

이제 의사 뒤로 기대앉으며 팔짱을 꼈다.

"도움을 주시는 분들이 많은가 봅니다."

배후가 있음을 눈치챈 것 같았지만 나는 시치미를 뗐다.

"제가 닦달하는 바람에 보좌진이 고생을 많이 했습니다."

"이제 막 국회에 들어오셔서 상임위 활동을 준비할 시간이 많지 않았을 텐데, 짧은 시간에 많은 준비를 하신 모습에 놀랐습니다.

훌륭한 보좌진과 함께 일할 수 있다는 건 복입니다. 염인성 의장님과 오래 일했던 보좌진이죠?"

이리저리 간을 보는 그의 태도에 짜증이 났다. 그를 도발할 미끼를 던지기로 했다.

"기재위에서 밝히지는 못했는데, DTC뱅크가 최근에 진행한 특별채용에서 여야 유력 정치인들이 청탁했던 사람들이 합격자 명단에 다수 올라가 있다는 제보도 있었습니다. 고위 관료가 중간에서 다리 역할을 했고요. DTC가 정치권에 입법 로비를 벌인 중요한 정황입니다."

그의 얼굴이 굳어졌다. 어색한 침묵이 흘렀다. 벽시계에서 초침 흐르는 소리가 크게 들렸다. 팔짱을 풀며 진지하게 물었다.

"정 의원은 학창 시절에 수학을 잘하셨습니까?"

뜬금없는 질문에 살짝 당황했다.

"제가 제일 못하는 과목이 수학이었습니다."

이제 비웃음을 흘리며 커피잔을 들었다.

"왠지 그럴 것 같았습니다. 이래서 학창 시절에 수학 공부를 소홀히 하면 안 됩니다. 나중에 분수를 모르게 되거든요."

순간, 어이없는 웃음이 나오려는 것을 간신히 참았다. 이 사람의 성격을 알 수 있는 말이었다. 나는 유치하게 그 말을 받아쳤다.

"영어 성적도 시원치 않았던 터라 무슨 말씀인지 영문을 모르겠습니다."

"외람된 말로 들릴지도 모르지만, 국어 성적도 별로 좋지 않으셨을 것 같습니다. 좋았다면 주제를 파악하셨을 텐데 말이죠. 아! 고졸이시죠?"

"정확히 말하면 고시 출신입니다. 검정고시, 그리고 사법고시 공부도 좀 했습니다. 물론 제 머리로 합격은 어림도 없었지만 말이죠."

그는 커피잔을 내려놓으며 싸늘한 눈빛으로 바라봤다.

"규제자유구역 특별법은 기재위 소속 여야 위원들의 오랜 합의를 거친 끝에 나온 결과물입니다. 정치는 혼자 할 수 없습니다."

"무슨 의미인지 잘 모르겠습니다."

"정 의원의 의혹 제기는 결과적으로 우리 당이 자유당 지도부와 쌓아온 신뢰를 일방적으로 깨뜨린 꼴이 됐다는 말입니다. 그 정도 파급력을 가진 의혹 제기라면, 미리 당 지도부와 소통할 필요가 있었다는 점을 알려주고 싶었습니다."

점잖은 척하며 궤변을 늘어놓는 태도가 몹시 거슬렸다.

"대선을 앞두고 서로 치고받고 싸워도 모자랄 판에, 사이좋게 지낼 일을 걱정한다고요? 소꿉놀이도 아니고. 이해가 안 되는데요?"

갑자기 벽시계로 고개를 돌려 시간을 확인했다.

"다음 일정이 있어서 긴 대화는 어려울 것 같습니다. 마지막으로 짧게 말씀드리죠. 국회는 여러 의원이 모인 조직입니다. 조직에서 가장 필요한 덕목은 무엇이라 생각합니까?"

"글쎄요."

"싸가지입니다."

입가로 흘러나오는 실소를 감출 수 없었다. 그 실소를 무시하면서 윤현종은 자리에서 일어나 회의실 구석에 놓인 행운목 화분 앞으로 다가갔다.

"씨앗을 땅에 심으면 싹이 트죠. 이때 움터 나오는 새싹의 여린 모가지를 싸가지라 부릅니다. 싸가지가 없으면 기르나 마나죠."

행운목에 갓 돋아난 작은 잎을 가벼운 손길로 툭 떼어냈다.

"사람도 마찬가지입니다. 싸가지가 없으면 호미로 막을 일을 가래로 막게 되고, 아쉬울 때 나서서 도와주는 사람도 없어서 외로워집니다."

이제 슬슬 목소리에 노기가 스며들었다.

"젊었을 때 숙이고 살아야 나이 먹어서 허리 펴고 사는 법입니다. 명심하시길 바랍니다. 나중에 좋은 자리에서 뵙기로 하죠."

밖으로 나오자마자 복도에 서서 류성휘에게 음성이 담긴 영상을 보냈다. '경거망동하지 말라'는 경고도 함께 보냈다. 그는 아무런 답도 하지 않은 채 나를 차단했다. 당 윤리심판원의 직권조사는 시작도 하기 전에 중단됐으며, 나를 다룬 후속 기사 보도는 없었다. 대신 뒤끝이 따라왔다. 며칠 후 내가 정무위원회로 배정된 것이었다. 말도 안 되는 처사였으나 굳이 따지지 않았다. 기재위든 정무위든 내가 잘 모르는 상임위라는 사실은 매한가지였다.

'귀찮은 일이 더 벌어지지 않기만을 바라야지.'

그래도 되는
나라는 없다

"하핫! 원내대표님께서 화가 많이 나셨나 보네. 그 점잖은 입에서 싸가지라는 단어가 나왔다고요? 별일이네, 별일이야."

김기윤은 박장대소했다. 나는 지나치게 조용한 한정식집 방의 분위기가 어색해 두리번거렸다.

"방음 시설이 잘돼 있나 봅니다."

고종석이 소주병을 따며 내게 일러주었다. 그는 나와 같은 행복당 재선 의원이자 정무위 위원이었다.

"익숙해지셔야죠. 이젠 어딜 가도 밥을 사야 하는 처지가 되셨는데, 명색이 국회의원이라는 사람이 남을 허접스럽게 대접하면 뒷말 나옵니다. 나중에 간담회 여실 때도 결국 이런 곳을 찾을 수밖에 없을 겁니다. 민감한 이야기를 긴 시간 동안 나누기에 이만한 곳이 없기도 하고요. 아무튼, 고생 많으셨습니다. 한 잔 받으시죠."

나는 마주 앉은 둘과 서로의 잔에 소주를 채우고 건배했다. 수

십 가지 반찬이 오른 상 앞에서 '상다리가 부러질 만큼'이라는 수식어는 과장이 아니었다. 하지만 딱히 끌리는 반찬은 눈에 띄지 않았다. 고만고만한 음식으로 채워진 결혼식 출장 뷔페를 보는 기분이었다. 가까운 곳에 놓인 잡채에 젓가락질하며 김기윤을 곁눈질했다.

"윤 대표는 제게 배후가 있다는 걸 아는 눈치더군요."

그러나 대수롭지 않다는 반응이 돌아왔다.

"눈치 백단인 양반인데 모를 리 있겠습니까. 시장님이 움직였음을 짐작했겠죠."

고종석이 그 말을 받았다.

"아무튼, 이번 건 때문에 윤 대표도 자신을 둘러싼 당내 반발이 상당하다는 걸 깨달았을 겁니다. 그 양반, 요즘 자리가 주는 권력에 너무 취해 있었어요."

직접 윤현종과 맞서는 게 두려워 나를 칼잡이로 내세운 주제에 잘난 척하는 모습은 꼴불견이었다. 의기양양해진 둘을 한심하게 바라보다가 눈빛을 고쳤다. 고종석이 뭔가 할 말이 떠오른 듯 젓가락질을 멈췄다.

"이번에 금융위 부위원장으로 자리를 옮긴 차경모 말이야. 그 양반이 예전부터 외감법에 부지런히 공을 들여왔다는 것 알아? 요즘에는 티 나게 움직이더라."

기재위에서 보았던 차경모의 굳은 얼굴이 떠올랐다. 김기윤도 젓가락질을 멈추고 눈을 크게 떴다.

"그 양반이 또 움직이고 있어요? 발도 넓은데 부지런하기까지 하네. 그러니 의원 100명이 와도 못 당하지."

둘 사이에 오가는 말을 알아듣지 못해 어색하게 술잔만 들었다가 놓았다. 열변을 토하던 고종석의 눈빛이 나와 마주쳤다.

"아! 둘만 떠들어서 미안합니다."

"아닙니다. 근데 외감법이 뭐죠?"

"정무위 소관 법률이니 앞으로 알고 싶지 않아도 아셔야 할 겁니다."

"……."

"주식회사 등의 외부감사에 관한 법률인데, 줄여서 외감법이라 하지요. 주식회사는 매출이나 자산이 일정 규모 이상 되면 반드시 공인회계사로 구성된 감사인에게 외부감사를 받아야 합니다. 그런데, 회사로선 외부감사 대상이 되는 일을 당연히 꺼릴 수밖에 없죠. 부정한 짓을 하든 하지 않았든, 내부 사정이 까발려지는 걸 좋아할 회사는 없으니까요."

"…… 그렇군요."

"자산 총액 100억 이상인 기업은 의무적으로 외부감사를 받게 하자는 법의 취지에 정무위 소속 여야 위원 모두 공감하고 있습니다. 기업이 회계장부를 속여 부실을 숨기고 공적자금을 낭비한 사례가 끊이지 않고 발생했으니 말입니다. 과거에는 주식회사만 감사 대상이었는데, 몇 년 전 법을 개정해 유한회사도 감사 대상이 됐습니다."

유한회사? 얼치기 고시생 시절에 민법을 공부하다가 접한 법률용어인데 기억이 가물가물했다. 나는 아무것도 모르는 척하며 고종석에게 물었다.

"잠깐만요. 유한회사가 뭐죠? 제가 법률용어에 익숙하지 않아서."

고종석이 난감한 듯 말을 흐렸다.

"아……. 모든 사원이 출자 금액을 한도로 유한의 출자의무를 부담하는 회사인데 아…….”

　김기윤이 끼어들었다.

“뭘 그리 어렵게 설명해요? 간단히 말해 주식 거래 못하는 주식회사지.”

　고종석이 엄지를 추켜세웠다.

“역시 일타강사 출신! 한방에 정리해주네. 우리나라 기업은 아무리 작아도 대부분 주식회사여서 유한회사는 생소한 개념입니다. 주식회사처럼 주식을 공모하거나 사채를 발행할 수 없어서 외부에서 투자를 유치하기 어렵거든요. 소규모 기업에나 적합한 법인 형태입니다. 언뜻 보면 주식회사보다 나을 게 하나도 없어 보입니다. 그런데 과거에는 유한회사에 독특한 허점이 있었습니다.”

“독특한 허점이요?”

“공시의무가 없었어요.”

　오랜 시간 법을 손에서 놓아 흐릿해졌던 지식이 서서히 되살아났다. 유한회사는 주식회사와 달리 이해관계자에게 재무 내용을 알릴 필요가 없다. 가족끼리 운영하는 소규모 회사이기 때문이었다. 그렇다면 지금은 공시의무가 있다는 말인가? 고종석이 숟가락으로 상을 살짝 쳤다.

“그 때문에 과거에는 외국계 기업이 한국 법인을 유한회사로 설립하는 꼼수를 부렸습니다. 재무구조 공개를 안 하고 외부감사도 받지 않으면서 주식회사와 별 차이 없이 영업할 수 있으니 말입니다. 한국에서 굳이 주식회사 형태로 외부 투자를 받을 필요도 없고요.”

　나는 고개를 끄덕였다.

“그렇겠네요. 돈이 모자랄 리도 없고, 모자라면 본사가 바로 쏴

줄 테니."

"역시 장사꾼 출신이셔서 이유를 바로 파악하시네요."

고종석의 말이 귀에 거슬려 퉁명스레 답했다.

"장사는 무슨, 구멍가게입니다."

그는 내 불편해진 심기를 파악하지 못한 듯 눈치 없이 말을 이어갔다.

"구글, 애플, 마이크로소프트, 페이스북 같은 유명 외국계 기업 상당수가 한국 법인을 유한회사로 운영했습니다. 그러니까 막대한 수익을 올려도 세금을 제대로 내는지 알 도리가 없었지요."

"아!"

"그 때문에 처음에 주식회사로 세워졌다가 유한회사로 전환한 외국계 회사들도 적지 않았습니다."

내가 잘 모르는 곳에 세금 납부와 기업 정보의 사각지대가 있다는 사실이 놀랍고도 황당했다. 고종석의 목소리가 높아졌다.

"몇 년 전에 새로 바뀐 외감법을 피하려고 이놈들이 무슨 짓을 벌였는지 아세요? 유한회사를 유한책임회사로 바꿔버리더라고요. 유한책임회사는 새 외감법의 감사 대상이 아니거든요. 벤처 창업을 도우려고 만든 새로운 제도를 법을 피하는 도구로 악용한 거예요. 상법상 바로 바꾸지는 못하니까 주식회사로 잠시 전환했다가 유한책임회사로 변신합니다. 이건 뭐 닭 쫓던 개도 아니고."

"그랬군요."

"이베이, 구찌, 아디다스, 월트디즈니처럼 유명짜한 외국계 기업이 다 이 지랄로 한국 법인을 운영합니다. 썩을 놈들."

문득 궁금증이 들었다.

"우리나라 기업은 왜 그런 꼼수를 부리지 않는 거죠?"

"적어도 국민 눈치는 보니까요. 우리나라 대기업이 그런 짓을 저질렀다면 당장 불매 운동 벌어질 걸요. 외국계 기업이니까 우리를 만만히 보고 저런 짓거리를 벌인 겁니다. 그놈들에게 한국은 그래도 되는 나라예요. 정부도 뒤늦게 이를 규제하기 위한 법안 마련에 나섰죠. 그런데 금융위가 주도해 마련한 외감법 정부안에 이해할 수 없는 부분이 있었습니다."

금융위는 <외부감사법>을 심의하는 정무위 법안소위에 참석해 법이 아닌 시행령으로 '외부감사를 의무적으로 받는 기업'을 결정하게 해야 한다고 주장했다. 앞으로도 외국계 기업이 법의 허점을 파고들 가능성이 있는데, 그때마다 법을 개정하긴 어려우니 시행령으로 감사 대상 기업의 범위를 정해야 변화에 유연하게 대응할 수 있다는 논리였다. 그러나 법안소위에서는 금융위의 주장을 담은 정부안 대신 외부감사 의무 대상에 유한책임회사까지 포함하는 의원안이 채택됐다. 나는 고종석의 설명을 온전히 이해하기 어려웠다.

"이런 말씀 드리기가 부끄럽고 민망한데, 솔직히 고 의원님의 설명이 무슨 의미인지 잘 모르겠습니다. 조금 더 쉽게 설명해주실 수 있나요?"

김기윤이 끼어들었다.

"얼핏 들으면 금융위 말이 맞는 것 같죠. 그런데 속내는 유한책임회사, 더 정확히 말하자면 외국계 기업에 관해선 금융위가 키를 쥐겠다는 의도입니다. 법이 아닌 시행령으로 외부감사를 받아야 할 기업을 정하면 금융위 권한이 커지니까요. 유한책임회사의 외감법 적용을 금융위가 만든 시행령으로 결정하겠다는 것은, 눈 가리고 아웅이죠. 금융위가 유한책임회사에 외감법을 엄격하게 적용할 거라는 보장이 없으니 말입니다."

이제야 어떤 상황인지 그림이 그려졌다. 금융위가 수도꼭지 조절하듯 시행령으로 외국계 기업의 목을 틀어쥘 수 있었다.

"금융위, 아니 차경모가 왜 그렇게 집요하게 매달리는지 알 것 같네요. 정치권 입장에선 차경모를 통해 인사 청탁할 기업의 범위가 늘어날 테고, 외국계 기업 쪽에서도 차경모라는 확실한 입법 로비 창구가 생길 테니 말입니다. 그 양반에게 더 큰 힘이 실리겠네요."

고종석이 고개를 끄덕였다.

"차경모가 차기 금융위원장이나 기재부 장관 자리를 노리고 있다는 소문이 파다합니다. 우리 당이 여당이었던 시절에 이건재 의원과 차경모가 아삼육이었다는 걸 아는 사람은 다 알지요. 자유당과 차경모의 현재 관계는 말할 필요도 없고요. 어떤 당이 정권을 쥐든 그 양반이 한자리를 차지할 겁니다."

김기윤이 신경질적으로 소주잔을 비우며 고종석에게 푸념했다.

"형님, 저는 아무리 생각해봐도 대한민국 최고 권력자는 경제 관료 같아요. 선출직의 입을 통해서 하고 싶은 말 다 하고, 펼치고 싶은 정책 다 펼치고. 규자법도 사실상 대통령이 관료에게 놀아난 결과잖아요. 여당이나 야당이나 그놈들 말에 휘둘리는 걸 보면 참! 우리 당도 원내대표라는 사람이 어떻게 쪽팔리게 자기 딸 일자리와 핀셋 법안을 맞바꾸려 합니까."

"언론도 마찬가지야. 관이 자기 입맛대로 쓴 보도자료나 인용해서 기사 쓰기에 바쁘지. 진보지 기자가 재정 건전성 때문에 추가경정예산 편성은 곤란하다는 식의 기사를 쓰는 걸 보고 식겁했다. 그거 전형적인 모피아 논리잖아? 언론이 걔네 주장을 검증할 역량이 없다는 걸 자인한 셈이지. 보수지나 경제지라면 몰라도 진보지까지 기재부가 집행하는 정부 광고와 기사를 엿 바꿔 먹는 걸 보니 기가 차더라."

　　김기윤이 코웃음 쳤다.

　　"선거철 오면 가관이죠, 특히 지방선거 가까워지면 기재부 예산실 앞에 도떼기시장이 서잖아요, 어떻게든 업적용으로 쓸 국비 확보하려고 전국 지자체장놈들이 죄다 세종시로 모이고요, 너나없이 스타벅스 손에 들고 과장이나 국장 얼굴 좀 보겠다고 줄줄이 대기하며 굽실굽실, 그러니까 그놈들 콧대가 안 높아지겠습니까."

　　그 말이 맞는다 해도 두 사람 역시 뒤에 숨어서 말만 청산유수로 늘어놓는 방안퉁수들이었다. 둘 사이의 대화를 끊으려고 한마디 거들었다.

　　"저처럼 분식이나 만들고 길바닥에서 굴러먹다가 우연히 금뱃지 달은 놈은 사람으로도 안 보이겠네요. 제가 또 고시 합격자 아닙니까. 검정고시."

　　자조 섞인 말에 둘은 서로를 힐끗 쳐다보며 어색하게 웃었다. 젓가락으로 양념게장을 집어 한입 베어 물었다. 입안에서 게 껍데기 부서지는 소리가 크게 새어 나왔다. 나는 살을 발라 먹고 남은 게 껍데기를 빈 접시에 뱉고 물수건으로 입을 닦았다. 게 껍데기에 베인 입술에서 흘러나온 피가 게장 양념과 뒤섞여 물수건에 붉게 스며들었다.

　　"힘 있는 부처의 높으신 분들이 저를 무시하든 어쩌든, 법을 만들 권한은 제게 있지 않습니까, 자리가 깡패죠, 1년 후 제가 금뱃지를 또 달고 있을 가능성은 솔직히 거의 없습니다. 하지만 별다른 일이 벌어지지 않는 한, 그때까지 제 신분은 국회의원입니다, 저는 앞으로 1년간 최선을 다해 제가 할 수 있는 일을 할 겁니다."

　　김기윤이 건성으로 물었다.

"꼭 하시려는 일이 있는가 봅니다?"

둘은 얼마 전까지만 해도 반지하 원룸에 대책 없이 누워있던 나를 과연 동료 의원이라고 여기기나 하는 걸까? 신경질적으로 잔에 담긴 소주를 비웠다.

"법의 탈을 쓴 깡패나 다름없는 강제집행 관련 법만은 제 손으로 반드시 뜯어고칠 겁니다. 건물주는 법을 어기지 않고도 세입자를 쫓아낼 방법이 차고 넘칩니다. 세입자가 억울하다고 버티면 강제집행을 하면 되고요."

씁쓸버. 서러움과 분노가 왈칵 치솟았다. 분식집 강제집행 과정에서 벌어졌던 사건들과 세고나 활동을 하며 겪었던 일들을 두서없이 털어놓았다. 흥분이 넘쳐 욕설이 자주 섞이는 것은 어쩔 수 없었다. 김기윤이 내 잔에 소주를 채우며 민망해했다.

"솔직히 잘 몰랐습니다. 그 정도로 문제가 심각할 줄은. 고생 많이 하셨네요. 저도 나중에 도울 수 있는 부분은 돕겠습니다."

"자기 일이 아니면 잘 모르는 게 당연합니다. 저 역시 유한책임회사는커녕 유한회사의 문제점도 뭔지 몰랐으니까요."

잔을 들어 둘에게 건배를 권했다. 셋의 잔이 부딪쳐 경쾌한 소리를 냈다.

"법이 사람을 그렇게 대하면 안 되는 겁니다. 저도 앞으로 두 분께 최대한 협조할 테니, 두 분도 저를 좀 도와주십시오. 그거면 충분합니다."

사람에 대한 예의

"대표님, 아니 의원님. 상황이 아주 급해요. 정말 죄송한데, 현장에 직접 와주시면 안 될까요? 어려운 부탁이란 걸 잘 아는데, 너무 급해서요."

핸드폰 너머로 장유정의 다급한 목소리가 들렸다. 국회에 입성한 내가 세고나 대표로 활동하기 어려워지자 총무인 장유정이 임시로 대표를 맡아 조직을 이끌고 있었다. 그녀는 가끔 내게 안부 연락을 주면서도 부담을 주지 않으려는 듯 세고나에 관한 이야기는 하지 않았다. 그런 그녀가 이렇게 전화를 했다는 사실은 그만큼 현장 상황이 심각하게 돌아가고 있다는 의미였다.

"유정 씨, 무슨 일이 생겼나요?"

"죄송한데 지금 길게 설명해드릴 겨를이 없어요. 저희만으로는 도저히 용역을 감당할 수 없어서 겨우 버티고 있어요."

"어디죠?"

"이태원이에요. 후니제빵소. 다친 사람도 있어요."

목소리 끝에 울음이 섞였다. 그 뒤로 수많은 사람이 쏟아내는 고성이 들렸다. 세고나와 용역업체가 격렬하게 대치하는 익숙한 풍경이 눈앞에 그려졌다. 이세훈의 이마에 새겨진 깊은 주름도 아른거렸다. 그 위로 이경선의 얼굴이 겹쳤다. 다가올 정무위 전체 회의를 준비하고 있던 보좌진과의 회의를 중단했다.

"급히 가야 할 곳이 있어요."

수행비서 강유현만을 데리고 이태원으로 향했다. 현장에 도착했을 때는 세고나와 용역업체 사이의 대치가 잠시 중단된 상태였다. 예상대로 현장 상황은 참담했다. 새벽부터 들이닥친 용역업체 직원들이 소화전 설비로 물대포를 쏘는 바람에 빵집 내부는 아수라장이었다. 흥분한 세고나 회원들은 바닥에 주저앉아 울거나 용역을 향해 욕설을 쏟아내고 있었다. 나를 바라보는 시선도 곱지 않았다. 장유정이 머리카락이 심하게 헝클어진 채 다가오며 울먹였다.

"어떻게 새벽부터 예고도 없이 용역을 동원해 물대포를 쏴서 가게를 이런 꼴로 만들어요……. 사람이 사람에게 왜 이렇게 잔인해요……."

그녀를 위로하며 강유현에게 현장 상황을 사진과 동영상으로 촬영하라고 지시했다. 빵집 앞에 주저앉아 멍한 눈빛으로 하늘을 올려다보는 이세훈의 모습이 눈에 들어왔다. 세상은 조금도 변하지 않았구나. 깊은 한숨을 내쉬며 그에게 다가갔다.

"형님, 괜찮으세요?"

그는 눈길을 주지 않았다.

"동생 눈에는 내 꼴이 좋아 보이는가. 그래……, 금뺏지 다니까 여기 생각은 통 나지 않으시겠지. 나라도 그럴 거야."

"형님······."

"뭣 하러 여기까지 오셨나. 좋은 데로 갔으니 계속 좋은 데에 머물러 있으셔야지. 이런 데로 오면 나쁜 기운만 옮아. 돌아가세요, 의원님. 얼른."

나는 목구멍에 맴도는 말을 억지로 삼켰다.

'국회에서 제가 지금 당장 할 수 있는 일이 없는데 어쩌란 말입니까.'

이세훈의 푸념이 야속했지만 그렇게 말할 수밖에 없는 그의 처지를 모르지 않았다. 나도 한때 이세훈이었으니까.

몸을 돌려 장유정에게 물었다.

"집행관을 만나봤어요?"

고개를 저으며 금방이라도 울 듯 표정을 일그러뜨렸다.

"저희를 만나주지 않아요. 얼굴도 못 봤어요."

용역업체 직원들이 기지개를 켜며 하나둘 일어나기 시작했다. 휴식이 끝난 듯 빵집 앞을 노려보았다. 세고나 회원들도 긴장하며 한곳으로 모여들었다. 핸드폰이 울렸다.

지금 의원님은 세고나 대표가 아닙니다. 국회의원 신분이라는 사실을 잊지 마세요. 절대로 세고나 편에 서서 용역업체와 싸우시면 안 됩니다. 절대로요!

서희철의 메시지는 흥분했던 내 감정을 가라앉혔다. 세입자에겐 부당하게 느껴질지 몰라도 강제집행은 어디까지나 법에 근거를 둔 법적 절차였다. 법을 만드는 국회의원이 자신의 지위를 내세우며 강제집행을 막을 권한은 없었다. 그 자리에서 내가 할 수 있는 역할은 용역업체 직원과 세고나 회원 사이에 더 이상의 물리적 충돌이 발생하지 않도록 양자를 중재하는 일뿐이었다. 장유정에게 마이크를 달라고 요청했다.

"저는 행복당 국회의원 정치인입니다!"

스피커에서 국회의원이라는 단어가 울려 퍼지자 용역들이 일제히 움직임을 멈췄다. 두 무리의 대립자들을 번갈아 바라보며 목소리를 높였다.

"이런 식의 강제집행은 자칫 큰 사고를 불러일으킬 수 있습니다! 여기에 이미 다친 분도 계십니다! 대화가 먼저 아닙니까! 집행관은 어디에 계십니까!"

용역들 사이에서 익숙한 얼굴이 눈에 띄었다. 4년 전 내 분식집을 강제집행했던 용역업체 사장 김상구였다. 눈이 마주친 그는 못 볼 꼴이라도 봤다는 듯 표정을 구겼다. 그날 뒤집어쓴 소화기 분말의 이물감과 불쾌감이 되살아났다. 그가 천천히 다가와 짝다리를 짚었다.

"의원님이 무슨 자격으로 정당한 법의 집행을 막으십니까? 정치인? 이름은 기가 막히네."

앞주머니에서 전자담배를 꺼내 입에 물며 거드름을 피웠다. 나는 마이크를 내려놓으며 조용히 힘줘 말했다.

"치우시죠. 냄새납니다."

"이거 전담이라 냄새 안 나는데?"

이죽거리는 그에게 속삭였다.

"당신 아가리에서 똥내 나니까 저리 치우라고."

자리가 사람을 만드는 것은 분명했다. 내 기세에 눌린 듯 잠시 주춤거렸다. 전자담배를 앞주머니에 집어넣으며 밀리지 않겠다는 듯 비아냥거렸다.

"법에 맞서 싸우던 사람이 법을 만드는 사람이 되고, 이게 무슨 법치국가야! 대한민국 정말 좋은 나라입니다, 안 그래요?"

나는 강유현을 불러 지시를 내렸다.

"현장 촬영 마쳤죠? 강제집행 과정에서 폭행 등 불법행위가 있었는지에 관한 수사를 관할 경찰서에 의뢰하고, 촬영한 사진과 동영상을 증거로 제출하세요."

세고나 회원들이 환호성을 울렸다. 김상구는 시끄럽다는 듯 손가락으로 귀를 파며 미간을 찡그렸다.

"어이! 뒷감당, 할 수 있겠나?"

나는 코웃음을 쳤다.

"뒷감당? 지금 대한민국 국회의원을 협박하는 겁니까?".

김상구는 몸을 배배 꼬며 약 올리듯 빈정댔다.

"아이고! 제가 어떻게 감히 하늘 같은 의원님을! 얘들아, 가자!"

용역들이 썰물처럼 일제히 물러났다. 세고나 회원들의 환호성이 더 커졌다. 나는 목소리를 낮춰 강유현에게 김상구의 뒤를 밟으라고 일렀다.

"저 자식 아마 집행관을 만나러 갈 겁니다. 멀지 않은 곳에 있을 테니 어디로 가는지 뒤를 밟아 알려주세요."

김상구가 향한 곳은 강제집행 현장에서 500미터쯤 떨어진 중국집이었다. 검은 양복을 입은 거구의 용역 직원이 출입문 앞에 서서 찾아오는 손님을 돌려보내고 있었다. 나는 강유현에게 차에서 대기하고 있으라고 지시했다. 그가 불안한 목소리로 만류했다.

"혼자 가시는 건 위험해 보입니다. 저도 함께 가겠습니다."

나는 손을 내저었다.

"저것들 무슨 야쿠자나 마피아 아닙니다. 시시한 녀석들이니 걱정 안 해도 돼요. 나 혼자 가야 덜 시끄럽습니다."

차에서 내려 천천히 음식점 앞으로 걸어갔다. 용역 직원이 나를 알아보고 허둥지둥했다. 앞주머니를 살짝 눌러 녹음기 전원을 켰다.

"왜 남의 가게 문을 막고 서서 찾아오는 손님을 돌려보냅니까? 조폭입니까? 비키세요."

움찔하는 용역에게 비키라고 손짓한 뒤 문고리를 당겼다. 그는 내 옷깃에 달린 금배지를 내려다보며 난감해했다. 그러나 나를 막아서지는 못했다. 넓은 홀 한가운데에 놓여 있는 원형 테이블에 세 명이 둘러앉아 있었다. 김상구, 집행관 박준호, 변호사 김원용. 모두 익숙한 얼굴이었다. 테이블로 다가가자 셋은 서로의 얼굴을 번갈아 바라보며 당황했다. 핸드폰을 꺼내 셋의 모습을 촬영했다. 카메라 셔터음이 울리자 김상구가 목소리를 높였다.

"지금 뭐 하자는 겁니까! 국회의원이면 이렇게 마음대로 사진 찍어도 됩니까!"

핸드폰을 주머니에 넣고, 빈 의자를 테이블 가까이 끌어와 앉았다.

"너무 반가워서 말입니다. 우리 모두 구면이죠? 다들 잘 지내셨어요?"

셋은 내 눈을 외면하며 젓가락을 테이블에 거칠게 내려놓았다.

"밖에 계신 분들은 여러분을 만날 수 없어 발을 동동 구르고 있는데, 국회의원 신분이 좋기는 좋습니다. 이렇게 귀한 곳에서 누추한 분들과 직접 대면할 수 있으니 말입니다. 제가 분식집 사장 신분이었다면 어림도 없었을 텐데."

박준호의 목소리에 짜증이 섞였다.

"저희는 법원 판결에 따라 법을 집행하러 온 사람입니다. 무슨 문제가 있습니까?"

"그건 저도 잘 알죠. 여러분 앞에 있는 제가 바로 그 경험자 아닙니까. 덕분에 소화기 분말 배 터지게 잘 먹었습니다. 얼마나 많이 먹었는지 아직도 소화가 안 됩니다."

셋의 표정이 일제히 구겨졌다. 박준호를 지그시 노려보았다.

"그런데 말입니다. 집행관이 채권자 대리인, 용역업체와 너무 가깝게 지내는 것 아닙니까? 이 자리는 도대체 뭡니까? 도원결의도 아니고, 누가 보면 한날한시에 죽기로 다짐한 의형제인 줄 알겠습니다. 누가 유비이고 누가 관우입니까?"

이제 김상구를 바라보며 비웃었다.

"아! 장비가 누군지는 확실히 알겠네."

셋은 얼굴을 붉히며 입을 실룩였으나 아무런 대꾸도 하지 못했다. 그 모습이 통쾌했다. 이 맛에 갑질을 하려 한다는 것이 저절로 깨우쳐졌다. 자리에서 일어나며 셋에게 나지막한 목소리로 경고했다.

"제가 언제까지 이 자리에 있을지는 모르지만, 이 자리에 있는 한 끝까지 여러분을 주시할 겁니다. 제 말 똑똑히 기억하세요."

후니제빵소 강제집행은 이날 중단됐다. 박준호는 화를 삭이며 대치 현장에 당도해 소리쳤다.

"집행 중단! 모두 철수!"

하지만 내가 강제집행 현장에서 직접 중재에 나선 일을 두고 이런저런 구설이 많았다.

'국회의원이 법보다 위에 있는 존재냐.'
'법을 만드는 국회의원이라는 자가 감성팔이나 하고 있으니 나라 꼴이 엉망이 된 거다.'
'건물주를 죄인 취급하며 역차별하는 재산권 침해의 현장이다.'

의원실로 항의 전화가 폭주했다. 강제집행 현장 상황을 보도한 기사에는 온갖 비난 섞인 댓글이 쏟아졌다. 예상한 결과였으나 막상 비난 여론을 접하자 속이 쓰렸다. 서희철은 답답한 듯 길게 한숨을 쉬었다.

"제가 말씀드리지 않았습니까. 절대로 나서면 안 된다고요. 의원님은 이제 세고나 대표가 아니란 말입니다. 의원실에 항의 전화가 얼마나 많이 쏟아진 줄 아세요?"

핸드폰을 꺼내 중국집에서 촬영한 사진을 보여줬다. 그는 경악했다.

"현장에 이놈들이 다 같이 있었다고요?"

"뭔가 구린 냄새가 나지?"

그는 고개를 끄덕였다. 나는 팔짱을 끼며 고민에 빠졌다.

"이걸 문제 삼을 방법이 없을까? 내 입에 소화기 분말을 퍼먹인 놈들을 현장에서 다시 만나니까 피가 거꾸로 솟더라."

이슬기가 입을 열었다.

"방법이 없는 건 아닙니다."

고개를 번쩍 들며 대답을 재촉했다.

"빨리 말해 봐요. 어떤 방법이죠?"

이슬기는 자리에서 일어나 화이트보드에 보드마카로 '정무위'라 적었다.

"정무위에 속한 피감기관을 살펴보시면 말입니다."

정무위 아래에 국무조정실, 국무총리비서실, 국가보훈처, 공정거래위원회, 금융위원회, 국민권익위원회 등을 차례로 적어나갔다.

"정무위는 국무총리실 산하 국무조정실 등을 소관 부처로 두고 있습니다. 국무총리는 행정에 관해 대통령의 명령을 받아 행정 각부를 통할하는 역할을 맡습니다. 의지만 있다면 모든 부처의 정책 개선을 주도할 수 있죠."

말을 멈추고 빤히 나를 바라보았다. 그리고 덧붙였다.

"어디까지나 이론상으로는 말이죠."

서희철이 고개를 갸우뚱거렸다.

"글쎄요……. 그 말도 일리가 있지만, 이론과 현실은 다르지 않습니까. 행복당이 대선에서 승리해 말이 통하는 사람으로 총리가 바뀌면 모를까."

그가 무심코 한 말이 귀에 쏙 들어왔다. 후니제빵소 강제집행 현장에 다녀온 뒤 나는 의원으로 있는 동안 지금처럼 폭력적으로 이뤄지는 강제집행을 금지하는 입법만은 꼭 내 손으로 해야겠다고 다짐한 터였다. 그 목표를 이루려면 박상문이 대통령으로 당선되는 데 힘을 보태 내 입지를 강화해야 했다. 이슬기가 화이트보드에서 국무총리비서실만 남기고 모든 글자를 지웠다.

"의외로 말이 통할지도 몰라요. 제가 손현 총리님과 개인적인 인연이 있거든요."

나와 서희철 모두 깜짝 놀랐다.

"개인적인 인연이요?"

"총리께서 대법관을 역임하신 뒤에 제 모교 로스쿨 석좌교수로 오셨어요. 그때 제가 총리님 강의를 들었고, 저서 집필과 관련한 자잘한 업무도 많이 도와드렸어요. 가까이서 뵈었을 때 참 젠틀하고 좋은 분이셨어요. 행복당이 정권을 잡았던 시절에 대법관으로 일하며 소수자 편에 서서 명판결도 많이 남기셨잖아요. 저는 꽤 말이 통할 거라고 보는데요?"

4. 벽

**기회가 왔을 때
존재감을
보여주어라**

현관문을 열고 들어오는 서희철의 손에 레몬이 잔뜩 담긴 비닐봉지가 들려있었다. 나는 겨드랑이를 긁으며 심드렁하게 말했다.
"레몬 소주 만들어 달라고? 귀찮아. 그리고 냉장고에 소주 없다."
"나가서 사 오면 되는데 뭔 걱정입니까. 가게에 종류별로 쌓인 게 소주인데."
"말 나온 김에 서비! 소주 한 병 서비스!"
그는 비닐봉지를 거실에 두고 다시 밖으로 나갔다. 나는 주방에서 유리컵 두 개를 챙겨 거실에 펼쳐진 양은 밥상 위에 올렸다. 냉장고에는 마땅한 안줏거리가 없어 배달 앱으로 옛날 통닭 두 마리를 주문했다.
처음 서희철을 만났을 때 경계했다. 세고나 활동을 하며 만난 기자 상당수의 취재와 보도 방식이 악의적으로 느껴졌기 때문이다. 실질적인 세입자 보호 장치를 마련해야 한다는 호소는 건물주의 소유권을 부당하게 침해하는 생떼 쓰기로, 강제집행 현장에서 세고나와 용역업체 사이에서 벌어지는 물리적 충돌은 정당한 법의 집행을 막는 세입자의 몽니로 보도되는 일이 잦았다.

그런 내게 서희철이 곱게 보일 수 없었다. 현장에서 늘 의도적으로 그를 무시했다. 다른 기자들보다 자주 현장에 나타나고, 세고나의 입장과 건물주의 입장을 균형 있게 보도하고 있음을 모르지는 않았다. 그런데도 기자와 언론을 향한 내 불신은 쉽게 사그라지지 않았다. 어느 날, 그가 용역업체와 대치를 끝낸 나를 따라 분식집 안으로 불쑥 들어왔다. 그때 그가 입에 올린 호칭이 어색한 둘의 사이를 좁히는 계기가 됐다.

"형님!"

나는 어이가 없어 신경질적으로 반응했다.

"형님? 설마 지금 저를 부른 겁니까?"

"그러면 제가 누구를 불렀겠습니까, 형님."

짜증을 억누르며 쏘아붙였다.

"이보세요. 언제 봤다고 함부로 형님입니까?"

"언제 보긴요. 우리 현장에서 서로 자주 본 사이 아닙니까. 사장님이라 부를 때는 들은 척도 안 하더니, 앞으로 형님이라 부르겠습니다. 저보다 나이도 더 많으신데."

그의 손에 비닐봉지가 들려있었다. 아래로 축 처진 것으로 보아 소주이지 않을까 싶었다. 아니나 다를까 소주 두 병이었다. 마침 소주로 목을 적시고 싶었는데, 가게 안에는 소주도 안줏거리도 없었다. 그는 비닐봉지에서 소주와 종이컵을 꺼내 능청스럽게 테이블 위에 올리며 의자에 앉았다.

"조금 전에 통닭 두 마리를 여기로 주문했습니다. 일인일닭하시죠. 식당에 다른 집 음식을 들고 오는 건 실례란 걸 아는데, 지금 여기엔 먹을 게 하나도 없잖습니까."

술에다 안주까지 준비해 온 사람을 쫓아낼 수는 없었다. 마른침을 삼키고 못 이긴 척 말했다.

"형님은 씹템버…… 그냥 사장님이라 불러요, 안 그러면 정말로 쫓아낼 테니까."

"알겠습니다, 사장님!"

나는 의자를 가져와 그와 마주 앉았다. 통닭을 기다리는 동안 우리는 안주도 없이 소주를 마시기 시작했다. 얼굴이 붉어진 그는 수시로 벽에 걸린 시계를 올려다보며 초조해했다.

"기자님, 어디 급한 약속 있어요? 가도 안 붙잡습니다."

"그게 아니라, 배가 고파 죽겠는데 치킨 배달이 생각보다 늦어져서요."

내 빈 잔에 소주를 채우며 물었다.

"치킨을 주문하고 기다리는 시간과 컵라면에 끓는 물을 붓고 익기를 기다리는 시간, 둘 중 어떤 시간이 더 길게 느껴지나요?"

피식, 웃음이 나왔다. 둘 다 지독하게 길게 느껴지는 시간이다. 어이없는 질문이었으나 공감하지 않을 수 없었다. 그의 입담은 여기서 끝나지 않았다.

"저는 치킨을 주문할 때 늘 양념 반, 프라이드 반을 시킵니다, 아무리 먹기 편해도 순살은 아닙니다, 고기는 뼈에 붙어있어야 제맛이죠, 주문을 마치면 밥그릇에 밥을 반 공기 퍼서 담고, 뼈를 담을 국그릇을 챙깁니다, 기다리는 동안 텔레비전을 켜고 '맛있는 녀석들' 재방송을 보면, 입안에 침이 고이며 치킨을 영접할 몸이 만들어집니다, 그때쯤 초인종이 딱 울리고!"

4. 벽

111

문 여는 시늉을 했다.

"문밖에는 헬멧 쓴 천사가 두고 간 치킨 포장이 놓여 있죠, 냄새가 사람을 미치게 만들지만, 급히 포장부터 뜯으면 아마추어죠, 차분히 쿠폰을 챙겨 서랍에 갈무리해야 합니다, 치킨무의 포장지를 살짝 뜯어 물을 쏟아냅니다, 그래야 먹기 편합니까요, 먼저 프라이드부터 집어 듭니다, 세상에 갓 튀겨낸 프라이드치킨 냄새보다 유혹적인 냄새가 과연 존재할까요? 닭다리를 손으로 집어 들어 한입 베어 물면! 세상에…… 천상의 맛이 바로 이겁니다!"

마치 눈앞에 치킨이라도 있는 듯 마임을 보여줬다.

"프라이드를 몇 조각 먹은 뒤에는 양념으로 넘어갑니다, 양념은 가슴살이 예술입니다, 부드러운 가슴살과 달고 매운 양념의 콜라보! 여기에 치킨무 한 조각이 더해지면 캬! 여기서 끝내면 안 되죠, 조금 전에 미리 퍼놓아서 적당히 식은 밥을 치킨 양념에 비벼 먹어야 합니다, 거기서 끝이 아닙니다, 남은 치킨은 절대 버리면 안 됩니다, 다음날 꼼꼼하게 살을 발라 굴 소스를 뿌려 볶음밥을 만들면? 와우!"

내가 입안에 고인 침을 삼키는 소리가 빈 분식집에 크게 울렸다. 민망해져 천장을 살짝 올려다봤다.

"어이가 없긴 한데, 살면서 지금처럼 치킨이 간절하기는 처음이네."

"저는 지금 좀비처럼 배달부도 뜯어먹을 자신이 있습니다."

몸과 마음이 준비된 상태에서 먹는 치킨과 소주는 환상의 궁합을 자랑했다. 우리는 말도 없이 치킨을 뜯어 먹으며, 서로의 잔이 비지 않게 신경 썼다. 어느 정도 허기가 가시자 그는 찾아온 목적을 털어놓았다.

"사장님이 기자를 상대하시는 모습이 조금 안타깝게 느껴졌어요. 바라보는 관점을 조금만 바꾸면 유용한 방향으로 활용할 수 있는 게 기자인데 말입니다."

"……."

"기자 역시 월급 받으며 사는 직장인입니다."

그러면서 일사천리로 기자란 무엇인가를 늘어놓았다.

- 언론사는 공적 역할을 하지만 기업이다.
- 기자는 언론사라는 기업에 고용된 직장인이다.
- 노동자가 공장에서 원료로 물건을 만들 듯 기자 역시 사건이라는 원료로 기사라는 물건을 만드는 노동자다.
- 직장인이 월급을 주는 기업에 반하는 행동을 하지 못하듯 기자도 자기 언론사의 논조에서 벗어난 기사를 쓰기 어렵다.
- 온라인에 무료로 배포되는 기사를 돈 주고 읽으려는 독자는 없다.
- 언론사의 수익 대부분은 독자의 구독료가 아니라 기업의 광고비로부터 나오기 때문에 가진 자의 시선에 맞춰질 수밖에 없다.

그의 고백은 내게 절망적으로 들렸다.

"모두가 가진 자의 편만 든다면, 우리처럼 없는 사람은 도대체 누구에게 어려움을 토로하고 누구에게 도움을 청해야 합니까? 우리는 이대로 그냥 죽으라는 겁니까?"

서희철은 앉아 있던 의자를 테이블 가까이 당겨 몸을 앞으로 기울였다.

"한 가지만 꼭 기억해주세요. 기자도 사람이라는 사실을 말입니다. 온라인에서 모르는 사람에게 익명으로 악플을 쏟아내는 게 사람이죠. 그런데 한 번이라도 마주치며 인사를 나눴던 사람에게 모질게 굴지 못하는 것도 사람입니다. 기자도 마찬가지예요."

다시 몸을 펴며 내 빈 잔에 소주를 가득 채웠다.

"마음이 내키지 않으시겠죠. 그래도 가능하면 기자들의 취재에 성심성의껏 응해 좋은 인상을 심어주세요. 그런다 해서 사장님이 바라는 기사가 보도되긴 쉽지 않습니다. 하지만 사장님에게 부정적인 영향을 줄 기사를 써야 하는 순간이 올 때, 기자는 사장님의 얼굴을 떠올리며 고민하게 될 거예요."

그의 이야기는 뻔했다. 하지만 신선했다. 기자도 월급쟁이이며 남들과 똑같은 사람이다……. 지금까지 한 번도 해보지 못한 생각이었다.

세고나에서 열정적으로 활동하다가 갑자기 떠나버린 동료가 있었다. 누구보다 진심으로 나를 도와줬던 그가 세고나를 떠나며 마지막으로 남긴 말은 큰 충격을 주었다.

"손에 쥔 게 없는 사람은 세상을 보는 시야가 지나치게 좁더라고요. 그래서 선의를 늘 의심하고 공격적이에요. 저는 그 사람들을 견뎌내기가 어려워졌어요."

나 역시 사는데 급급한 나머지 좁은 시야로 세상을 보고 서희철의 선의를 의심했던 게 아닐까. 그날 만취한 나는 그에게 형님이라는 호칭을 허락했다. 나아가 그의 조언은 세고나 활동에 큰 영향을 미쳤다. 세고나를 다룬 기사가 부정적으로 보도되더라도, 나는 기자들에게 최선을 다해 세고나가 처한 상황을 설명하고 좋은 인상을 심어주려 노력했다. 그 결과 세고나에 긍정적인 기사가 늘어나지는 않았으나 부정적인 기사는 확실하게 줄어들기 시작했다.

그의 조언이 없었다면 세고나는 강경 투쟁 일변도의 고립된 조직으로 전락했을지도 모른다. 그랬다면 내가 옷깃에 금배지를 다는 일도 없었을 것이었다.

서희철은 주방에서 유리컵 두 잔을 가져와 소주 한 병을 반씩 나눠 채웠다. 나는 소주 위에 레몬을 쥐어짰다. 시큼한 냄새가 거실 전체에 퍼져 침샘을 자극했다. 투명했던 유리컵 안에 은은한 노란색이 번졌다. 그에게 잔을 건네며 물었다.

"다른 보좌진들과 함께 일해보니 어때?"

목소리가 심드렁했다.

"다들 무난한데, 동사무소에서 공무원 상대하는 듯한 느낌이 들 때가 종종 있습니다. 굳이 한 사람을 꼽자면 수석보좌관? 뒷담화하는 것 같아서 괜히 찔리네요."

아무것도 하지 않으면, 아무 일도 생기지 않는다던 이형규의 권태로운 눈빛이 떠올라 입맛이 썼다.

"아무리 내가 임기 1년짜리 초선 비례라지만, 의원이 가진 권한이 생각보다 꽤 많잖아. 의지만 있으면 바꿀 수 있는 것도 많고. 두루두루 원만하게 지내야 재선에 삼선을 한다지만, 그 권한을 가지고 공무원처럼 일하면 권한이 아깝지 않겠냐? 1년 후에는 함께 일할 가능성이 별로 없으니 그냥 적당히 시간을 보내자는 건가? 에라이! 나는 잘 모르겠다."

서희철은 팔짱을 끼며 목소리에 힘을 줬다.

"아무튼! 기회가 왔을 때 확실하게 존재감을 보여줘야 합니다. 그래야만 박상문 시장이 대권을 잡았을 때 떳떳하게 지분을 주장할 수 있어요. 어설프게 편을 드는 수준으로 끝나면 눈에 띄지 않고, 나중에 논공행상에서도 밀려 손가락만 뺍니다."

"윤현종이 가만히 있을까?"

"학창 시절을 생각해보십시오. 가끔 너 죽고 나 죽자는 식으로 일진에 덤벼드는 애들이 있습니다. 그런 애들은 깨져도 아무도 못 건드리는 존재가 됩니다. 나를 건드리면, 너도 결코 무사하지 못할 거다! 언터처블! 상호확증파괴 전략! 행복당의 일진인 윤현종에게는 그런 인상을 심어줘야 합니다."

그의 말은 고등학교 입학했을 때 무렵의 기억을 떠올리게 했다. 일진은 대개 덩치가 컸기 때문에 자연스럽게 맨 뒷자리를 차지했다. 학기 초부터 교실에서 설치고 다니는 일진은 없다. 맨 뒷자리에 조용히 앉아 어떤 녀석이 만만한지 살피는 게 먼저다. 만만한 녀석이 보이면, 친근한 척 다가가 마음대로 다룰 수 있는지 다시 한번 살핀다. 만만하다는 확신이 서면 그때부터 본격적인 괴롭힘이 시작된다. 괴롭힘이 집요하고 잔인할수록 일진의 영향력도 커진다. 이런 살풍경이 여러 교실에서 펼쳐졌고, 일진의 눈에 거슬리지 않으려는 눈치 싸움이 각 교실에서 치열하게 벌어졌다.

그러던 어느 날, 괴롭힘을 당하던 녀석이 느닷없이 가방에서 망치를 꺼내 일진에 달려들어 머리를 여러 차례 휘둘렀다. 갑작스러운 공격에 일진은 그대로 바닥에 고꾸라졌고, 교실 바닥은 피로 물들었다. 괴롭힘을 당하던 녀석도, 괴롭히던 일진도 그날 이후 학교에서 사라졌다. 학교에는 조용한 평화가 찾아왔고, 어떤 일진도 전처럼 함부로 설치고 다니지 않았다. 만만해 보이는 당협위원장들을 정리함으로써 만만하지 않은 의원들에게 힘을 과시하는 윤현종도 내 눈에는 고등학교 시절 일진과 다를 게 없어 보였다.

"여차하면 나도 오함마 들지 뭐."

서희철은 조심스러운 태도로 말을 돌렸다.

"그런데 의원님, 어머니 일은 그냥 무시하고 넘어가도 괜찮을까요?"

어 머 니

입에 올린 지 너무 오래돼 잊어버렸다고 생각했던 단어다. 그 낯선 단어의 주인이 의원실에 몇 차례 전화를 걸어와 나를 찾았다는 소식을 인턴비서 박서영이 일러주었다. 그날 저녁, 의원실 단체 카톡방에 공지사항을 남겼다.

저는 18살 이후로 부모가 없는 사람입니다. 이유는 개인적인 사정이어서 여러분께 자세히 말씀드리기 어렵습니다. 언젠가는 술자리에서 허심탄회하게 이유를 꺼낼 날이 오겠지만 지금은 아닙니다. 양해 부탁드립니다. 의원실로 제 어머니라며 저를 찾는 전화가 오면 무시하면 됩니다. 다시 한번 강조하는데, 제 어머니라고 신분을 밝히는 전화는 사칭 전화입니다.

물보다 피가 진하다는 거짓말

내겐 인생의 미래를 그려 볼 기회가 오랫동안 주어지지 않았다. 돌아보면, 눈앞에 벌어진 일을 가까스로 수습하며 사는 게 인생이었다. 1990년대 말에 아버지가 운영하던 작은 건축업체가 IMF 외환위기의 직격탄을 맞은 이후 나의 삶은 격랑에 휩싸였다.

고등학교 1학년을 마칠 때쯤, 평소 아버지와 극도로 사이가 나빴던 어머니는 생활비가 끊기자 기다렸다는 듯 법원에 이혼 소송을 제기했다. 소송전은 아버지의 외도 증거를 오랜 시간에 걸쳐 집요하게 수집한 어머니의 승리로 끝났지만, 집에는 나눌 만한 재산이 없었다.

둘 사이에 남은 건 나눌 수 없는 나뿐이었다. 그러나 누구도 나를 원하지 않았다. 아버지는 일 때문에 귀가가 늦은 데다 도움을 받을 친척도 없다는 이유로 나를 거부했다. 어머니는 경제적 여력이 되지 않는 데다 친정 부모의 도움도 받을 수 없어서 역시 나를 데려갈 수 없다고 맞섰다. 법원은 어머니의 주장을 받아들였고, 아버지는 억지로 나를 떠맡게 됐다. 어느 날 어머니는 작별 인사도 없이 집에서 사라졌다.

아버지는 매일 술에 취해 집에 들어와 나를 때렸다. 처음에는 뒤통수를 가볍게 한 대 치는 수준이었던 아버지의 손찌검은 얼마 지나지 않아 무자비한 폭행으로 발전했다. 그때마다 "너 때문에 내 인생이 엉망진창이다"라며 폭언을 쏟아냈다. 견디다 못한 나는 어머니에게 전화를 걸었으나 '없는 번호'라는 친절한 안내만 들려왔다. 아버지가 모처럼 술에 취하지 않은 상태로 귀가한 날, 나는 독립을 선언하며 무릎을 꿇었다. 정말로 독립을 원한 건 아니었다. 일종의 벼랑 끝 전술이었다. 고3 수험생인 아들이 이렇게까지 나오면 아버지의 태도도 조금은 달라지지 않을까 하는 기대에서 비롯된 돌발 행동이었다. 아버지의 반응은 예상 밖이었다. 다음 날 아침, 식탁에는 짧은 편지와 함께 두툼한 봉투가 놓여 있었다.

치인아, 이 돈이면 작은 방을 얻는데 보증금으로 쓸 수 있을 게다. 넉넉하게 챙겨주지 못해 미안하다. 부끄럽지만, 지금 내가 너까지 신경 쓰기에는 마음이 너무 괴롭고 힘들다. 사정이 좋아지면 그때 다시 만나자.

그 편지는 이제 서로 연을 끊고 제 갈 길을 가자는 선언처럼 들렸다. 어린 내 눈에도 아버지의 사정은 나빠지면 나빠졌지 더 좋아질 리는 없어 보였기 때문이다. 돌이켜보면 나는 그 나이답지 않게 현실적인 편이었다. 이젠 정말로 세상에 나 혼자뿐이라는 생각이 들자 서러운 마음보다 생존 본능이 앞섰다. 봉투를 찢어 천천히 헤아렸다. 만 원권 지폐 200매였다. 원룸 보증금 시세가 얼마인지는 몰라도, 이 돈으로는 어림도 없음을 충분히 짐작할 수 있는 나이였다.

고시원에 들어가면 방값이 적게 들고 밥과 반찬도 공짜로 먹을 수 있다는 말을 들은 기억이 어렴풋이 났다. 그곳에선 나도 고시생처럼 공부를 열심히 할 수 있을지도 모른다는 근거 없는 희망이 생겼다. 그 희망은 고시원 입주 첫날부터 바로 깨졌다. 좁은 통로에 빽빽하게 들어찬 작은 방들. 그중에서 창문도 없는 비좁고 허름한 방이 내 거처였다. 통로를 오가는 사람 중에 고시생으로 보이는 사람은 한 명도 없었다. 대부분 아버지뻘로 짐작되는 중년 남성들이었다. 문을 닫고 형광등을 끄자 방은 완벽한 어둠에 잠겼다. 한 치 앞도 보이지 않는 어둠이 내 앞에 놓인 현실임을 그때 절감했다.

'앞으로 교복 입을 일은 없겠구나.'

밤새도록 잠 못 이룬 채 숨죽여 흐느꼈다. 방음이 전혀 되지 않는 석고보드 벽을 뚫고 사방에서 코 고는 소리가 아침까지 울려 퍼졌다. 다음 날부터 하루하루는 살기 위한 투쟁의 연속이었다. 대학 진학은 물론 등교까지 포기하고 곧바로 아르바이트 전선에 뛰어들었다. 그 때문에 내겐 친구라고 부를 만한 고교 동창이 없었다. 학교라는 울타리 바깥에 놓인 미성년자에게 세상은 가혹했다. 어른도 아이도 아닌 나는 모든 사회복지의 사각지대에 묻혀 있었다.

아무런 기술도 없고 배움도 짧은 내가 구할 수 있는 일자리는 패스트푸드점, 서빙, 주유소 등 단순노무직뿐이었다. 최저임금법이 제대로 지켜지는 일터는 거의 없었고, 같은 일을 하는데도 내가 받는 시급은 성인보다 적었다. 급여를 떼이는 일도 종종 벌어졌다. 어떤 어른도 내 권리를 제대로 알려주고 챙겨주지 않았다. 21살이 되었을 때 현실에서 도피하는 방법 하나를 찾아냈다.

'군에 자원입대하자.'

그러나 고교 중퇴자는 군에서도 받아주지 않았다. 병역판정검사에서 학력 미달로 4급 보충역 판정을 받아 고시원과 가까운 주민센터에 배치됐다. 그곳은 정글을 방불케 하는 약육강식의 세계였다. 공익요원 대부분은 나처럼 학력 미달로 현역으로 입대하지 못했고, 그들 중 몇은 조직폭력배 출신이었다. 특히 최선임은 자신이 관리하는 유흥업소에서 동장에게 수시로 향응을 제공해 주민센터에서 입지를 굳혔다. 공무원들은 그의 눈치를 보며 슬금슬금 피했다.

가장 만만한 사람은 나였다. 온갖 잡무를 떠맡기면서도 '사지 멀쩡한 놈이 왜 학력 미달로 여기에 왔느냐'는 멸시를 숨기지 않았다. 공익요원 월급으로는 고시원 월세와 생활비를 감당할 수 없어 퇴근 후에도 아르바이트 자리를 전전했다. 죽지 못해 사는 날의 연속이었다. 그 사이에 아버지는 새로운 여자를, 어머니도 새로운 남자를 만났다는 소식이 왕래가 드문 친척의 입을 통해 건너서 들려왔다. 이후 부모라는 존재를 머릿속에서 지운 채 오랜 세월을 보내왔다.

어머니는 여러 차례 의원실에 전화를 걸어 나를 찾았다. 보좌진은 내 지시를 성실하게 따랐다. 언젠가는 직접 나를 찾아올지도 모른다는 예감이 들었고 머지않아 현실로 나타났다. 의원회관 1층 안내 데스크에서 직원과 실랑이를 벌이는 나이 든 여자가 눈에 띄었다. 뒷모습만 보고도 그녀임을 알아차리는 내가 싫었다. 무시하고 스피드게이트를 통과할 때 직원이 나를 붙잡았다.

"정치인 의원님. 이 분이 의원님 어머님이 맞나요? 의원실에 연락해보니 의원님께는 부모님이 없다고 해서요."

나는 어머니라는 단어를 피해 직원에게 답했다.

"제가 모시고 가겠습니다."

의원회관 구내 카페로 걸음을 옮겼다. 어머니는 내 뒤를 따랐다. 카페 구석 자리에 앉은 나는 23년 만에 그녀와 얼굴을 마주 보았다. 이마에는 많은 잔주름이 나이테처럼 새겨져 있었다. 그 얼굴이 간절히 그리워 베개를 눈물로 적신 날도 있었지만 이미 오래전에 지나간 일이었다. 그래도 얼굴을 다시 보는 날이 오면 감정에 동요가 있을 줄 알았는데, 아무렇지도 않은 나 자신이 놀라웠다. 내 무심한 눈빛에 당황한 어머니는 커피잔을 쥔 채 시선을 바깥으로 돌렸다. 나는 그런 그녀의 모습을 말없이 지켜보기만 했다. 몇 분이 흘렀다. 지루해져 하품이 나왔다. 그녀는 슬그머니 내 눈치를 보며 조심스레 입을 열었다.

"치인아, 그동안 잘 지냈니?"

그녀의 눈빛과 태도에선 오랜 세월 만나지 못한 아들을 향한 그리움보다는 왠지 모를 초조함과 비굴함이 엿보였다. 무언가 떳떳하지 못한 부탁을 하려는 사람이 보여주는 전형적인 태도였다. 실망한 나는 앞주머니를 살짝 눌러 녹음기 전원을 켰다. 그리고 망설임 없이 대답했다.

"그럴 리가요. 잘 지내지 못했습니다."

다시 침묵이 흘렀다. 보좌진과 정무위 전체 회의 관련 회의를 할 시간이 다가오고 있었다. 단체 카톡방에 곧 회의가 시작됨을 알리는 메시지가 떴다.

"일정이 있습니다. 하실 말씀 없으시면 가보겠습니다."

"너는 그동안 엄마 안 보고 싶었니?"

간절함을 과장한 목소리로 나를 책망했다. 피해자를 연기하며 내게 죄책감을 씌우는 어머니 특유의 화법. 그녀는 내게 늘 자신의 희생과 헌신을 강조했었다. 자신을 피해자로 포장했고, 자신의 기대에 부응하지 못하는 나를 마치 가해자처럼 취급했다. 바깥에선 이웃들에게 나를 자랑하며 어깨를 으쓱거리다가도, 안에선 다른 집 자식과 비교하며 모욕하기 일쑤였다. 어린 시절의 나는 늘 이유를 알 수 없는 죄책감에 시달렸다. 그 이유가 어머니 때문이었음을 나이 들어서야 깨달았다. 어머니의 행동은 일종의 가스라이팅이었다.

'나도 이제 마흔이 넘었는데, 아직도 어머니 눈에는 내가 만만한 감정의 쓰레기통으로 보이는 걸까? 그동안 엄마 안 보고 싶었으니라니!'

오래전에 작별 인사도 없이 떠나며 연락처까지 바꿔버린 사람의 입에서 그런 말이 나오자 실소가 터져 나왔다.

"네. 전혀!"

짧고 강한 대답에 어머니의 눈빛이 크게 흔들렸다. 다시 침묵이 흘렀다. 자신의 의도가 통하지 않는다는 걸 깨달은 그녀는 전략을 바꿔 바로 본론으로 들어갔다.

"염치가 없는 걸 아는데, 부탁할 게 있다."

그러면 그렇지. 혹시나 했는데 역시나였다. 차분하게 응수했다.

"염치가 없는 걸 아시면, 부탁도 해선 안 되는 겁니다."

"어려운 부탁 아니니까 내 말 들어봐. 어려운 부탁이라면 이렇게 찾아오지도 않았어."

그 말은 내가 쓸모가 없었다면 찾아오지도 않았을 거라는 말로 들렸다. 어려운 일인지 어렵지 않은 일인지를 본인 기준으로 판단하다니. 상대를 배려하지 않고 자기 말만 하는 태도도 여전했다. 간절한 목소리로 전후사정을 털어놓기 시작했다.

"네 동생이 곧 결혼한다."

동생? 설마 자신의 의붓아들을 말하는 건가? 어처구니가 없었다.

"제겐 동생이 없습니다. 누굴 말씀하시는 거죠?"

"내 말 마저 들어. 걔가 공공기관에서 기간제로 일하다가 정규직 전환 시험을 치렀는데 떨어졌다. 근데 사돈과 며느리는 걔가 정규직인 줄 알아. 잘못하면 파혼하게 생겼다."

내가 무심한 표정으로 듣기만 하자, 그녀는 금방 눈물을 쏟을 듯한 표정으로 하소연했다.

"세상에 보는 눈이 많아져서, 아무리 국회의원이라도 공공기관 계약직을 정규직으로 만들어주기는 힘들다는 걸 안다. 하지만 자기 의원실의 보좌관은 직접 채용할 수 있다고 들었다. 네가 동생 하나 살리는 셈 치고 걔한테 자리 하나 챙겨주면 안 될까? 어렵지 않지?"

나는 끊어지려는 인내심의 끈을 겨우 붙들어 맸다.

"세상에 보는 눈이 많아서 그런 부탁은 절대 들어드릴 수 없습니다. 지금 제게 하신 말씀은 엄연히 부정한 인사 청탁입니다."

"말이 거칠구나. 부정한 인사 청탁이라니? 동생을 챙기는 게 무슨 부정한 청탁이니!"

"누구를 말씀하시는지 모르겠는데 제게는 동생이 없습니다. 그리고 18살 이후로 제게 가족은 저밖에 없습니다. 다시 뵙는 일이 없었으면 합니다. 이만 일어나겠습니다."

자리에서 일어나 뒤돌아섰다. 순간 어머니가 다급히 바닥에 무릎을 꿇었다.

"이미 여기저기 청첩장까지 다 돌리고 상견례까지 마쳤어! 걔가 파혼하면 내 체면이 뭐가 되니! 이 결혼 잘못되면 앞으로 부끄러워서 살 수가 없다! 치인아! 치인아!"

의붓아들 인사 청탁이 친아들에게 저리도 쉽게 무릎을 꿇을 일인가. 나는 나직이 중얼거렸다.
"체면, 체면······."
의붓아들의 결혼보다 자신의 체면이 더 중요하다는 말인가.
'사람은 변하지 않는구나.'
바닥에 겨우 붙어있던 정나미마저 떨어져 나갔다. 그녀를 무시한 채 발걸음을 재촉했다. 내 이름을 부르는 소리가 뒤에서 메아리처럼 울려 퍼졌다.

거실 바닥에 누워 천장을 올려다봤다. 꽤 술에 취했는지 천장에 매달린 갓등이 두 개로 겹쳐 보였다. 눈에서 시작된 피로감이 몸통을 통과해 사지의 끝으로 퍼져나갔다.
"희철아, 아니 서비! 쓸데없는 소리 하지 말고 얼른 집으로 돌아가라. 나랑 오래 있으면 홀아비 냄새 옮는다."
서희철도 나를 따라 거실 바닥에 드러누웠다.
"어쨌든, 가족이잖습니까. 다른 사람도 아니라 어머니이고요. 신경이 안 쓰일 수 없죠. 나중에 괜히 구설에 오를 수도 있어요. 어머니를 외면하는 후레자식이 국회의원이라고."
후레자식?
그의 말에 발끈했다.
"가족? 가! 죽 같은 소리 하고 앉아 있네. 난 피가 물보다 진하다는 말 안 믿어. 가족이 가족 같아야 가족이지. 평생 나 몰라라 하다가, 아쉬울 때 찾아와 핏줄을 무기로 내세우는 짓거리는 폭력이야, 폭력! 23년 만에 나타나서 어떻게 친아들에게 의붓아들 인사청탁을 하냐? 진짜 학을 뗐다. 나는 말이다, 너와 어머니 둘 다 물에 빠져 허우적거리고 있으면 말이다. 주저 없이 너를 구할 거다. 열

4. 벽

125

받아서 내뱉는 허언이 아니야."

서희철은 민망함을 웃음으로 숨겼다.

"호호! 그렇다고 피보다 진한 물은 없지 않습니까. 말씀은 눈물 나게 감사하나, 저는 같은 상황이라면 의원님 안 구합니다. 아니 못 구해요. 아무리 그래도 가족이잖아요. 의원님 가정사를 조금은 알지만, 제 마음은 솔직히 그렇습니다. 죄송합니다. 삐지지 마세요."

난감해하는 그의 머리카락을 손으로 헝클어뜨렸다.

"삐지기는 지랄! 나를 구하지 않아도 원망하지 않을 테니까, 당신은 최선을 다해 물에 빠진 가족부터 구하셔. 나는 나대로 최선을 다해 헤엄쳐서 살아남을게. 그래도 숨 좀 돌리거든 옛정을 생각해서 구명튜브 정도는 슬쩍 던져줘. 그 정도 부탁은 해도 되지?"

그 말에는 아무런 대꾸 없이 갑자기 화제를 바꿨다.

"그나저나 저번에 이태원에서 어떻게 다들 한자리에 모였답니까? 무슨 몬테크리스토 백작 같은 복수극도 아니고. 악연도 인연이라면 인연이네요."

김상구, 박준호, 김원용을 한곳에서 만났던 상황을 되새김질하자 속이 후련해졌다.

"처음에는 솔직히 쫄았거든. 금뺏지 하나 믿고 무작정 들이댄 거야. 그런데 금뺏지가 좋기는 좋더라. 옷깃에 그거 하나 달고 가니까, 그놈들이 나를 감히 건드리지 못하더라고."

"그러니까 판사나 검사, 고위공무원이나 교수처럼 잘나가는 양반들도 금뺏지 한 번 달아보겠다고 정치권 언저리에서 기웃거리는 것 아니겠습니까."

"원수는 외나무다리에서 만난다는 속담 틀린 게 없더라. 아무리 돈이 좋아도 말이다. 남의 눈에 함부로 피눈물 나게 하면서 돈을 벌면 안 되는 거야. 나는 그놈들이 내 가게에 뿌려댔던 소화기 분말 때문에 숨도 못 쉬고 괴로워하던 순간이 아직도 생생하다. 그 새끼들이 정말 꿈속에서도 그리웠다. 꿈에서라도 만나서 조지고 싶었거든. 그리워하면~ 언젠가 만나게 되는~ 어느 영화와 같은~ 썹템버! 그런 일들이 정말로 이뤄지긴 하네."

"호호."

몸을 일으키며 서희철에게 당부했다.

"내가 언제까지 금뺏지를 달고 있을지는 모르지만, 내 손으로 저 거지 같은 강제집행법만은 꼭 손을 보고 나갈 거야. 그때까지 서비가 내게 서비스 좀 잘해라."

서희철도 몸을 일으키며 거수경례했다.

"넵! 알겠습니다! 쿨럭!"

모두를 위한
정의는 없다

　행복당이 정권을 잡았던 시절에 대법관으로 임명됐던 진보적 성향의 인사인 만큼, 최소한 말은 통할 것이라는 기대는 불과 몇 분 만에 깨졌다. 손현 총리는 세고나가 촬영한 강제집행 영상을 시종일관 공손한 태도로 지켜본 뒤 물었다.
　"정 의원님, 법대로 진행하는 절차인데 뭐가 문제라는 겁니까?"
　예상치 못한 손현의 반응에 당황하지 않을 수 없었다. 고작 이런 일로 자신을 찾아와 귀찮게 하는 거냐고 눈빛으로 힐난하고 있었다. 나는 앞주머니를 살짝 눌러 녹음기 전원을 켰다.
　"총리님, 뭐가 문제인지 보시고도 모르시겠습니까? 있는 법만 잘 지켜도 이런 일이 벌어지지 않습니다. 그런데 현장을 보시죠. 건물주가 고용한 용역은 경비를 서야 하는데 강제집행을 행사합니다. 이런 행위 자체가 불법입니다. 보시다시피 집행관은 용역이 행사하는 폭력을 묵인합니다. 이건 국가가 사실상 폭력으로 법을 집행하는 과정을 묵인하는 겁니다. 어떻게 문제가 없다는 겁니까?"

손현은 단 한 번도 등을 구부려 본 적 없다는 듯 꼿꼿한 자세로 나를 바라봤다. 온화한 모습 뒤로 오만한 기운이 느껴졌다. 부드러운 말투로 확고하게 답했다.

"법을 집행하는 과정에서 불가피하게 이런 상황이 벌어질 수도 있습니다. 하지만 이런 상황보다 더 위험한 것은 정당한 법 집행을 함부로 무시하는 태도입니다."

내 목소리가 높아졌다.

"법이 먼저입니까, 사람이 먼저입니까?"

그는 내 지적에 냉소를 보냈다.

"정 의원님은 법을 만드는 분입니다. 그런 분이 하실 말씀은 아니지 않나 싶습니다. 질서를 갖지 않은 법은 법으로서 의미가 없습니다. 법이 자주 바뀌면 국민은 행동의 기준을 잃고 사회도 안정될 수 없습니다."

"아무리 그래도 사람이 먼저⋯⋯."

내 말을 끊은 손현의 목소리가 높아졌다.

"법적 안정성은 법의 존재를 위한 가장 기본 조건입니다. 새로운 질서를 세우는 데 필요한 희생과 비용이 기존 질서를 유지하는 데 필요한 희생과 비용보다 크다면, 기존 질서를 존중해야 한다는 게 대한민국 사회의 합의입니다. 강제집행 현장에서 물리적 충돌이 벌어지는 이유도 그런 관점으로 바라보면 이해할 수 있을 겁니다. 흔들림 없는 법의 집행이 곧 사람을 위한 일입니다."

나는 끓어오르는 흥분을 가라앉히려 애썼다.

"흔들림 없는 법의 집행이 곧 사람을 위한 일이라⋯⋯. 그런데 그 법이 위하는 사람은 도대체 어떤 사람입니까? 돈 있고 힘 있는 사람입니까? 법을 집행하는 과정에서 불가피하게 동원되는 폭력이 정당하다면, 그 폭력 아래에서 인권을 침해당하고 신음하는 사람은 도대체 어떻게 국가의 법적 보호를 받아야 합니까?"

손현의 태도는 완고했다.

"다시 말씀드리지만, 강제집행은 현행법에 근거해 이뤄지는 절차입니다. 사법부는 법의 테두리 안에서 할 일을 하는 것뿐이고요. 법에 문제가 있어서 법을 바꿔야 한다면, 그것은 입법부인 국회의 몫입니다. 총리인 제가 왈가왈부할 수 있는 문제가 아닙니다."

사법부는 아무런 책임이 없다는 손현의 논리를 반박할 말을 찾지 못했다. 혼자 흥분해 봐야 소용없는 일이었다. 높은 벽을 타고 꼭대기에 오른 것처럼 진이 빠져 어디에든 누워서 쉬고 싶었다.

"전부 회의실로 모여주세요."

강제집행 과정에서 벌어지는 폭력 사태 방지를 위한 법안을 구상해보고자 보좌진 전원을 회의실로 불러들였다. 함께 일하는 사람도 설득하지 못하는 논리로는 국민을 설득할 수 있는 법안을 만들 수 없다는 생각이 들었기 때문이다. 보좌진의 솔직한 의견을 들어보고 싶어 강제집행 영상을 대형 모니터로 보여줬다.

"제가 몇 년 전에 겪은 일입니다."

몇 사람의 입에서 탄식이 터져 나왔다. 영상이 끝나자 현재 강제집행에서 벌어지는 문제점과 법적인 쟁점에 관해 설명했다. 누군가는 고개를 끄덕였고, 누군가는 갸우뚱거렸다.

"국민 대다수가 납득할 수 있는 법안을 만들고자 하는데, 저와 함께 일하는 여러분이 납득할 수 없는 법안이 과연 국민을 설득할 수 있을지 의문이 들었습니다. 제 생각이 다 옳은 건 아니니까요.

제 눈치 보지 마시고 다양한 의견을 주세요. 가능한 한 솔직하게. 부탁드립니다."

이슬기가 머뭇거리다 입을 열었다.

"의원님은 상가건물 임대차보호법상 계약갱신청구권이 5년 동안 보장된다는 걸 알고 임대인과 계약을 체결했을 겁니다. 그 이후에는 임대인이 재계약을 거부해도 아무 문제가 없다는 걸 알면서 말입니다. 매몰찬 말로 들릴지 모르지만, 강제집행은 임차인의 계약 위반 때문에 방해받는 임대인의 재산권 행사를 보호하기 위한 정당한 절차입니다."

법을 무시하고 버티는 세입자가 문제라는 지적이었다. 그의 논리는 이미 내 귀가 닳도록 들어온 비판이어서 새롭지 않았다. 서희철이 반론을 펼쳤다.

"그렇다고 현장에 용역을 동원해 폭력을 행사하는 게 옳습니까? 계약갱신청구권 보장 기간이 10년으로 늘어난 이유도 그만큼 법이 임차인 보호에 미흡했다는 반성 때문 아닙니까?"

묵묵히 듣기만 하던 이형규가 그 의견에 의문을 표했다.

"보장 기간이 늘어난 게 과연 임차인에게 유리한 변화입니까? 임차인 대부분 장사가 될 가능성이 큰 목 좋은 곳을 원하고, 그런 곳의 월세는 높습니다. 보장 기간이 늘어나면 임대인은 그 기간만큼 월세를 많이 올릴 기회를 놓치게 되겠죠. 그렇다면 무슨 일이 벌어질까요? 계약할 때 처음부터 비싼 보증금과 월세를 받으려 할 겁니다. 이는 전체적인 임대료 상승을 초래할 게 뻔합니다. 시장은 흐르는 물과 같습니다. 막는다고 막히지 않습니다."

서희철은 반박했다.

"아무리 시장이 흐르는 물과 같아도 투기는 막아야죠. 투기는 물길을 엉뚱한 곳으로 틀어버리는 일인데요. 이 문제의 본질은 임대차 시장에 발생한 과도한 투기에 있습니다. 임차인의 노력으로 오른 건물 가치가 투기 때문에 오롯이 임대소득과 건물주의 수익으로 전환되는 게 근본 문제입니다. 건물이 처음부터 괜찮아서 상권이 형성된 게 아니라는 말입니다. 선후 관계를 잘 따져봐야 합니다."

오가는 대화를 노트북에 받아 적던 박서영 인턴 비서가 눈치를 보며 조심스레 입을 열었다.

"제 의견이 어떻게 들리실지 모르겠는데요. 목 좋은 곳에서 오래 장사하면서 비싼 월세를 감당해왔다는 건, 그만큼 임차인이 그 자리에서 돈을 많이 벌었다는 의미 아닌가요? 지금까지 냈던 월세를 그대로 내면서 그 자리에서 계속 장사해 돈을 벌겠다고 버티는 모습이 솔직히 보기 불편해요. 그보다 더 절박한 사람도 많을 텐데."

그 지적에 속이 쓰렸다. 세고나 활동에 반감을 품은 이들의 주된 비판도 바로 이 논리에서 나왔기 때문이다. 돈이 남아돌아서 임대료를 많이 내는 게 아니라 망하지 않을 곳을 찾다 보니 전 재산을 다 털어 임대료가 비싼 곳을 선택할 수밖에 없다고 하소연하면 반감만 더 샀다. "누가 거기서 장사하라고 칼 들고 협박했냐?", "그건 다 너희들의 선택 아니냐?"라는 비아냥거림만 돌아올 뿐이었다.

나는 다른 길을 찾고자 다른 변화구를 던져야 했다.

"여러분의 의견 모두 잘 들었습니다. 우선 이 자리에서 모두가 동의하는 의견을 모아보려 합니다. 현행 집행관법과 경비업법은 폭력을 금지하고 있습니다. 하지만 아까 영상에서 보았듯 강제집행 현장에서는 빈번하게 폭력이 발생하고 있습니다. 재산권 보호도 중요하지만, 집행 과정에서 이런 사태가 일어나면 안 된다는 데에 동의하십니까?"

모두 서로를 번갈아 바라보며 고개를 끄덕였다.

"강제집행 현장에는 집행관이 고용한 용역만 투입돼야 합니다. 하지만 건물주가 별도로 용역을 데려오는 경우가 많습니다. 집행관은 이러한 사설 용역을 막아야 하는데, 집행을 빠르게 마무리하려고 이를 자주 묵인합니다. 제가 겪었던 일이기도 하고요. 무리한 집행은 폭력인데 관행처럼 이뤄지고 있습니다. 사설 용역 투입을 금지해야 한다는 데에 동의하십니까?"

이의 제기가 없었다. 안도의 숨을 한번 내쉬고, 이 회의에서 가장 강조하고 싶었던 의견을 꺼내 들었다.

"아까 설명했듯이 집행관은 공무를 수행하지만, 채권자가 납부하는 수수료로 이익을 얻는 자영업자입니다. 공무원이 아니므로 법원의 관리와 감독에서 벗어나 있습니다. 집행 실적과 수입이 서로 비례하기 때문에 집행관은 물리적 충돌을 감수하면서 무리하게 집행을 마치려 합니다. 제도 자체가 폭력을 유발하는 면이 많습니다. 집행관 임명제도를 일정한 법률 사무 경력을 가진 사람 중에서 엄격하게 선발해 공무원으로 임용하는 형태로 바꾼다면, 지금과 같은 무리한 강제집행이 많이 줄어들지 않을까요?"

이형규가 즉각 반론을 제기했다.

"의원님 말씀대로 집행관의 법적 책임을 강화하면, 강제집행이 현실적으로 어려워져 건물주의 재산권 행사에 제한이 생긴다는 반발이 나올 것입니다."

"그 의견도 일리가 있습니다. 분명 그런 말이 나오겠죠. 그래서 제가 관련 논문과 자료를 여럿 찾아봤는데 말입니다."

미리 뽑아 놓은 자료를 나눠주었다.

"어느 나라도 우리나라처럼 집행 현장에 대한 전문성이 없는 법원 출신 퇴직 공무원에게 자동으로 집행관직을 부여하지 않습니다. 미국에선 집행관의 지위가 공무원입니다. 독일에선 사법학교에서 18개월 이상 이론과 실무교육을 마쳐야 집행관이 될 수 있습니다. 일본에서도 선발시험에 합격해야만 집행관으로 채용됩니다.[5] 우리나라만 이상하지 않나요?"

모두 내 말에 수긍하는 듯 서로 눈빛을 교환했다. 서희철은 냉소를 흘렸다.

"집행관을 사실상 내정하는 관행은 법원 고위직 공무원들이 지역 법원장에게 줄을 서는 행태를 조장할 우려가 큽니다."

이슬기가 의견을 보탰다.

"가능하면 사법부 내에 집행관을 두는 게 적절하지 않은가 싶습니다. 그래야 집행관도 확실히 신뢰를 얻을 수 있고요. 집행관 제도를 지금까지 왜 이런 식으로 운용해왔는지 이해가 잘 안 되네요. 국감 때 집행관의 실제 수익이 얼마나 되는지 파보겠습니다."

회의 분위기는 <집행관법 개정안>과 <법원조직법 개정안>을 기획해보자는 방향으로 무르익었다. 이형규에게 법안 발의 절차를 물었다. 그의 대답은 간단했다.

"법안의 요지를 정리해 국회사무처 법제실에 입안을 의뢰하면 됩니다. 자잘한 건 법제실이 알아서 다 해줍니다."

"네? 그렇게 간단한가요? 법안인데 엄격한 심사 같은 건 없나요?"

"법제실에서 받은 법안에 국회의원 10명 이상의 서명을 받아 국회의장에게 제출하면 되는데, 서로 별문제가 없으면 다른 의원의 법안에 군말 없이 서명해주는 품앗이 관행이 있으니 어려운 건 아닙니다."

이슬기가 씁쓸하게 웃었다.

"그렇게 간단하니까 정부도 의원실에 입법을 청부하는 경우가 많습니다. 정부입법이 의원입법보다 훨씬 까다롭거든요. 다른 부처와 협의도 해야 하고, 공청회도 열어야 하고, 입법 예고도 해야 하고, 규제개혁 심사도 받아야 하고, 법제처 심사도 받아야 하고요. 반면 의원입법은 그렇지 않을뿐더러 법안 발의 건수가 늘어나 실적이 오르니 나쁠 게 없죠. 정부입법보다 의원을 통한 청부입법이 아무래도 국회에서 덜 공격받고요."

인터넷에서 잠시 기사를 검색했을 뿐인데도 의원입법이 얼마나 부실하게 이뤄져 왔는지 쉽게 알 수 있었다. 통계 자료에 따르면 지난 국회 4년 동안 국회사무처 법제실이 의원실에서 입안 의뢰를 받은 법안은 무려 4만 건이 넘었다. 그중 실제로 법안으로 작성된 경우는 절반에 그쳤다. 국회에서 처리된 법안은 발의 건수의 10분의 1에도 못 미치는 3천여 건이었다. 3천여 건이라는 숫자도 다른 선진국과 비교할 수 없을 정도로 많은 건수였다.

"부실한 의원입법이 이렇게 만연하는 이유는 무엇이죠?"

내 질문에 이형규는 별거 아니라는 듯 대답했다.

"그거야, 법안 발의 건수가 의정 활동의 성실성을 보여주는 척도로 평가받고 있으니까요. 발의를 많이 할수록 여러 단체에서 의정 활동 우수 의원으로 선정될 확률이 높아지고, 유권자에게 자신을 홍보할 거리도 늘어나고. 뭐 그렇습니다."

어떻게든 발의 건수를 늘리는 게 우선이었다. 발의 건수보다 사회적 영향력이나 국회 본회의 통과 여부 등 질적인 평가를 우선해야 한다는 지적이 힘을 잃을 수밖에 없는 구조였다. 그의 설명은 계속 이어졌다.

"폐기된 법안을 다시 발의하거나 단순히 용어만 바꾼 법안을 발의하는 등 발의 건수를 늘리기 위한 온갖 꼼수가 넘쳐납니다. 사실 공청회나 토론회는커녕, 우리처럼 보좌진과 법안 발의를 놓고 의견을 나누는 과정도 드뭅니다. 심지어 의원도 모르는 사이에 인턴이 미숙한 아이디어를 사무처 법제실로 들고 가서 법안으로 만들어 달라고 요청하는 경우도 있지요."

입안 의뢰 건수는 매년 큰 폭으로 늘어나지만, 사무처 법제실에서 이를 검토하는 법제관 인원은 부족해 치밀한 검토가 이뤄질 수 없는 구조였다. 언론이 이 같은 문제점을 잘 보도하지 않는 이유도 간단했다. 법안에 관한 전문성을 가진 기자가 거의 없기 때문이었다. 서희철의 말이 이를 입증했다.

"기자 대부분이 1, 2년을 주기로 부서를 옮기기 때문에 전문성을 쌓기 어렵습니다."

그러다 보니 정치부 기자가 되면 쉽게 눈에 띄는 기사로 만들 수 있는 정당 취재에만 매달리고, 민생에 큰 영향을 미치는 법안을 처리하는 상임위 취재에는 소홀해진다. 국회의원 또한 굳이 법안을 만드는 데 정성을 들이기보다 언론의 주목을 받기 쉬운 자극적 발언을 쏟아내는 게 인지도를 높이는 데 유리하다. 매년 의원 발의 건수는 늘어나지만, 국회 법안 처리율은 떨어지는 이유였다.

그렇다고 의원입법이 마냥 쉽지도 않았다. 소수 정당은 의원입법에 필요한 국회의원 10명의 서명을 받는 데도 종종 어려움을 겪었다. 혁신당 의원이 대표 발의했던 <보편적평등법>이 대표적인 사례였다. 성별·장애·나이·성적 지향 등을 이유로 한 차별을 금지하는 내용을 담은 이 법안의 발의자 명단에는 혁신당 의원 7명 전원과 행복당 의원 2명, 자유당 의원 1명이 이름을 올렸다. 그중 행복당과 자유당 의원은 모두 비례대표 의원으로 장애인이거나 소수자 관련 시민단체 출신이었다. 사실상 재선 가능성이 없는 의원들이었다.

<보편적평등법> 입법은 지난 대선에서 혁신당뿐 아니라 행복당의 공약 사항이기도 했다. 그런데도 법안 발의가 어려웠던 이유는 동성애를 반대하는 일부 종교계 때문이었다. 종교계가 가진 표는 무시할 수 없는 게 현실이었다. 혁신당은 "행복당에 <보편적평등법>을 대놓고 반대하는 의원은 없었지만 나서서 참여하겠다는 의원도 없었다"면서 유감을 표했다. 발의된 법안이 국회에서 통과될지도 미지수였다.

내가 추진하려는 법안 개정이 쉽지 않을 것이라는 예감이 들었다. 법안을 발의할 때 같은 당 어떤 의원의 이름을 함께 올릴 수 있을지 헤아려봤다. 김기윤, 이세진, 고종석…… 이들 외에도 내가 세고나 대표로 활동할 때 나를 외면했던 이름도 몇몇 스쳐 지나갔다. 마땅한 이름이 떠오르지 않았다. 카톡방에 '강제집행 과정에서 벌어지는 폭력 문제보다는 집행관 임명제도 문제에 전략적으로 초점을 맞춰야 한다'고 다시 한번 강조하며 망설였던 지시를 덧붙였다.

혹시라도 제가 의원실에 없을 때 다른 의원 보좌진이 법안 서명을 받으러 찾아오면 대리 서명하시고 사후 보고해도 됩니다.

5. 섬 안의 섬

뛰는 놈 위에
어쩌다 나는 놈

　정무위 법안소위와 전체 회의에서 삭제됐던 <외부감사법> 정부안의 유한책임회사 예외 조항이 뜬금없이 법사위에서 부활해 국회 본회의까지 통과되었다. 정무위 법안소위 여야 위원 모두 유한책임회사에 대해서는 '법이 아닌 시행령으로 외부감사 의무 대상 기업을 결정하게 해야 한다'는 차경모의 주장에 반대했고, 전체 회의에서도 이견이 없었다. 그러나 어이없게도 법사위가 위원회안을 뒤집고 정부안으로 법안 내용을 바꾼 것이다. 위원회안을 주도했던 고종석이 찾아와 분통을 터뜨렸다.

　"이럴 수는 없는 겁니다! 상임위에서 올라온 법안을 이런 식으로 무시하는 건 엄연한 월권행위입니다! 아무리 법사위가 상원 노릇을 하고 있다지만, 어떻게 국민을 대표하는 의원이라는 작자들이 고작 전문위원[6]에 놀아나서 이런 말도 안 되는 꼭두각시 짓을 합니까!"

"아, 네······."

나는 그의 말을 이해하지 못해 얼버무렸다. 내 속마음을 눈치챈 듯 한숨을 쉬며 자리에서 일어났다.

"우선 정무위 소속 여야 위원을 개별적으로 만나 대책 마련을 위한 의견을 듣겠습니다. 곧 소집될 정무위에서 뵙지요."

그가 나가자 곧바로 이형규와 이슬기를 불렀다.

"솔직히 고 의원이 방금 한 말 하나도 못 알아듣겠어요. 법사위가 상원 노릇을 한다니, 뭔가 큰 문제가 생긴 것 같기는 한데, 무어죠? 가능한 한 자세히 설명해주세요. 그래야 정무위에 참석해도 멍하니 앉아 있지 않을 테니 말입니다."

이슬기는 고개를 돌려 피식 웃고는, 시니컬하게 말했다.

"또 법사위가 법사위한 거죠 뭐. 자주 발생하는 일인데, 고쳐지지 않는 일이기도 합니다. 음······ '체계·자구 심사권'이라고 있는데, 쉽게 말해 체계 심사는 상임위에서 의결한 법안과 관련 법의 충돌 여부를 다루고, 자구 심사는 용어의 적합성 문제를 다루지요."

당연히 내가 처음 듣는 단어들이었다.

"이러한 심사를 거쳐 법사위에서 본회의에 그 법안을 상정해야만 국회의원 전체 표결로 법안 의결이 가능합니다. 법사위가 가진 이 권한 때문에 여야가 상임위원장 자리를 두고 첨예한 대립을 벌이고요."

"아, 그런가요······."

"법사위를 여당이 장악하면 원하는 입법이 한결 수월해지고, 야당이 장악하면 여당의 밀어붙이기를 견제할 수 있어요. 문제는 법사위에서 심사를 넘어 상임위를 통과한 법안의 본질적 내용이 바뀌기도 한다는 점입니다. 법사위원장이 심사를 핑계로 통과를 지연시

켜 폐기되는 법안도 부지기수이고요. 그러다 보니 법사위가 사실상 상원 역할을 한다는 비판이 많습니다."

옆에서 듣던 이형규가 끼어들었다.

"법사위의 상원 역할이 나쁘다고만 볼 수는 없습니다. 예산이 수반되는 법안을 발의할 때마다 예결위가 그 법안을 심사합니다. 하지만 예결위 위원은 다른 상임위에도 속해 있어서 예결위에만 집중하기는 어려운 게 현실입니다. 법사위가 게이트키핑 역할을 어느 정도 해줘서 숨통이 트이기도 하니까요. 국토위 같은 상임위와 비교해 이해관계에서 자유로운 편이다 보니 법안을 조율하는 데도 중요한 역할을 하는 것도 맞고요."

이슬기가 받아쳤다.

"그 말씀도 옳지만, 순기능보다는 역기능이 더 많지 않나요? 법사위원장의 의중에 따라 법안이 넘겨지지도 못하거나 뒤로 밀리는 경우도 허다하지 않습니까. 그게 아니면 여야가 법사위원장 자리를 두고 싸울 이유도 없죠. 제 추측인데 금융위가 정부안을 관철하려고 법사위 전문위원에 로비를 벌였을 가능성이 커요."

"전문위원······."

내가 국회에서 놀란 사실 중 하나가 존재조차 몰랐던 그들의 숨은 영향력이었다. 상임위 법안 심사는 법안소위에 참석한 전문위원으로부터 법안의 제정 및 개정 이유와 수정 의견 등에 대한 설명을 듣는 것으로 시작한다. 전문위원은 법안을 상임위에 상정하기 48시간 전에 의원들에게 검토보고서를 배부한다. 의원 대부분이 법안보다 전문위원의 의견이 담긴 이 보고서를 먼저 접하기 때문에 전문위원의 의견이 의원의 판단에 상당한 영향을 미친다.

법안을 통과시키거나 막아야 하는 의원과 각 부처 공무원, 이해관계자는 검토보고서에 담기는 문구 하나에 사활을 걸 수밖에 없다. 검토보고서가 나오기 전에 직접 전문위원을 찾아가 법안의 취지를 저자세로 설명하는 의원도 적지 않다. 무엇보다도 전문위원이 국회의원보다 무서운 점은 공무원이어서 잘리지 않는다는 사실이다. 국회의원은 국회를 떠나도 전문위원은 계속 국회에 남는다. 차경모가 관련 상임위 전문위원들을 잘 챙긴다는 건 익히 알려진 소문이다. 그런 그가 법사위 전문위원들이라고 챙기지 않았을 리는 없을 것이었다.

정무위 소속 여야 위원들은 일제히 분개하며 법사위의 체계·자구 심사가 월권이라는 데 동의했다. 국회사무처장 또한 법사위의 수정 법안이 심사 범위 밖의 월권행위로 볼 수 있느냐는 운영위 질문에 그렇다고 답변했다. 정무위는 전체 회의를 열고 김대환 금융위원장을 불러 경위를 따져 물었다. 그는 "법사위의 법안 수정은 금융위와 아무런 관계가 없다"는 주장만 되풀이했다. 고종석은 흥분을 감추지 못했다.

"정무위 법안심사소위에서 제동을 걸었던 정부안과 법사위에서 통과된 법안의 수정 내용이 완전히 일치합니다. 아무런 관계가 없다는 게 말이 됩니까?"

김대환의 입장은 변함없었다.

"법사위 회의 과정에서 위원들의 문제 제기로 이뤄진 결정일 뿐입니다. 금융위가 나서서 법사위원들에게 정부안이 통과되도록 애쓴 바는 전혀 없습니다."

정무위원과 김대환 사이에 결론이 나지 않는 질문과 답변이 계속 이어졌다.

'모로 가도 서울만 가면 될 일 아닌가?'

돌아가는 상황을 파악한 나는 그에게 함정을 판 질문을 던져 보기로 했다.

"위원장께 한 가지 묻겠습니다. 위원장께서는 외부감사 의무 대상 기업을 결정하는 데 유한책임회사에만 법을 예외적으로 적용할 이유는 없다는 정무위의 결정을 존중하십니까?"

그는 내 눈을 보며 힘줘 말했다.

"물론입니다."

이제 함정으로 더 가까이 유인할 차례였다.

"금융위와 법사위는 서로 아무런 관계가 없고, 법사위의 심사 결과는 위원들의 의견일 뿐이다, 위원장님의 말씀은 그런 의미가 맞죠?"

"네. 그렇습니다."

함정에 빠뜨릴 순간이 다가왔다.

"어차피 국회 본회의에서 통과돼 돌이킬 수 없는 법안입니다. 하지만 위원장께서 정무위의 결정을 존중하신다고 말씀하시니, 금융위가 위원회안의 내용을 시행령에 그대로 반영하면 미흡하나마 문제가 해결되지 않겠습니까? 위원장님 의견은 어떻습니까?"

고종석이 반색하며 고개를 끄덕였다.

"그런 기가 막힌 방법이! 다른 위원님들도 정 위원님께서 제안한 방법에 동의하십니까?"

정무위원 모두 고종석의 말에 동의하며 김대환에게 위원회안을 당장 시행령에 반영하라고 요구했다. 당황한 그가 말을 잇지 못하자 곳곳에서 항의가 쏟아졌다.

"정무위 결정을 존중하신다면서 왜 말씀하지 못하십니까?"

"정무위를 존중한다는 말씀은 기만입니까!"

"말씀을 좀 해보세요, 위원장님! 금융위의 입장은 도대체 뭡니까!"

공교롭게도 나는 지난 DTC 건에 이어 두 차례나 차경모를 물 먹인 꼴이 됐다. 고종석이 엄지를 치켜세웠다. 김대환은 차경모를 향해 난처한 표정을 지었다. 차경모는 굳은 표정으로 김대환과 나를 번갈아 바라봤다. 그 눈길을 피하며 시선을 상임위원장 옆에 놓인 의사봉으로 옮겼다. 차경모는 쏟아지는 항의를 뒤로하고 김대환과 함께 정무위에서 퇴장했다.

**불운은
늘
일시불로
찾아온다**

<집행관법·법원조직법 일부개정안>이 국회사무처 법제실에 입안을 의뢰한 지 보름 만에 내 손에 들어왔다.

- 현직 법원 공무원으로서 연수 과정을 거친 자 중에서 집행관을 임명한다.
- 집행관이 직무 집행을 위해 기술자 또는 노무자를 보조자로 사용할 때 집행 현장의 물리적 충돌을 방지하고 위법·부당 행위를 금지하는 등 감독 업무를 수행해야 한다.
- 집행관과 집행관의 직무를 보조하는 자는 직무 집행 중에 신분증을 관계인에게 제시하고 왼쪽 가슴에 달아야 한다.
- 집행관은 집행 현장을 떠나서는 안 된다.
- 집행관 징계 사유에 보조자에 대한 감독상의 과실이 있는 경우를 포함한다.
- 집행관 징계 수준을 견책, 2천만 원 이하의 과태료, 6개월 이상 2년 이하의 정직 및 면직으로 강화한다.

내가 오랫동안 개선해야 한다고 생각해 온 내용을 담은 법안을 직접 눈으로 보니 가슴이 뛰었다. 김기윤, 이세진, 고종석에게 보낼 문자메시지를 적어나갔다.

강제집행 현장에서 벌어지는 폭력 사태를 막기 위한 법안을 제출할 계획입니다. 의원님께 공동발의 서명을 부탁드리고자 합니다. 직접 찾아뵙고 내용을 설명해드리겠습니다.

메시지를 보내는 나 자신에게 뿌듯해졌다. 그러나 공동발의자 명단에 어떤 의원의 이름을 추가로 포함해야 하나 고민이 들었다. 세고나 대표로 활동하던 시절, 내 의견을 한 귀로 듣고 한 귀로 흘리던 몇몇 의원의 얼굴이 떠올라 쓴웃음이 나왔다. 서희철에게 카톡 메시지를 보냈다.

법안에 공동발의자로 서명해 줄 의원을 모아야 한다. 행복당 초선 의원 중에서 사회적 약자를 위한 활동에 관심을 기울여 온 의원이 누가 있는지 정리해 파악해줘.

메시지를 보내자마자 이슬기의 카톡 메시지가 도착했다.

최근 5년간 신규 임명된 집행관의 출신을 기록한 자료와 징계 내역을 대법원에서 받았습니다. 생각보다 심각합니다. 강제집행 과정에서 폭력 방조로 징계를 받은 건이 단 1건도 없습니다. 징계 건수도 5년 동안 10건이 안 되고요. 신규 임명된 집행관 중 열의 아홉이 법원 퇴직 공무원 출신입니다. 법원이 왜 감독에 손을 놓고 있는지 알겠습니다. 제 식구 감싸기죠. 같은 기간 집행관의 수수료 수입 내역도 국세청으로부터 확보했습니다. 1년 평균 수수료 수입도 2억 원에 가깝습니다. 퇴직 후 이만한 고수익 직업이 없네요. 법안 발의 보도자료에 이 내용을 정리해 담겠습니다.

'고생했다'는 답문을 보내자마자 공동발의자로 서명하겠다는 김기윤의 답문이 도착했다. '감사하다'는 답을 보내고 포털 사이트에서 정치 뉴스를 검색했다. 내가 정무위에서 <외부감사법>에 관해 금융위에 지적한 내용을 담은 기사가 여럿 보였다. 난처해하는 김대환의 사진이 기사 곳곳에 실려 있었다. 차경모의 굳은 얼굴도 몇몇 사진에서 작게 눈에 띄었다. 지적으로만 끝나고 그 이후를 말하지 않는 수많은 뉴스를 떠올리며 포털 사이트를 닫았다.

<집행관법·법원조직법 일부개정안>에 이름을 올릴 의원을 확보하는 일은 어렵지 않았다. 임시국회가 열리자마자 미리 점찍어둔 의원들을 찾아가 법안에 직접 서명받았다. 보좌진을 각 의원실에 보내도 충분한 일이었으나 내가 발의하는 첫 법안만큼은 직접 찾아가 서명을 받고 싶었다. 의원 모두 별말 없이 공동발의자로 서명했다. 내가 건넨 법안의 취지를 정독하고 서명하는 의원은 없었다. 의원이 직접 찾아와 서명받는 게 의외라는 반응만 보일 뿐이었다. 법안 발의 후 보도자료까지 작성해 언론사에 배포하는 일까지 일사천리로 진행되었다. 문제는 엉뚱한 곳에서 터져 나왔다. 한 온라인 커뮤니티 게시판에 올라온 폭로가 그 시작이었다.

행복당 정치인 의원의 아버지는 사기꾼입니다
20년 전에 건축업체를 운영했던 그 사람은 저희 아버지께 5천만 원을

빌렸습니다.

이후 그 사람과 연락이 끊겼고, 겨우 연락이 닿아도 법대로 하라는 말뿐이었습니다. 그 사람의 뻔뻔한 태도에 질린 아버지는 내용증명을 보내고 법원에 소송을 제기했습니다.

그때야 그 사람은 소송을 취하하면 꼭 돈을 갚겠다고 애걸복걸했습니다. 아버지는 그 말을 믿고 소송을 취하했지만, 그 사람은 연락처를 바꾼 채 잠적했습니다. 돈을 빌려준 지 워낙 오래돼 시효가 지났을 겁니다.

하지만 시효가 지났다고 빌린 돈을 안 갚는 게 과연 인간적인 도리입니까? 5천만 원이라는 돈은 가진 사람에겐 아무것도 아니겠지만, 없는 사람에겐 죽고 살고 하는 돈입니다.

당시 그 돈을 받지 못해 우리 가족이 겪은 고초를 생각하면 치가 떨립니다. 그런 사람의 아들이 국회의원이 돼 떵떵거리며 살고 있다는 게 너무나 억울합니다.

남의 자식 인생 망쳐 놓고, 자기 자식 인생만 챙기면 되겠습니까?

저는 그때 그 돈이 없어서 대학에도 진학하지 못했는데?

도의적으로라도 정치인 의원은 그 자리에 있으면 안 되는 것 아닙니까?

뉴스로 그 사람의 아들 소식을 볼 때마다 속에서 천불이 일어납니다. 돈이고 뭐고 다 필요 없으니 그런 사람은 꼭 천벌을 받았으면 좋겠습니다.

오래전에 세상 떠난 아버지를 이런 식으로 다시 만나는 날이 올 줄은 몰랐다. 그는 내가 집을 나온 지 6년 만에 세상을 떠났다. 간암이었다. 저승으로 가기 1년 전, 고모는 내게 아버지의 투병 소식을 전하며 간이식 적합성 검사를 받으라고 요구했다. 그 요구를 일축하며 다시는 연락하지 말라고 소리쳤다. 그런데도 고모는 내게 간이라도 맡겨놓은 양 계속 연락했고, 나는 그 전화번호를 차단했다.

아버지가 죽을병을 앓다가 뒤늦게 나를 찾는 상상을 가끔 했었다. 그런 상상을 할 때마다 통쾌한 기분이 들었었다. 그러나 막상 현실로 닥치자 기분이 더럽고 찝찝했다. 고민 끝에 아버지가 입원한 병원을 찾았다. 중환자실에서 연명 중인 그는 반은 송장이나 다름없는 모습이었다. 예상보다 심각한 상태를 보고 충격을 받았지만 아무렇지 않은 척하며 비아냥거렸다.

"어쩌다 이 지경이 되셨습니까. 혼자 잘 먹고 잘사실 줄 알았는데."

아버지는 힘겨운 표정을 감추려 애쓰며 고개를 들었다.

"몸이 아픈데…… 병원에 갈 돈은커녕 빚밖에 없으면…… 이렇게 되는 거지, 별수 있냐? 할 말 없으면 가라."

앙상한 손을 내젓고 창밖으로 시선을 돌렸다. 나는 화를 참지 못하고 소리 질렀다.

"왜 이렇게 인생을 막살아요? 막살다가 이 꼴 되니까 좋아요? 행복해요?"

아버지는 비릿하게 웃었다.

"엿 같은 인생, 엿 같이 살다가 가는데, 뭐가 문제야?"

정말 엿 같네. 더 나눌 말이 없었다. 자리를 박차고 일어나 차갑게 말했다.

"여기에 다시는 안 옵니다. 장례식장에도 안 갈 겁니다. 막사신 인생, 남에게 떠넘기지 말고 알아서 책임지세요."

아버지는 작은 목소리로 무덤덤하게 대꾸했다.

"그러든지 말든지."

병실 문을 나서기 전 마지막으로 물었다.

"제게 미안하지 않으세요?"

침묵뿐이었다. 다시 대답을 재촉했다.

"미안하지 않으시냐고요."

그때 아버지가 내게 미안하다는 말을 한마디라도 했다면 어땠을까. 그랬다면 나는 아마 간이식 수술대 위에 누웠을지도 모른다. 하지만 침묵을 깬 그의 반응은 냉담했다.

"나 죽으면…… 법원에 가서 상속 포기부터 신청해라. 평생 빚쟁이들에게 쫓기고 싶지 않으면."

죽어서도 도움이 안 되는 사람이었다. 인터넷에서는 내 법안 발의를 다룬 기사보다 아버지의 정체를 폭로한 기사가 훨씬 많이 검색됐다. 보좌진과 대책 마련을 위한 회의를 열기도 전에, 다른 온라인 커뮤니티 게시판에 올라온 새로운 폭로가 화제를 모으고 있었다.

> 저는 행복당 정치인 의원의 동생입니다.
> 사실 저는 정 의원의 친동생이 아닙니다. 정 의원과 일면식도 없고요. 정 의원의 어머니는 제 의붓어머니이기 때문입니다.
> 정 의원이 저보다 나이가 몇 살 많으니 편의상 형님이라 칭하겠습니다. 20년 전, 제 어머니는 전남편의 잦은 외도로 이혼한 후 돈 한 푼 받지 못한 채 집에서 쫓겨났습니다. 그때 아직 고등학생이었던 형님을 두고 나오실 수밖에 없었다고 합니다. 평생 주부로만 살아왔기에 형님을 감당할 경제적 능력이 없었기 때문입니다.
> 어머니가 아버지와 제 눈을 피해 홀로 형님을 그리워하며 눈물짓던 모습이 아직도 눈에 선합니다.
> 어머니는 소식이 끊겼던 형님의 소식을 얼마 전 뉴스로 접했습니다.
> 놀랍게도 형님이 국회의원이 됐다는 소식이었습니다. 어머니는 훌륭하

게 자라준 형님을 보고 감격하셨습니다. 반가운 마음에 형님 얼굴을 보고 싶어 의원실에 연락했습니다. 하지만 연락이 닿지 않았습니다.
대신 의원실에서 일하는 사람들이 어머니에게 끔찍한 말을 들려줬습니다. 형님이 자신에게는 어머니가 없고, 어머니라고 오는 연락은 모두 사칭이라고 말했다는 겁니다.
어머니는 여기에 분명 살아계십니다.
아무리 미워도 그렇지 어떻게 멀쩡히 살아있는 어머니를 부정할 수 있습니까.
어머니는 그 말이 믿기지 않았는지 형님을 만나러 직접 국회로 찾아갔습니다.
그곳에서 간신히 만난 형님은 어머니를 모르는 사람 취급하더랍니다. 돈을 요구하려 만난 것도 아니고, 그저 아들 얼굴을 보고 싶었을 뿐입니다.
어떻게 어머니를 아들 앞에서 무릎을 꿇게 만듭니까. 어머니는 그날의 충격을 이기지 못하고 시름시름 앓고 계십니다.
형님, 이건 아들로서 도리가 아니잖습니까.

 글 아래에는 어머니가 내게 무릎 꿇는 사진까지 첨부돼 있었다. 자칭 동생이 그때 근처에 머물고 있다가 촬영한 사진이 아닌가 싶었다. 그날 뭔가 이야기가 잘 되면 내 앞에 나타나려고 대기하고 있었을 것이었다. 그 예상이 틀어져 앙심을 품고 이런 짓을 벌인 듯했다. 20년 넘게 외톨이로 살아온 내게 갑자기 원치 않는 부모에 동생까지 생겼다. 역겨웠다. 눈물 나도록 기막힌 가족 상봉 현장이었다.
 회의실에 급히 모인 보좌진은 모두 긴장한 채 내 입만 바라보았다. 나는 천장을 보고 한숨을 내쉬며 자조했다.

"졸지에 제가 천하의 개쌍놈이 됐습니다. 돌아가신 아버지의 빚도 무시하고, 어머니도 나 몰라라 하는 패륜아."

이형규가 심각한 표정으로 말했다.

"문제가 발생했을 때 가장 빠른 해결책은 정공법입니다. 잘못이 있다면 재빨리 인정해야 수습이 빨라지고, 없다면 빠르게 납득이 가는 해명을 해야 쓸데없는 오해를 사지 않습니다."

옳은 말이었다. 보좌진의 얼굴을 하나하나 살핀 뒤 입을 뗐다.

"예전에 단톡방에 제가 이런 말을 남겼었죠. 저는 18살 이후로 부모가 없는 사람이라고. 그 이유는 나중에 술자리에서 허심탄회하게 꺼내놓겠다고. 사실 꺼내놓을 생각이 전혀 없었습니다. 꺼내봐야 즐겁지 않은 이야기여서 그냥 뭉개고 갈 생각이었는데, 이제는 피할 수 없게 됐네요."

숨을 한번 돌리고 지금까지 살아온 이야기를 담담하게 털어놓았다. 이혼 후 매정하게 아들을 버리고 떠난 어머니, 어쩔 수 없이 나를 떠맡았다가 방치하고 학대한 아버지, 고등학교 중퇴, 먹고살기 위해 온갖 비정규직과 아르바이트를 전전하며 살아온 나날들, 내 의지와 상관없이 나를 물어뜯는 삶에서 벗어나고자 뛰어든 세고나 활동…… 박서영이 눈물이 그렁그렁한 눈으로 나를 바라봤다.

"어떻게, 그런 힘든 삶을 사셨어요. 저라면, 못 견뎠을 텐데."

강유현이 그에게 손수건을 건넸다. 급기야 손수건에 얼굴을 묻고 훌쩍였다. 이슬기가 눈에 힘을 주며 차갑게 말했다.

"자식이 부모의 빚을 갚을 의무는 없습니다. 게다가 의원님은 아버님께서 세상을 떠나실 때까지 사실상 남남으로 지낸 상황 아닙니까. 이미 상속 포기까지 하셨고요. 해명하는 일은 그다지 어려워 보이지 않습니다. 오히려 상대에게 명예훼손의 책임을 물을 수도 있습니다."

노트북을 들여다보던 서희철의 표정이 심각해졌다.

"문제는 동생, 죄송합니다, 어머님의 의붓아들이 폭로한 내용은 해명을 제대로 하지 않으면 비판이 드세질 겁니다. 게시물에 달린 댓글들을 보니 가관입니다. 사정을 알지도 못하는 놈들이 진짜! 이 부분에 관한 대책이 필요합니다."

그 말에 모두 동의했다. 나는 어머니와 만났을 때 녹음해 둔 대화를 들려주었다. 한결같이 어처구니없다는 반응을 보였다. 평소 내 앞에서 감정을 잘 드러내지 않던 강유현도 처음으로 분통을 터뜨렸다.

"어떻게 어머니라는 분이 이럴 수 있습니까. 외람된 질문인데 정말 의원님 친어머니 맞습니까? 그렇지 않고서야 이게 말이 됩니까?"

이슬기가 단호한 목소리를 내며 일어났다.

"냉정하게 판단하셔야 합니다. 부모님이 걸린 문제라 해서 마음이 약해지면 안 됩니다. 이런 말씀 드리기 죄송하지만, 낳아줬다고 다 부모는 아니라고 생각합니다. 녹취록만 공개하면 깔끔하게 끝날 일입니다. 저희가 공식 입장을 정리하겠습니다."

이형규가 그를 만류했다.

"흥분하지 마. 우리가 먼저 흥분할 일이 아니야."

"아무리 그래도!"

"일단 의원님 말씀 기다려. 앉아."

이슬기가 마지못해 도로 자리에 앉았다. 이형규가 물었다.

"어떻게 하실 겁니까?"

처음에는 간단하게 해결할 수 있는 문제라 생각했는데 그렇지 않았다. 오랫동안 내겐 가족의 정이나 혈육의 정 따위는 남아 있지 않다고 여겨왔다. 하지만 막상 피붙이를 모질게 대하려니 망설임이 앞섰다. 그런 내가 낯설고 놀라웠다. 예상치 못한 상황과 마주치니 어떻게 대응해야 할지 감이 잡히지 않았다. 눈빛으로 대답을 재촉하는 이형규에게 힘없이 답했다.

"생각을 정리할 시간이 필요합니다."

그는 고개를 끄덕이며 팔짱을 꼈다.

"결정은 빠를수록 좋습니다."

믿는 도끼가
발등을 찍을까?

　재앙은 홀로 오지 않고, 복은 거듭 오지 않는다. 이 말보다 내 인생을 잘 요약해주는 말이 없었다. 어쩌다 한 가지 좋은 일이 생기면 어김없이 안 좋은 일 여럿이 그 뒤를 그림자처럼 따라왔다. 그런 일이 반복되자 좋은 일이 생겨도 경계부터 하는 버릇을 가지게 됐다. 앞에서 하는 말과 뒤에서 하는 말이 다른 사람을 너무 많이 만났던 터라 어디를 가든 앞주머니에 녹음기를 준비하지 않으면 불안감이 짓눌렀다.
　뜬금없이 여의도에 입성한 후에도 딱히 기쁜 마음이 들지 않았다. 도대체 얼마나 큰 재앙이 내 뒤를 따라올지 걱정부터 앞섰다. 재앙이 나를 따라잡기 전에 어떻게든 강제집행 관련 법의 문제점만큼은 고쳐야겠다고 마음먹은 터였다. 어떤 재앙이든 맞이할 마음의 준비는 돼 있었지만, 그 재앙이 피붙이의 등에 매달려 올 줄은 한 번도 상상해보지 못했다. 뭔가 더 큰 게 터질지도 모른다는 불길

한 예감이 들었고, 그 예감은 다음 날 곧 현실이 됐다.

- 대한민국은 사유재산권도 보장하지 않는 공산주의 사회인가?
- 당신이 건물주라면 계약을 지키지 않는 세입자를 참아낼 수 있겠는가? 이 법이 통과되면 버티는 세입자를 막을 수단이 없게 된다.
- 이 법안에 이름을 올린 의원들을 똑똑히 기억하겠다.
- 을의 횡포가 참 대단하다. 지키지도 않을 계약을 왜 했지?
- 국회는 돈 많은 장사꾼의 뗏법이 통하는 곳인가?
- 국회의원들이 하라는 일은 안 하고 입법 테러를 저질렀다.

내 법안 발의를 다룬 온라인 기사에 온갖 비난 댓글이 달리고 있었다. 기시감이 들었다. 키보드 버튼을 마구잡이로 찍어서 만든 듯한 아이디들, 약속이라도 한 듯 동시다발적으로 쏟아지는 비슷한 내용의 댓글들…… 세고나 활동을 보도한 기사에 달렸던 악플의 양상과 비슷했다. 기사별로 추천 수가 가장 많은 댓글에는 나를 포함해 법안에 공동발의자로 이름을 올린 의원들의 이름과 사무실 전화번호까지 첨부돼 있었다. 몇 년 전 강제집행 현장에서 김상구가 기자들에게 비아냥거리며 던졌던 말이 뒤통수를 쳤다.

"당신들 이런 것 기사로 써서 보도해봐야 욕만 처먹어. 여론 조성은 당신들보다 우리가 훨씬 더 잘하거든. 그걸 알기나 알고 펜대를 휘두르시나? 좆도 모르면서 말이야."

의원실로 항의 전화가 빗발쳤다. 부모와 관련한 구설수를 해결하는 방안을 마련하는 데 부심하던 보좌진은 또다시 날벼락을 맞자 우왕좌왕했다. 공동발의자로 이름을 올린 의원들도 비슷한 상황을 겪고 있으리라는 짐작은 어렵지 않았다. 김기윤과 이세진은 유권자들의 항의가 심하다며 이름을 뺐다. 고종석은 즉각 보도자료를 뿌렸다.

법안의 취지를 충분히 검토하지 못한 보좌진의 실수로 법안에 서명했다. 공동발의를 철회하겠다.

국회에 제출했던 법안은 공동발의 최소 요건인 의원 10명의 서명을 채우지 못해 폐기됐다. 허무한 결말이었다.

후폭풍은 여기서 끝나지 않았다. 자극적인 소재로 정치 콘텐츠 영상을 만들어온 경제일보 논설위원 출신 유튜버 박재훈이 물어뜯기 시작한 것이다. 그는 강제집행 현장에서 내가 용역업체 직원들과 맞서는 모습을 담은 영상을 올렸다. 영상은 마치 내가 용역 직원들에게 폭력을 행사하는 모습처럼 보이도록 교묘하게 편집돼 있었다. 박재훈 옆에 김원용이 앉아 있었다.

"아직도 많은 분이 오해하고 계시는데, 강제집행에 맞서는 저 사람들 말이죠. 사회적 약자가 아닙니다. 저 사람들이 장사하는 곳이 어딘지 보세요. 종로, 이태원, 강남처럼 임대료가 비싼 곳입니다. 대한민국에서 가장 목이 좋은 곳이에요. 당연히 월세가 높습니다. 그런 곳에서 오랫동안 장사해왔다는 건 무슨 의미이겠습니까? 그만큼 그 자리에서 돈을 많이 벌었다는 뜻입니다. 지금 우리나라에 저 사람들보다 삶이 더 절박한 분들이 얼마나 많습니까."

박재훈이 어이없다는 표정을 과장해 지었다.

"강제집행은 법에 따른 정당한 절차라고 들었습니다. 그런데 왜 저런 사태가 벌어지는 겁니까?"

김원용이 안경을 올려 쓰며 카메라를 응시했다.

"계약이 뭡니까? 쉽게 말해 약속입니다. 약속은 뭡니까? 지켜져야 하는 겁니다. 계약에 기간이 정해져 있다면 당연히 지켜야 하는 겁니다. 계약 기간이 지났는데도 재계약을 요구하면서 예전에 내던 월세를 그대로 내겠다고 주장한다? 상식적으로 말도 안 되는 일이죠. 그 말도 안 되는 일이 벌어지는 현장이기 때문에 어쩔 수 없이 강제집행이 이뤄지는 겁니다."

"듣다 보니 저도 화가 납니다. 까놓고 말해 그건 도둑놈 심보 아닌가요?"

김원용이 자기 말에 흥분해 목소리를 높였다.

"행복당 정치인 의원이 과거에 어떤 활동을 했는지 보셨지요? 정당한 법 집행을 폭력으로 막던 사람이 현재 법을 만드는 국회의원입니다. 최근에도 정 의원은 집행 현장에 멋대로 끼어들어 물의를 빚었습니다. 지금도 이렇게 부동산 소유자의 권리가 제대로 지켜지지 않는데, 정 의원이 발의한 법안이 국회에서 통과되면 어떤 일이 벌어질까요? 아마 끔찍한 일이 벌어질 겁니다. 심지어 부모님을 나 몰라라 하는 패륜까지 보여준 작자이지 않습니까? 정말 위험한 사람입니다. 그런 사람을 비례대표 의원으로 발탁한 행복당은 반성해야 합니다. 저 사람과 함께 법안을 발의한 의원들의 사상 또한 의심해봐야 하고요. 막말로 육이오 때 지주들을 죽창으로 찔러 죽였던 빨갱이와 뭐가 다릅니까?"

나는 영상을 잠시 멈췄다. 영상 속 김원용의 눈과 내 눈이 마주쳤다. 회의실에 모인 보좌진 모두 연이어 발생한 악재에 침통한 듯 표정을 구겼다. 나는 평정심을 유지하려 애쓰며 이형규에게 물었다.

"빨갱이라……. 어이가 없네. 발의한 법안이 폐기됐는데, 다시 발의할 방법은 없습니까?"

그는 한숨을 푹푹 쉬었다. 한심하다는 표정이 역력했다.

"의원님, 지금 법안 발의가 급한 게 아닙니다. 저 영상만 보면, 아이고……. 누가 봐도 오해하기 좋은 영상 아닙니까."

"강제집행 현장에서 용역 깡패가 촬영한 영상을 악의적으로 짜깁기했네요. 저는 강제집행에 저항만 했을 뿐입니다. 전에 여러분께 영상을 보여주지 않았습니까."

강유현이 영상을 미심쩍은 눈빛으로 살폈다.

"뭔가 이상합니다. 이 영상 정말 용역이 찍은 게 맞을까요?"

"어디가 이상하다는 거죠?"

영상을 앞으로 돌려 강제집행 현장이 나오는 부분에서 멈추었다.

"의원님께서 전에 보여주신 영상과 마찬가지로, 이 영상에서도 용역들은 자기 얼굴이 촬영되는 걸 꺼리고 있습니다. 용역들이 촬영에 민감하다는 건 제가 저번에 의원님과 이태원 현장에 동행했을 때도 느낀 점입니다. 그런데 용역들이 현장에서 이런 영상을 촬영했다면…… 좀 이상하지 않나요?"

생각해보니 그 말이 옳았다. 강제집행 현장에서 용역 직원들은 현장을 촬영하는 세고나 회원과 욕설을 주고받는 등 마찰을 빚는 일이 잦았다. 강유현은 영상을 이리저리 돌리며 지적을 이어갔다.

"용역이 이 영상을 촬영하지 않았다는 확실한 증거가 곳곳에서 드러납니다. 용역의 얼굴이 찍힌 각도와 의원님의 얼굴이 찍힌 각도를 보십시오. 용역 측에서 이렇게 찍는 건 불가능해 보이지 않습니까?"

서희철이 대수롭지 않다는 표정으로 이야기의 주제를 돌렸다.

"누가 촬영했든, 저런 영상이 공개됐다는 게 문제 아닌가요? 우선 의원님의 부모님 건에 관한 대책부터 짚고 넘어가죠."

그러나 나는 영상이 더 중요했다. 찍힌 각도를 살펴보니 세고나 측에 서서 찍어야 나올 수 있는 각도였다. 그렇지 않고서야 용역 직원들의 앞모습과 내 뒷모습이 한 장면에 담길 수 없었다. 처음에는 몰랐는데, 다시 자세히 보니 영상의 몇몇 부분은 내 눈에도 익었다. 용역업체 측이 혹시라도 초상권 침해 문제를 걸고넘어질지도 모른다는 우려 때문에 세고나가 현장 영상을 공개하는 일은 많지 않았다. 부득이하게 공개할 일이 생기더라도 용역들의 얼굴을 꼼꼼히 모자이크 처리했다. 그런데 이 영상에서 내 주위를 스쳐 지나가는 용역들은 그 모습 그대로였다. 세고나에서 유출된 원본일 가능성이 컸다. 영상을 관리하는 장유정의 얼굴이 떠올랐다. 머릿속이 복잡해졌다.

"잠깐…… 기다리세요."

밖으로 나와 복도 저편에서 장유정에게 전화를 걸었다. 신호음이 울리자마자 그녀는 다급한 목소리로 안부를 물었다.

"괜찮으세요? 걱정 많이 했는데, 정신이 없으실 것 같아서 전화를 못 드렸어요."

"그냥저냥 합니다. 실은 여쭤볼 게 있어 전화했어요. 혹시 유튜브에 올라온 제 영상 보셨어요?"

목소리가 침울했다.

"네. 무슨 그런 말도 안 되는 편집으로 사람을 난도질해요."

"그 영상이, 아무래도 세고나에서 유출된 영상 같습니다."

"네? 세고나에서요?"

조금 전 회의실에서 오갔던 이야기를 요약해서 들려줬다. 장유정은 화들짝 놀라며 짧게 비명을 질렀다.

"설마!"

"유정 씨, 왜요? 왜 그래요?"

전화기 저편에서 불안한 목소리로 두서없이 혼잣말로 중얼거렸다.

"그럴 리가 없는데……. 어쩐지 영상이 익숙하더라니……. 그러면 안 되는데……."

"무슨 말이에요? 차근차근 설명해봐요. 급합니다."

"…… 며칠 전에 서희철 비서관께서 현장 영상을 보내달라 했어요. 법안 발의와 관련한 자료 영상을 만드는 데 필요하다고요."

핸드폰을 떨어뜨릴 뻔했다. 눈앞이 아찔해졌다. 장유정의 목소리가 당장이라도 울음을 터뜨릴 듯 떨렸다.

"설마 제가 실수해서 의원님을 난처하게 만든 건가요?"

아무렇지 않다는 듯 억지로 웃으며 그녀를 달랬다.

"실수는 무슨요. 아무도 실수한 사람 없어요. 괜히 걱정하지 마요. 또 궁금한 것 있으면 연락드릴게요."

핸드폰을 호주머니에 넣고 회의실로 돌아갔다. 태연하게 의자에 앉는 나를 힐끗 곁눈질로 바라보는 서희철을 느낄 수 있었다. 내 눈을 피하며 초조한 티를 냈다. 회의가 끝나갈 무렵 그에게 메시지를 보냈다.

레몬 소주와 치킨이 당기네. 오늘 저녁에 한 잔 어때? 펜트하우스에서 기다리고 있을게.

도발은
한 번으로
끝나지 않는다

    주문한 치킨이 배달되자마자 때맞춰 도착한 서희철이 현관문을 열었다. 손에 레몬과 소주 몇 병이 담긴 비닐봉지가 들려있었다. 현관에 서서 신발 벗기를 주저하는 그에게 빨리 안으로 들어오라고 재촉했다.
    "장승도 아니고 거기 서서 뭐해? 얼른 들어와. 소주 미지근해지겠다."
    양은 밥상 위에 치킨을 올렸다. 갓 튀겨낸 치킨의 고소한 냄새가 식욕을 증폭시켰다. 냄새는 그와 처음으로 술잔을 나눴던 때로 기억을 되돌렸다. 치킨을 앞에 두고 늘어놓았던 그의 만담 같은 '썰'이 떠올랐다.
    "세상에 갓 튀겨낸 프라이드치킨 냄새보다 좋은 냄새가 과연 존재할까요? 닭다리를 손으로 집어들어 한입 베어 물면! 세상에……. 천상의 맛이 바로 이겁니다!"

그때 그의 모습을 떠올리니 늘 먹던 치킨이 왠지 모르게 더 각별하게 느껴졌다. 서희철은 주방에서 과일칼과 유리컵 두 잔을 챙겨왔다. 나는 소주를 반쯤 채운 유리컵에 반을 자른 레몬을 쥐어짰다. 거실을 가득 채운 치킨 냄새 속으로 상큼한 레몬 향기가 스며들어 침샘을 자극했다. 긴장한 표정으로 내 움직임을 지켜보던 그가 마른침을 삼켰다. 나는 풋, 웃으며 잔을 건넸다. 그는 말없이 잔을 받았다. 그의 잔이 거의 다 비어갈 때쯤 입을 열었다.

"내게 할 말 없냐?"

그 말이 끝나기도 전에 무릎을 꿇었다.

"정말 죄송합니다!"

뭐가 됐든 차라리 거짓말이라도 하지……. 가슴이 허해졌다. 사실 그가 '무슨 소리에요!'라고 잡아떼면 믿는 척하고 넘어갈 작정이었다. 이번만큼은 거짓말해주기를 바랐다. 하지만 그는 그럴 만큼 뻔뻔하지 못했다.

"그 영상 말이다. 너하고 관련이 있는 거냐?"

말없이 고개를 끄덕였다. 깊은 한숨이 목구멍을 타고 올라왔다. 목구멍이 쓰라렸다. 창밖에서 술에 취한 남자와 여자가 뒤섞여 싸우는 소리가 들렸다. 잔을 비운 뒤 창문을 닫았다.

"자초지종을 말해 봐. 나도 이해할 수 있게."

"하아……. 제 입이 문제였습니다."

그가 점심시간은 물론 퇴근 후에도 기자들과 자주 만난다는 건 나도 잘 아는 사실이었다. 국회 출입 기자 중에는 그가 기자로 일하던 시절에 현장에서 친분을 쌓은 사람보다는 새롭게 만나 인연을 맺는 기자가 훨씬 많았다. 그는 시간을 쪼개 그들과 자주 술자리를 가지며 유대관계를 쌓아나갔다. 나는 그런 그에게 표현은 못

해도 늘 고마운 마음을 가지고 있었다.

"의원님도 아시다시피 기자들을 잘 관리해야 의정 활동을 홍보하는 데도 좋고, 악재가 터졌을 때 수습하기도 수월합니다. 최근에 자주 만난 기자 가운데 경제일보 기자가 있었습니다."

그는 야당반장[7] 박동철이었다. 희철은 며칠 전 행복당 출입 기자들과 술자리를 가졌다. 그 자리에서 내가 <집행관법·법원조직법 일부개정안>을 발의하니 잘 부탁한다고 당부했다.

"박 기자가 그 술자리의 마지막까지 남아있었어요, 그때 제가 술에 좀 취했지요, 박 기자가 의원님을 합정에서 우연히 봤다고 말하더군요, 저는 별생각 없이 의원님이, 제가 결혼하기 전에 살던 합정의 펜트하우스에 몸만 들어와 살고 있다고 말했습니다. 그 말이 화근이었어요."

이어지는 그의 말은 기가 막혔다. 다음 날 아침, 박동철은 정치부 데스크에 술자리에서 들은 서희철의 말을 정보 보고로 올렸다. 데스크는 부서 회의에서 내가 비서관 채용을 빌미로 갑질을 하여 서희철이 살던 펜트하우스에 공짜로 들어가 사는 것 아니냐고 의심했다. 곧 데스크는 박동철에게 지시를 내렸다. '세고나 활동을 하며 건물주의 갑질에 대항해 온 정치인이 비서관에게 채용을 미끼로 갑질을 하고 있다'는 기사를 쓰라는 것이었다. 그는 지나친 억측이라고 반발했으나 세고나 활동을 부정적으로 바라보는 데스크는 막무가내였다.

"박 기자가 미안하지만 기사를 쓸 수밖에 없는 상황이라고 제게 양해를 구했습니다. 저는 펜트하우스는 꼭대기 층을 과장한 표현이고 실제로는 작은 투룸이라고 해명했지만 소용없었어요. 저도 기자로 일하던 시절에 데스크가 지시한 억지 논리로 기사를 썼던 일이 자주 있습니다. 그런데 반대 입장이 되니 정말 아찔하더라고요. 선의로 의원님께 방을 내준 부모님 생각이 가장 먼저 났습니다. 억지 기사 때문에 곤란해지는 꼴은 도저히 못 볼 것 같았습니다."

"……."

"그래서…… 고민 끝에 다른 제안을 했습니다. '정치인은 문제가 있는 사람'이라는 방향으로 기사를 쓰라고…"

"……."

"세고나가 촬영해 보관 중인 강제집행 영상을 보내겠다고 했어요, 의원님이 발의한 법안을 비판하는 기사를 쓰고, 또 용역에게 극렬하게 저항하는 모습만 따로 편집해 문제점을 부각하라고…… 일러주었습니다. 일종의 기사 거래를 한 셈이 되어버렸죠."

"……."

"죄송합니다. 그땐 어떻게든 가족이 기사로 물어뜯기는 일을 막아야 한다는 생각밖에 없었습니다."

피보다 진한 물은 없다. 그가 들려주었던 말이 떠올라 가슴을 아프게 때렸다. 괴롭게 털어놓는 고백을 착잡하게 듣다가 문득 의문이 생겼다.

"그런데 왜 기사로 보도가 안 되고 김원용과 유튜버가 나선 걸까?"

"빅 기자에게 연락해 자초지종을 확인해보니, 김원용이 경제일보 편집국장의 고등학교 동창이랍니다. 아무래도 회사 윗선을 통해 영상이 김원용에게 흘러 들어간 것 같습니다. 다 제 잘못입니다!"

희미했던 사태의 전말이 서서히 그려졌다. 세고나가 마음에 들지 않는 경제일보 논설위원 출신 정치 유튜버, 건물주와 자신의 수익만을 위해 움직이는 김원용, 내가 발의한 법안이 눈엣가시일

박준호를 포함한 집행관 및 법원 공무원들, 조직적으로 움직여 비판 댓글로 여론을 조종했을 김상구…… 점잖은 척해야 할 신문기사보다 유튜브로 나를 멋대로 물어뜯는 게 훨씬 효과가 좋다고 생각했을 것이었다. 저들이 작당해 나를 엿 먹였다고 축배를 들 상상을 하니 속이 쓰렸다. 더불어 저들의 도발이 이번으로 끝나지 않을 거라는 께름칙한 예감이 들었다.

"다구리에는 장사가 없지. 보아하니 이참에 나를 확실히 조지려 작정하고 움직이는 것 같다. 그 유튜버가 사이버 레커처럼 이 집도 물어뜯지 않겠냐?"

희철은 깜짝 놀라 고개를 번쩍 들었다.

"네?"

"건물주의 갑질에 대항해 온 내가 비서관에게 갑질해서 공짜로 펜트하우스에 머물고 있다? 우리로선 황당한 얘기지만 저들로선 물어뜯기 딱 좋은 그림 아니냐. 그리고 기자가 기사를 안 쓴다고 약속했지, 유튜브까지 막는다는 약속은 안 했잖아? 막지도 못할 테고. 안 그래?"

서희철은 금방이라도 울 듯한 표정을 지었다. 그 어깨를 두드리며 말했다.

"내가 전에 말했지? 나와 가족이 물에 빠지면 당신은 최선을 다해 가족부터 구하라고, 나는 나대로 최선을 다해 헤엄쳐서 살아남겠다고, 당신이 나를 구하지 않아도 원망하지 않겠다고."

"의원님……."

억지로 눈물을 참느라 얼굴이 일그러졌다. 후다닥 일어나 그를 일으켰다.

"일단 집으로 돌아가. 나도 대책을 고민할 시간이 필요하다."

서희철은 손등으로 눈물을 훔치며 당부했다.

"제가 이런 말씀 드릴 자격은 없다는 건 아는데, 다른 보좌진을 함부로 믿으시면 안 됩니다. 저도 이렇게 의원님 뒤통수를 치는데."

그 엉덩이를 가볍게 발로 찼다.

"쓸데없는 소리 말고 얼른 집으로 돌아가. 나중에 연락하자."

여기에 더 머무르면 그의 부모를 난처하게 만들 수 있다는 우려가 들었다. 머뭇거려서는 안 되었다. 여행용 가방에 당장 필요한 물건만 챙겨 담았다. 핸드폰을 열어 이리저리 찾아보다가 가깝지도 멀지도 않은 모텔을 예약했다. 서희철은 다니던 직장을 버리고 기꺼이 내게 와준 고마운 녀석이다. 부모님을 생각하면 당연히 할 수 있는 행동이었다. 슬그머니 올라오는 서희철을 향한 원망을 억누르려고 나 자신에게 최면을 걸었다.

예약한 모텔에 들어가자마자 빛이 들어오지 못하도록 창을 굳게 닫고 조명을 껐다. 방이 완전한 어둠에 잠겼다. 오래전 집에서 나와 처음으로 발을 들였던 창 없는 고시원을 떠올리게 하는 어둠이었다. 서희철에게 카톡을 보냈다.

그 집에서 대충 짐을 챙겨 급히 나왔다. 더 머물면 일이 시끄러워질 것 같아서. 이해해줘. 부모님께 사정을 잘 말씀드려라.

잠시 후 답문이 왔다.

저 때문에 모든 게 엉망이 됐습니다. 저도 자리에서 물러나 의원님께 더 누를 끼치지 않겠습니다. 정말 죄송합니다.

'네 잘못이 아니다'를 입력하고 5초 동안 들여다보다가 뒤에서부터 차례차례 지웠다. 침대에 드러누웠다. 몸을 뒤척일 때마다 매트리스에서 삐걱, 삐걱 소리가 났다. 벌떡 일어나 모텔 밖으로 나와 택시를 탔다.

섬 안에
홀로 떠 있는 섬

"뭐 하러 왔어? 바쁠 텐데."

이세훈은 기별도 없이 찾아온 나를 무뚝뚝한 목소리로 맞았다. 나는 말없이 족발과 소주가 든 비닐봉지를 들어 보였다. 표정 없이 안으로 들어오라고 손짓했다. 그의 가게는 적막했다.

"저번에는 고마웠다."

테이블 위에 신문지를 깔며 툭 내뱉는 말을 듣고 민망해졌다. 박상문의 동정을 담은 사진 기사가 신문에 실려 있었다. 나는 그 얼굴 위에 포장을 벗긴 족발을 올렸다.

"그날 이후로 별일 없었어요?"

나무젓가락으로 족발을 집어 들던 이세훈은 무심하게 말했다.

"아직은. 국회의원 끗발이 좋기는 좋네. 한방에 그놈들 사라진 걸 보니. 그런데 월세를 내던 계좌도 함께 사라졌어."

한때 내가 겪었던 황당한 일을 그의 입으로 다시 들으니 숨이 턱 막혔다.
"그놈들 수법 여전하네요. 건물주와 연락은 되나요?"
"서울에 살지도 않는 양반이야. 그리고 연락된다고 달라질 게 있나? 일단 변제공탁을 했는데, 언제까지 버틸 수 있을진 모르겠다. 이젠 진짜 힘들다. 그냥 다 정리하고 산속으로 들어가 자연인이나 될까 싶어."

마음이 허해지자 뱃속도 허해졌다. 확실하게 포만감을 느낄 수 있는 음식이 간절해졌다. 문득 머릿속에 족발이 떠올랐고, 함께 게걸스럽게 뜯어 먹던 이세훈이 그리워졌다. 수십 년 묵은 걸쭉한 씨육수로 삶아낸 깊은 감칠맛과 야들야들한 껍질. 이세훈의 빵집과 가까운 곳에 맛집으로 소문난 족발집이 있다는 것이 나를 이곳으로 이끌었다.

아무런 대화 없이 족발을 안주 삼아 소주를 주고받다가 바닥에 깔린 뼈다귀를 집어 들었다. 그가 눈살을 찌푸렸다.
"금뺏지까지 달은 놈이 점잖지 못하게. 그게 뭐냐."
나는 어깨를 으쓱거렸다.
"형님이랑 먹는데 어때서요. 누가 뭐라고 하는 사람도 없는데. 그리고 족발은 원래 뼈에 붙은 살과 껍질이 제일 맛있습니다."
여태 굳어있던 표정을 풀며 소주병을 들었다.
"잔이나 받아."
내 잔에 소주를 채우던 그가 뭔가 할 말이 있는 듯 눈치를 보았다. 그 표정에 신경 쓰여 핀잔을 주었다.
"하실 말씀 있으면 얼른 하세요. 안 어울리게 무슨 뜸을 들입니까?"
그는 내 눈을 피하며 슬쩍 질문을 던졌다.

"요즘에 만나는 여자 없어?"

천장을 올려다보았다. 형광등이 수명을 다했는지 수시로 깜빡거렸다.

"제 앞가림도 겨우 하는데 여자는 무슨."

"그래도 요즘에 여기저기서 여자 소개해주겠다는 연락 많이 받지 않아? 기회 있을 때 만나. 머뭇거리면 나처럼 홀아비로 살다가 늙는다."

그의 말은 틀리지 않았다. 국회의원이 된 후 여러 경로를 통해 여자를 소개해주겠다는 연락을 받았다. 40대 초반에 미혼인 국회의원이라는 신분이 은근히 결혼 시장에서 먹히는 모양이었다. 누가 봐도 괜찮은 조건을 가진 여자들이 많았다. 하지만 그런 연락을 받으면 모두 정중하게 거절했다.

"아직은 누구를 만날 때가 아닙니다. 경선이한테 미안하잖아요."

"삼년상이라도 치를 거야? 오버하지 마."

법원 방청석에서 기도하며 안도하던 김리안, 고개 숙인 채 미소를 숨기던 이범재의 얼굴을 떠올리며 깊은 한숨을 쉬었다.

"하아……. 제가 그날 경선이에게 찾아오지 말라고 미리 연락했다면 그런 일은 없었을 텐데. 다 제 탓이죠."

이세훈은 고개를 저으며 내 어깨를 두드렸다.

"그 말 한 번민 더 하면 전 번이다. 듣기 싫다. 그게 어떻게 니 잘못이야! 그렇게 따지면 경선이를 처음에 너한테 억지로 엮어준 내가 죄인이지. 이제 잊어. 그런다고 죽은 사람이 다시 살아서 돌아오는 것도 아닌데."

"누가 그런 말을 하더라고요. 하늘이 착한 사람을 먼저 데려가는 이유는 이승에서 고생 그만 시키고 천국에 와서 편하게 쉬게 하려는 거라고. 개소리죠. 말 같지도 않은 개소리죠. 그런데 가끔은 그 개소리를 믿고 싶을 때가 있더라고요."

 말없이 홀로 몇 차례 소주잔을 채우고 비우자, 이세훈은 내 잔을 빼앗았다.

 "기쁨은 나누면 배가 되고, 슬픔은 나누면 반이 된다고? 천만에! 기쁨은 나누면 질투가 되고, 슬픔은 나누니까 전염되더라. 꽃길로 갔으면 꽃만 보고 살아. 더 나이 들기 전에 꽃 같은 사람도 만나고. 웬만하면 여기에도 찾아오지 마. 얼굴 비추지 않는다고 원망 안 할 테니."

 "그게 무슨 섭섭한 말씀입니까."

 그는 슬픈 눈으로 소주잔을 내려다보았다.

 "지금까지 살아보니…… 인생은 꽃길을 거꾸로 달리는 편도 급행열차더라. 지나고 나서야 그 길이 꽃길이었다는 걸 눈치채지. 하지만 그 길로 되돌아갈 수는 없어. 지나온 길에 핀 꽃만 아쉬워하며 바라보다가 바로 옆에 핀 꽃을 지나쳐 버리지는 마. 그렇게 살기에는 인생이 참 짧다."

 "그런가요?"

 건성으로 반문하면서 카카오톡을 열어 경선의 프로필을 확인했다. 그녀가 쓰던 번호로 다른 사람이 개통한 듯, 프로필에 신혼부부로 보이는 사진이 떠 있었다. 푸른 하늘 아래 드넓게 펼쳐진 노란 유채꽃 들판에서 활짝 웃고 있는 한 쌍. 나는 창밖으로 고개를 돌렸다. 검은 하늘이 보였다. 콧날이 시큰해지고 눈앞이 흐려졌다.

 "인생이 짧다고 하지만, 세상의 온갖 쓴맛과 단맛을 볼 만큼 충분히 긴 것도 인생 같아요."

 눈가에 고인 눈물을 소매로 슬쩍 훔쳤다.

"형님, 저는 일단 제가 할 수 있는 일에 최선을 다할게요. 그래야 먼 훗날에 경선이를 다시 만나도 부끄럽지 않죠."

다음 날, 예상대로 박재훈은 김원용과 함께 유튜브에 동영상을 올렸다. 나와 서희철을 둘러싼 의혹이었다. 김원용은 내가 머물던 투룸을 역세권에 인접한 호화로운 펜트하우스로 묘사했다. 나는 침착하게 영상을 보았다.

"제보에 따르면, 정 의원이 이 펜트하우스에 입주한 시점은 비례대표 의석을 승계한 때와 겹칩니다. 이 펜트하우스를 포함한 건물의 등기부 등본을 확인해보니 정 의원의 비서관인 서희철 씨 부모의 공동 소유입니다. 정 의원은 보증금은커녕 월세 한 푼 내지 않고 여기서 사는 것으로 알려졌습니다. 누가 봐도 이상한 일 아닙니까?"

박재훈은 방정 맞는 몸짓으로 맞장구를 쳤다.

"정 의원이 펜트하우스에 입주한 시점과 서희철 씨가 비서관으로 채용된 시점이 같다? 대가성이 의심되는 부분이죠."

김원용은 테이블 위에 놓인 생수병을 여러 차례 들었다 놓으며 흥분했다.

"제 말이 그 말입니다! 건물주의 갑질과 싸워왔다는 사람이 비서관에게 채용을 미끼로 갑질을 한 건 아닌지 의심되는 상황입니다. 물론 정 이원 본인은 갑질이 아니라고 주장하겠죠. 하지만 보증금과 월세 한 푼 내지 않고 서희철 씨 부모가 소유한 펜트하우스에서 사는 건 어떻게 설명할 겁니까? 상식적으로 이해할 수 있는 일입니까?"

의혹 하나를 해명하기도 전에 연이어 다른 의혹이 불거지자 보좌진은 어디서부터 손을 대야 할지 가늠하지 못해 망연자실했다. 진실 여부와 관계없이 나를 둘러싼 각종 의혹은 대선을 앞두고 자유당에 맞서 친서민 행보 경쟁을 벌여온 행복당에 악재로 작용했다. 당내에선 내가 하루빨리 국민에게 사과하고 탈당해 의원직을 반납해야 한다는 여론이 거세졌다. 그러나 나는 그 여론을 무시했다. 해명을 전혀 들어보려 하지도 않는 당의 태도에 반발하며 탈당할 수 없다고 버텼다. 그러자 윤현종이 나섰다.

그를 만나기 위해 원내대표실로 가다가 복도에서 차경모와 마주쳤다. 멀찍이서 나를 알아본 그가 빠른 걸음으로 다가와 마치 오랜 친구라도 만난 듯 반갑게 악수를 청했다.

"정 의원님! 안녕하십니까?"

"아! 아안녕하십니까."

그의 손은 뜨겁고 축축했다. 그 체온과 태도에 당황해 말을 더듬었다. 그는 명함 지갑에서 명함 하나를 꺼내 건넸다. 얼결에 받으면서도 떨떠름한 표정을 숨기지 못했다.

"의원님, 제가 바쁘다는 핑계로 식사 한 번 대접하지 못해 죄송합니다. 다음에 시간 내주시면 좋은 곳으로 모시겠습니다."

"뭐, 그러시던가요."

"지금 세종으로 급히 내려갈 일이 있어서…… 다음에 뵙겠습니다. 앞으로 의원님의 의정 활동을 성심성의껏 돕겠습니다."

나의 대답은 듣지도 않고 주먹을 불끈 쥐고 활짝 미소를 지으며 멀어져갔다. 뭔가 찜찜함을 남기는 미소였다. 내 발걸음은 차경모가 지나온 동선과 겹쳤다. 동선의 끝에 행복당 원내대표실이 있었다. 문을 열고 들어갔을 때 윤현종은 저번 만남처럼 긴 직사각형 테이블의 끝에 앉아 있었다. 이번에는 내가 앉을 자리를 가리키는 커피잔도 없었다. 저번과 같은 자리에 앉으려 하자 그가 손을 저었다.

"앉지 않아도 됩니다. 길게 말하지 않을 테니까."
"금융위 고위인사와 다정하게 만날 시간은 있고요?"
나는 그를 무시하고 자리에 앉았다.
"제가 드릴 말씀은 짧지 않습니다."
그는 노골적으로 불쾌한 표정을 지었지만, 차경모와의 만남을 부정하지는 않았다.
"그쪽한테 해명 들을 시간 없습니다. 탈당하지 않겠다는 의사 확실합니까?"
"잘못한 게 없는데 왜 당에서 나가야 합니까? 저와 관련한 의혹은 전부 해명이 가능합니다. 당사자 해명을 듣지도 않고 탈당하라고 강요하는 게 민주적인 당 운영입니까?"
돌아온 것은 차가운 대답이었다.
"행복당 당규에는 중대하고 현저한 징계 사유가 있을 때 최고위원회 의결로 징계 처분을 할 수 있다고 돼 있습니다. 당규에 따라 정 의원의 제명을 의결할 겁니다."
'조롱이었구나……'
차경모가 지었던 환한 미소와 반가운 목소리의 의미를 뒤늦게 깨달았다.
다음 날, 행복당은 윤리감찰단을 구성하고 윤현종을 단장으로 임명했다. 그는 강상모 당 대표에게 나를 비상 징계로 제명해야 한다고 요청했고, 당 지도부는 이의 없이 받아들였다. 나는 윤리감찰단에 회부된 지 단 사흘 만에 당에서 제명됐다. 윤리감찰단은 나를 둘러싼 각종 의혹이 당의 정책 취지에 맞지 않고 품위를 훼손했다고 판단했다. 판단 근거는 첫째, 서희철이 살던 집에 공짜로 머물면서 그를 비서관으로 채용한 사실, 둘째, 박재훈과 김원용이 유튜브로 공개한 편집 영상이었다.

제명 조치로 당적을 잃은 나는 국회에서 유일한 무소속 비례대표 의원이 되었다. 차기 총선도 기대할 수 없고, 입법 기능도 제대로 수행할 수 없는 국회 내 식물인간…… 여의도라는 섬 안에 홀로 떠 있는 섬이 되어 버리고 말았다.

6. 재시동

명사수가
실수를 적게 하는
이유

 나 하나 망가져도 세상은 아무 일 없다는 듯 잘 굴러간다. 그 사실을 많은 경험을 통해 몸으로 배웠다. 부모가 나를 버렸을 때도, 처음으로 월급을 떼였을 때도, 등기부에 적힌 호수와 현관문에 적힌 호수가 달라 원룸 보증금을 날렸을 때도, 분식집이 강제집행 됐을 때도, 이경선이 불의의 교통사고로 세상을 떠났을 때도 세상은 변함없고 사람들은 자기만의 이야기로 바빴다.
 나를 둘러싸고 시끄러웠던 이슈는 며칠 지나지 않아 사그라졌다. 거리에서도 나를 알아보는 사람은 없었다. 세상은 연예인도 아닌 무소속 비례대표 의원에게 눈길을 줄 만큼 한가하지 않았다. 모든 걸 내려놓자 마음이 편해졌다. 보좌진에게 자유롭게 거취를 선택하라고 통보한 뒤 의원실에 발을 끊었다. 일하든 하지 않든 월급은 꼬박꼬박 나올 테니, 그들이 그 돈으로 여유롭게 시간을 보내고 다른 곳에 무사히 안착하기를 바랐다.

나 또한 매달 계좌에 꽂히는 세비로 살아가면서 처음으로 생활에 여유가 생겼다. 매달 1천만 원 넘게 꽂히는 세비를 아껴 두 달 모으니 작은 오피스텔을 월세로 얻을 수 있는 보증금이 마련됐다. 그때 처음으로 한 번 더 국회의원을 하고 싶다는 생각이 들었다. 그 돈으로 아예 서울을 떠나 김포 운양동에 방을 마련했다. 후줄근한 차림으로 가까운 공원을 돌아다녀도 누구 하나 나를 신경 쓰지 않았다.

카페 거리에서 커피를 마시며 바라보는 거리는 고즈넉했다. 밤에는 맛집으로 소문난 화덕피자 전문점에서 피자를 안주 삼아 시끄러운 사람들 사이에서 홀로 수제 맥주를 마셨다. 기름이 줄줄 흐르는 피자와 쌉쌀한 에일맥주의 조합은 그야말로 일품이었다. 세고나 사람들이 종종 전화로 안부를 물었지만, 내가 끼어들어 봐야 좋을 게 없다는 생각에 길게 통화하지는 않았다. 인생에서 가장 평화로운 나날이 한동안 이어졌다.

그 사이에 <규제자유구역 특별법>과 <외부감사법>은 정부안대로 국회 본회의를 통과했다. 이건재가 행복당 대선 후보 경선에서 박상문을 상대로 승리를 거뒀다는 소식이 들려왔고 정기국회가 시작되었다. 자유당에서는 서울에서 내리 5선을 기록한 한선우 의원이 일찌감치 대선 후보로 결정되었으나 비선 실세 논란 때문에 곤두박질친 당 지지도가 발목을 잡고 있었다. 대선이 석 달 가까이 남았는데도 이건재는 언론에서 사실상 차기 대통령 대접을 받았다. 경선 승리의 일등 공신인 윤현종의 당내 입지가 더 넓어졌으리라는 짐작은 어렵지 않았다. 이 모든 상황을 강 건너 불구경하듯 바라보고 있던 나의 평안을 방해한 것은 이슬기의 안부 전화였다.

"의원님, 지금 집에 계세요? 계시면 나와서 밥 좀 사주세요."

보좌진에게 운양동에 거처를 얻었다고만 말해줬을 뿐 구체적인 주소까지 알려주지는 않았다. 뜬금없는 연락에 당황해 만남을 피하려고 대충 말을 지어냈다.

"지금 집에 없습니다. 나중에 얼굴 봐요. 전화 끊습니다."

다급한 목소리로 전화를 끊으려는 나를 막았다.

"이 동네에 감자탕 맛집이 있다 해서 그 근처에 왔어요! 의원님 계시는 곳까지 일부러 멀리서 찾아왔는데 그냥 보낼 거예요?"

그 말을 듣자 식욕이 돋았다. 푸짐한 양의 뼈다귀와 우거지, 잘 끓인 국물이 무엇인지 보여주는 깊은 맛. 나도 가끔 들르는 감자탕 맛집인 터라 그녀를 그냥 보내자니 망설여졌다. 그녀는 내 마음에 벌어진 틈새를 놓치지 않고 파고들었다.

"제가 먼저 가서 주문해 놓을게요. 의원님은 지갑만 들고 나오세요. 이따 보아요."

내 대답을 듣지도 않고 전화를 끊었다. 그녀의 행동력에 감탄하며 옷걸이 아래에 떨어져 있는 트레이닝복을 주섬주섬 주워 입었다.

감자탕집에는 예상치 못한 손님이 한 명 더 있었다. 내 표정에 민망함이 스며들었다.

"수보께서도 오신 줄은 몰랐네요. 미리 말씀해주시지."

이형규는 감자탕에서 감자를 꺼내 내 접시에 올렸다.

"제가 온다고 알렸으면 나오셨겠습니까? 일단 앉으시죠."

감자탕 냄비를 사이에 두고 둘과 마주 앉았다. 국물 맛을 본 이슬기의 눈이 커졌다.

"대박! 진짜 맛있네요!"

이형규가 소주를 권했다. 나는 말없이 잔을 받았다. 빈속에 차가운 소주가 들어가자 온몸이 찌릿찌릿했다. 급히 국물을 한 숟갈 떠먹었다. 소주에 놀랐던 속이 편안해졌다. 이슬기가 내 얼굴을 빤히 쳐다봤다.

"…… 얼굴에 뭐 묻었어요?"

"이야! 혈색이 왜 이렇게 좋아지셨어요? 솔직히 저는 의원님이 구질구질하게 누렇게 뜬 얼굴로 히키코모리처럼 지내고 계실 줄 알았거든요."

히키코모리란 말에 살짝 발끈했다.

"스트레스 안 받죠, 잘 먹죠, 잘 자죠, 규칙적으로 공원 산책하며 운동하죠, 혈색이 안 좋아질 수 있나요. 요즘처럼 세상살이가 즐겁고 편한 적이 없어요."

"국민의 세금을 너무 날로 드시는 것 아닌가요? 부러우면서도 화가 나네."

뼈다귀에 붙은 고기를 젓가락으로 뜯어내며 쓴웃음을 지었다.

"다들 왜 기를 쓰고 국회의원에 당선되려 애쓰는지 이제야 알겠더라고요. 아무 일도 안 하는데도 다달이 천 넘게 따박따박 들어오고…… 세상에 이렇게 좋은 직업이 없어요. 그러니까 다들 재선, 삼선 하려 기를 쓰고 달려들지."

이슬기가 자신의 빈 잔을 들이밀었다.

"저도 한 잔 주시죠."

그녀는 내 잔을 받자마자 바로 비웠다.

"처음에 의원님이 보좌진 불러 모아 놓고 하셨던 말씀 기억하세요?"

나는 정치에 대해 아무것도 모르는 사람이다, 수시로 보좌진에게 의견을 묻겠다, 하면 안 된다는 확신이 들지 않는 한 보좌진의 의견을 따르겠다…… 내가 처음 던진 일성이었다.

"기억합니다."

"그때 하신 말씀, 지금도 유효한가요?"

그녀의 시선을 살짝 피했다.

"그때와 상황이 다르죠. 제가 지금 할 수 있는 게 아무것도 없지 않습니까."

이형규가 물었다.

"장포대라는 말 들어보셨습니까?"

알지 못하는 단어였다. 나는 고개를 저었다.

"장군 진급을 포기한 대령의 준말입니다. 군대에서 제일 무시무시한 존재죠. 평생 장군을 꿈꿔왔던 군인이 눈앞에서 그 꿈이 좌절되면 어떤 행동을 할 것 같나요?"

"글쎄요. 저라면 막나갈 것 같은데요."

자신의 잔을 들어 테이블 위에 놓인 내 잔에 부딪혔다.

"맞습니다. 사단장, 심지어 군단장보다 짬이 높은 장포대도 있습니다. 이런 장포대는 군에서 사고를 쳐도 건드리기 어렵습니다. 누구보다 군의 사정을 훤히 아는 데다가, 어차피 진급이 안 되니까 눈치도 보지 않아요. 관심사병과 비교도 할 수 없이 무서운 존잽니다. 장포대는 관심사병과 달리 진짜로 힘을 가지고 있으니까요. 꼴통도 이런 꼴통이 없습니다."

나를 빗대 하는 말인가? 듣기에 유쾌하지는 않았지만, 그는 이야기를 멈추지 않았다.

"경직된 상명하복 구조를 가진 군대에서 상관의 말을 거역하면 커리어가 꼬이기 십상이죠. 그런데 장포대는 윗선의 눈치를 볼 필요가 없으니 가끔 직언을 날리기도 합니다. 그런데 이 직언을 무시할 수 없어요. 대령까지 올라왔다는 건 그만큼 군대에서 오랫동안 본인의 병과와 보직에 맞는 능력을 검증받았다는 증거니까요."

"제게 하시고 싶은 말씀이 뭡니까?"

"장포대가 끝까지 꼴통짓을 하다가 전역하느냐, 작게나마 부조리를 개선한 괜찮은 군인으로 남느냐는 마음먹기에 달린 겁니다. 그 말씀을 드리고 싶었습니다."

이형규는 육군3사관학교 출신 장교였다. 복무기간에 크고 작은 상을 20여 차례나 받을 정도로 모범적인 군 생활을 했다고 자부했으나 소령 진급에 실패해 군복을 벗었다. 그때 고작 30대 후반이었다. 군에서 보낸 시간은 자랑이었지만 15년 동안 청춘을 바쳐 일한 경력은 재취업에 큰 도움이 되지 못했다. 지인을 통해 어렵사리 중견기업 회장의 비서 자리에 채용되었으나 두 달 만에 강제로 사표를 썼다. 회장이 지시한 불법적인 회계 업무를 따르지 않았다는 게 이유였다. "군 출신은 시키면 뭐든지 하지 않느냐"는 회장의 말은 큰 상처를 남겼다. 다시 취업전선으로 뛰어든 그에게 지인의 지인을 통해 염인성 의원의 수행비서로 일해보지 않겠느냐는 제안이 왔다.

"그땐 수행비서가 뭔지도 몰랐습니다. 그냥 가방모찌라고 들었죠. 곳간이 비어 일자리를 가릴 처지가 아니었던 터라 제안을 덥석 받아들였습니다."

수행비서 업무는 출근과 퇴근은 물론 일상 전체가 철저히 의원에 맞춰져 있다. 정기국회 때는 주말도 없이 밤을 새우는 일이 허다하다. 몇 년 넘게 의원과 함께 일한 보좌진이 느닷없이 해고되는 일도 부지기수였다.

"5년만 이를 악물고 버티겠다고 결심했지요. 수행비서 경력 5년을 채워 군 경력과 합산하면 공무원연금 지급 기준을 맞출 수 있었으니까요."

염인성은 입이 무겁고 자신의 심기를 잘 파악하는 그를 편하게 여겼다. 5년만 일하고 그만둬야겠다는 계획은 염인성이 내리 5선을 하는 바람에 차질이 생겼다. 그 사이에 직위는 수행비서에서 비서관, 보좌관, 수석보좌관으로 올라갔다. 염인성이 국회의장까지 역임하고 정계에서 은퇴할 때 함께 물러날 생각이었다. 그러나 "김명하를 잘 부탁한다"는 염인성의 간곡한 부탁을 뿌리치지 못해 은퇴를 미뤘다.

"곧 환갑입니다. 운이 좋아서 보좌관으로서는 보기 드물게 굴곡 없는 삶을 살았습니다. 이제 무슨 대단한 욕심이 있겠습니까. 어차피 의원님까지만 모시고 이 일을 그만둘 생각이었습니다. 하지만 지금처럼 무기력하게 시간만 보내다가 긴 경력을 마치고 싶지는 않습니다. 좀이 쑤셔서."

이슬기도 그와 한목소리를 냈다.

"부끄럽지만 저도 처음에 별생각 없이 국회로 왔습니다. 로스쿨을 갓 졸업한 초임 변호사는 의무적으로 로펌에서 6개월 연수를 받아야 하는데, 국회 근무도 연수로 인정해주더라고요. 인서울 대형 로스쿨 출신이 아니어서 괜찮은 로펌에 취직하기 어려우니까 국회에서 몇 년 경력 쌓아 몸값을 높여 로펌으로 갈 생각이었죠."

그녀가 무슨 말을 하려 하는지 가늠하기 쉽지 않았다.

"요즘에는 로펌도 대관 업무[8]를 맡고 있는데, 국회 출신 변호사가 그 자리에 딱이거든요. 사실 지금처럼 놀면 편합니다. 의원실에 무급 입법 보조원으로 이름만 걸어 놓고 활동하지 않는 변호사도 꽤 있거든요. 다들 쉬쉬할 뿐이지. 그런데 더는 놀지 못하겠습니다. 일단 제 성격에 안 맞아서요."

나는 답답한 마음을 깊은 한숨으로 드러냈다.

"두 분 말씀이 무슨 뜻인지 잘 알겠습니다. 하지만 저 혼자 국회에서 뭘 할 수 있겠습니까. 당에서 제명됐고, 다른 무소속 지역구 의원처럼 저를 콕 찍어 지지하는 유권자도 없습니다. 당장 법안에 공동발의자로 이름을 올려줄 의원조차 찾기 어려운 신세 아닙니까!"

뼈다귀에 붙은 고기를 뜯어 먹던 이슬기의 입꼬리가 올라갔다.

"2차는 의원님 집에서 조용히 레몬 소주나 마시면서 할까요? 곧 핵폭탄이 여기로 오거든요. 여기서 터뜨리기에는 보는 눈이 많습니다."

"네? 핵폭탄요?"

그녀의 시선이 출입문으로 향했다. 그 시선을 따라가자 계산대 앞에 서 있는 서희철이 보였다. 양손에는 레몬과 소주, 안줏거리가 잔뜩 담긴 비닐봉지가 들려있었다. 눈이 마주친 그가 쭈뼛거리며 고개를 숙였다. 이형규가 자리에서 일어나며 내 어깨를 두드렸다.

"명사수가 실수를 적게 하는 이유가 뭔지 아십니까? 실수를 많이 해봤기 때문입니다. 그런데 그보다 더 중요한 이유가 있습니다. 그 실수를 만회할 기회를 가져봤다는 겁니다."

물수건으로 손을 닦으며 이슬기도 자리에서 일어났다.

"굳었던 몸도 푸실 겸, 당장 할 수 있는 일부터 시작해보는 게 어떨까요? 의원님이 만드는 레몬 소주가 맛있다는 소문이 자자하더라고요. 일단 여기 계산부터 해주세요."

폭죽은 누구이고, 핵폭탄은 누구인가

네 명이 오피스텔에 한데 모이자 혼자 살기에도 넉넉하지 않은 공간이 더 좁아 보였다. 에어컨을 가동하자 바람에서 곰팡내가 풍겼다. 주방을 확인하던 이슬기가 탄식했다.

"양은 냄비, 밥그릇과 국그릇, 숟가락과 젓가락 한 벌, 컵 하나, 찻주전자 하나…… 정말 이게 다인가요?"

"혼자 사는데 이 정도면 충분하죠. 짐 많으면 움직이기 어려워요."

이제 방 구석구석을 눈으로 훑으며 혀를 찼다.

"이 정도면 미니멀라이프 수준을 넘어 무소유네요. 세상에! 도 닦으세요?"

"도 닦는 심정으로 살긴 합니다."

나는 주방에서 찻주전자와 과일칼을 챙긴 뒤 싱크대 서랍에서 종이컵 몇 개를 꺼냈다. 서희철은 양은 밥상을 펴고 비닐봉지에서 레몬과 소주를 올렸다. 나는 소주 한 병을 찻주전자에 붓고, 반으로 자른 레몬 두 개를 그 안에 쥐어짰다. 익숙하게 해오던 행동이었다. 이슬기가 미간을 찌푸렸다.

"이거 정말 식용 가능한 거예요?"

"희철이, 아니 서비도 처음에 이비와 똑같은 말을 했습니다."

서희철은 웃으려다가 내 눈치를 보며 표정을 고쳤다. 나는 싱크대에서 손을 물로 대충 씻었다. 레몬을 쥐어짠 손이 마치 기름이라도 만진 것처럼 미끈거렸다. 서희철은 비닐봉지에서 식용 얼음을 꺼내 건넸다. 그 어깨를 가볍게 쳤다.

"센스 있네."

얼음을 레몬 소주가 담긴 주전자에 쏟아부으며 물었다.

"그동안 잘 지냈어?"

"그럭저럭 지냈습니다."

종이컵 네 잔에 레몬 소주를 채웠다. 첫 잔을 마신 이슬기가 감탄사를 터뜨렸다.

"대박! 하나도 안 시네. 왜 단맛이 나죠?"

이형규는 레몬 소주가 입맛에 맞지 않는 듯 오만상을 찌푸렸다.

"저는 그냥 소주를 마시겠습니다."

다른 빈 잔에 소주를 채워 건넸다. 서희철은 이형규가 마시던 레몬 소주를 자기 앞으로 가져갔다. 이슬기가 팔꿈치로 그 옆구리를 찔렀다.

"서비 아니었다면, 저희도 의원님을 찾아오지 못했을 거예요."

나는 한 잔을 비우고 본론을 꺼냈다.

"아까 서비를 보고 핵폭탄이라 말했는데…… 그게 무슨 의미인가요?"

모두의 시선이 서희철에게 쏠렸다. 내 눈치를 보며 망설이다가 겨우 입을 열었다.
"다른 건 다 참아도, 아무런 죄가 없는 가족을 건드린 건 도저히 참을 수 없었습니다. 의원님께도 너무나 죄스러운 마음뿐이었고요."
그가 의원실에서 나오자마자 시작한 일은 김원용의 뒤를 밟는 것이었다. 김원용이 파트너 변호사로 있는 법무법인 사이로가 입주한 서초동 법조타운 빌딩 옆 카페가 잠복 장소였다. 하지만 뒤를 밟기는 생각보다 쉽지 않았다.
"기자 시절에 뻗치기[9]로 몇 차례 특종을 건졌던 일이 있어서, 기다리는 일은 자신이 있었습니다. 그런데 아무리 카페에서 기다려도 그 인간 얼굴 보기가 쉽지 않더라고요. 더 시간을 끌고 싶지 않아서 흥신소 실장의 도움을 좀 받았습니다. 사회부에서 일할 때 취재원으로 인연을 맺은 녀석이었거든요."
흥신소 실장이 요구한 금액은 일주일에 300만 원이었다. 희철은 이를 악물고 아내 몰래 모았던 비상금을 모두 털어냈다. 돈을 들인 효과는 확실했다.
"정리된 추적일지를 보니까 김원용의 일주일 행적이 고스란히 꼼꼼하게 기록돼 있더라고요. 무서울 정도로 말이죠. 언제 어디서 누구를 만났는지를 증명하는 사진도 확실하게 촬영했고요. 괜히 전문가가 아닙니다."
김원용이 만난 사람과 행선지는 다채로웠다. 그가 자산관리를 맡은 서울 시내 건물과 자신 소유 건물을 수시로 돌아다녔고, 그 과정에서 박준호와 김상구를 만나기도 했다. 밤에는 사이로가 자문을 맡은 기업 관계자와 술자리를 갖는 날이 많았다. 심지어 서울 교외에서 젊은 여성과 만나 데이트를 즐기고 식사를 마친 뒤 함께 모텔로 들어가 몇 시간 후에 나온 날도 있었다.
 "정말 부지런한 양반입니다. 그 와중에 시간을 쪼개 여자까지 만나는 걸 보고 진심으로 감탄했습니다. 그 양반 마누라에게 그 사진을 꼭 전달할 겁니다. 남의 가족을 함부로 들쑤셨으면, 자기 가족도 그런 꼴을 당할 각오를 해야죠."
 그 말에 실린 독기에 질려 눈살을 찌푸렸다. 이형규와 이슬기의 표정도 나와 같았다. 가라앉은 분위기를 감지한 서희철은 흥분을 가라앉혔다.
 "죄송합니다. 제가 너무 흥분했습니다."
 백팩에서 노트북을 꺼내 바닥에 펼쳤다. 화면에 김원용과 함께 일식집으로 들어가는 윤현종의 사진이 떴다.
 "이 작자가 일주일 동안 저녁 술자리에서 만난 사람을 촬영한 사진들입니다. 여기 윤현종 원내대표, 차경모, 정경수 기재위원장은 의원님도 잘 아시죠? 차경모 옆에 있는 사람은 행복청장[10] 이강우입니다. 둘은 고등학교와 대학뿐 아니라 행정고시 동기이기도 합니다. 이 사람은 DTC의 기조실장 조영건입니다. 기재부 예산실장 출신으로 차경모의 선배입니다. 다들 아시다시피 사이로는 DTC의 법률 자문을 맡고 있는 로펌이고요. 이 밖에도 다른 여야 정치인, 언론사 임원과 간부, 기업인도 여럿 보입니다."
 사진에 잡힌 이들의 모습에선 어색함이 느껴지지 않았다. 사진만으로는 어떤 관계인지 파악하기 어렵지만 상당한 친분이 있는 것만은 분명해 보였다. 이슬기가 눈을 가늘게 떴다.
 "위아더월드네요. 정파도, 활동 분야와 영역도 초월한 이 오붓한 만남. 의원님이 보시기에도 뭔가 냄새가 나죠? 사실 이 만남에 의원님도 관계가 있습니다."

"제가요?"

그녀의 말에 놀란 내게 서희철은 또 다른 사진을 보여주었다. 사진 속에서 김원용은 한 젊은 여성과 마주 보며 웃고 있었다. 그 뒤로 내가 죽어서도 잊지 못할 장소가 보였다. 그곳에서 치열하게 보낸 몇 년의 시간이 주마등처럼 눈앞을 스쳐 지나갔다. 나도 모르게 신음이 새어 나왔다.

"제가 운영하던 분식집이…… 예쁜 카페로 바뀌었네요."

서희철은 사진 속 두 얼굴을 확대했다.

"처음에는 김원용의 또 다른 내연녀라 생각했습니다. 그런데 그 작자의 눈빛이 내연녀를 바라보는 것처럼 끈적거리지 않더라고요. 딸인가 싶어 흥신소를 통해 알아봤는데, 그에게 딸은 없습니다. 누군지 궁금증이 들어 카페를 찾아가 봤습니다."

사진 속 젊은 여성은 희철의 예상대로 카페 주인이었다. 후암동을 오가는 사람들이 늘어난 분위기를 타고 카페도 성업 중이었다.

"아메리카노 한 잔을 시켜놓고 한 시간 넘게 카페 구석구석을 살폈죠. 그런데, 딱히 눈에 띄는 게 없었습니다. 별 소득 없이 계산을 마치고 나가려다가 카운터 옆에 놓인 작은 액자를 무심히 보았습니다."

"……"

"액자 속 사진에 익숙한 얼굴이 있더군요. 가족사진이었는데 놀랍게도 차경모의 얼굴이 보였습니다. 카페 주인에게 가족사진이 보기 좋다고 칭찬하면서 슬쩍 차경모의 정체를 물었습니다. 웬걸! 시아버지라더군요."

이형규가 사진을 살피며 고개를 끄덕였다.

"2년 전에 그 사람의 외아들이 급성백혈병으로 사망했지요. 결혼한 지 1년도 되지 않았는데 안타까운 일이었죠. 그때 그 양반이 아들 장례식 치르고 곧장 업무에 복귀해 선공후사의 정신을 보여 줬다고 관가에서 꽤 화제를 모았습니다."

나는 당에서 제명되기 전에 국회 복도에서 마주친 차경모가 건넨 명함을 떠올렸다. 책상 서랍에 아무렇게나 넣어둔 명함들을 꺼내 방바닥에 쏟았다.

"여기에 그 사람 명함이 있을 겁니다. 빨리 찾아보세요."

5초도 지나지 않아 서희철은 명함을 찾아냈다. 나는 핸드폰에 번호를 등록한 뒤 카카오톡을 열었다. 잠시 후 그가 친구로 등록됐다. 가족사진이 프로필 배경 이미지였다.

"카페에서 본 사진이 혹시 이 사진인가?"

서희철은 격하게 고개를 끄덕이며 차경모를 빼닮은 젊은 남자 옆의 여자를 가리켰다.

"네! 맞습니다! 이 여자가 카페 주인이에요."

백팩에서 다급하게 서류 몇 장을 꺼냈다.

"제가 그 건물의 등기부등본을 떼 봤는데, 카페에서 받은 영수증의 대표자와 등기부에 올라있는 건물 소유주의 이름이 똑같습니다."

사진 속 젊은 여자를 가리키며 물었다.

"건물주는 카페 주인, 아니, 차경모의 며느리란 말이네?"

"네. 맞습니다."

DTC의 법률 자문 로펌인 사이로, 사이로의 파트너 변호사 김원용, DTC의 청부입법 창구인 차경모, 김원용이 주도해 강제집행한 내 분식집 자리에 카페를 차린 차경모의 며느리…… 아무리 고위공무원이라 해도 홀로 남은 며느리에게 그만한 상가건물을 마련해 줄 형편은 못 된다. 개천용 출신인 차경모에게 그만한 돈이 있기는 사실상 불가능했다. 정황상 그 돈의 일부는 DTC를 통해 흘러들어왔을 가능성이 크다. 내가 분식집을 운영할 때 건물주였던 한류 스타는 더 시끄러워지는 것이 싫어 적당히 값을 받고 건물을 팔았을 것이었다. 차경모가 정무위에서 왜 그렇게 무리해서 DTC 대변인처럼 굴었는지 이제야 알 것 같았다.

"서비, 이러면 고위공직자 재산 공개 때 안 드러나나?"

이슬기가 대신 대답했다.

"본인과 배우자, 본인의 직계 존비속이 보유한 부동산과 동산만 공개됩니다. 직계 비속의 배우자인 며느리는 대상이 아닙니다. 또한 직계 존비속이어도 독립 생계를 유지하고 있다면 공개를 거부할 수 있습니다."

강제집행으로 분식집에서 밀려난 나는 영문도 모른 채 파도에 휩쓸리다 부서져 사라진 하찮은 존재였다. 허탈감과 분노가 온몸으로 밀려들었다.

"홀로 남은 며느리에게 넉넉하게 먹고 살길을 만들어주려 애써 주시고, 정말 훌륭한 시아버지네요. 저는 그 자리에서 소화기 분말을 몇 사발 들이마시며 질질 끌려 나왔는데."

이형규가 핸드폰으로 뉴스를 몇 개 검색해 보여주었다.

"뉴스를 보시면 알 수 있듯 차경모는 정부를 가리지 않고 요직에 기용돼 온 인사입니다. 어느 당이 차기 정권을 잡든 이 사람이 기재부총리나 금융위원장 자리를 차지할 가능성이 큽니다. 최근에 보도된 뉴스에도 하마평이 꽤 나오고 있고요."

"그 꼴은 못 보겠다!"

레몬 소주를 단숨에 비웠다.

"제가 가진 모든 권한을 남용해서 그 인간이 더 높은 자리로 가는 걸 막고 싶습니다. 방법이 있겠습니까?"

이형규가 회심의 미소를 지었다.

"국회의원이라는 자리가 말입니다, 남을 잘되게는 못해도 망하게는 할 수 있는 자립니다. 10월부터 국감이란 사실을 잊으셨습니까?"

흥분한 이슬기의 목소리가 살짝 높아졌다.

"금융위는 정무위 피감기관이고, 의원님은 여전히 정무위 소속 위원이란 걸 잊지 않으셨으면 합니다. 이쯤 되면 의원님도 태업을 중단할 이유가 충분할 것 같은데요. 게다가 임기 중 맞이하는 첫 번째, 어쩌면 마지막이 될지도 모를 국감 아닙니까. 맛은 보셔야죠. 여기 모인 보좌진뿐 아니라 수행비서부터 인턴 비서까지 다들 준비 많이 했습니다. 이제 의원님만 나서주시면 됩니다."

나를 대신해 물 밑에서 애써준 그들의 마음이 고마워 눈물이 핑 돌았다.

"이거 예고 없이 핵폭탄 제대로 맞았네요."

서희철은 나를 놀리듯 목소리를 내리깔았다.

"고작 이게 핵폭탄으로 보이세요? 의원님 스케일이 이것밖에 안 됩니까?"

"뭐가 더 있어?"

"차경모 건은 핵폭탄이 아니라 폭죽 수준입니다."

노트북 화면 속 얼굴 하나를 크게 확대했다.

"이강우. 이 양반이 핵폭탄입니다."

서희철의 가방에서 두꺼운 서류 봉투 몇 개가 쏟아져 나왔다.

"레몬 소주는 나중에 마시는 게 어떨까요? 이건 맑은 정신으로 살펴야 해서 말입니다. 정치인 의원실 보좌진의 피와 땀을 갈아 넣은 결과물입니다."

서류들이 레몬 소주 대신 양은 밥상 위에 올라왔다. 서희철과 이슬기는 그동안 파악한 정보를 번갈아 상세하게 설명했다. 둘의 입에서 나오는 말 하나하나에 경악했다. 이형규가 팔짱을 끼며 물었다.

"재선하고 싶으십니까?"

대뜸 손사래를 쳤다.

"한 번은 가문의 영광일지 몰라도, 두 번은 하고 싶지 않습니다. 누가 시켜주지도 않겠지만."

이슬기가 농담처럼 가볍게 말을 흘렸다.

"대한민국에서 유일한 무소속 비례대표 의원, 이 얼마나 유니크한 자리입니까? 당장은 내 편이 없어 고독하지만, 반대로 생각하면 누구든 내 편으로 끌어들일 수 있는 자유로운 자리 아닌가요?"

'누구라도 내 편으로 끌어들일 수 있다'는 말이 귀에 콕 박혔다.

"현재 각 정당 의석수가 어떻게 되죠?"

이슬기는 빈 종이에 '행복당'을 적었다.

"현재 행복당 의석은 의원님이 제명된 뒤 142석입니다. 원내 1당이긴 하지만 과반은 아닙니다."

행복당 아래에 자유당, 보수당, 무소속을 차례로 적었다.

"자유당은 133석으로 원내 2당이지만, 어디까지나 여당이니 끗발이 있죠. 15석인 보수당은 의원님도 아시다시피 김윤미 대통령의 친위부대입니다. 자유당 2중대나 다름없죠. 의원님을 제외한 무소속 의원 2명은 모두 자유당에서 공천 탈락에 반발해 탈당한 뒤 지역구에 출마해 당선된 인사입니다. 자유당에서 재입당 허가만 떨어지기를 지금까지 오매불망 기다리는 양반들이죠. 이들은 사실상 한 몸으로 움직입니다."

"혁신당은 몇 명이죠?"

"아! 제가 깜빡했습니다."

'무소속' 아래에 '혁신당'을 적었다.

"모두 7명입니다. 교섭단체를 만들기엔 의석이 턱없이 부족한 데다, 힘을 합쳐 교섭단체를 만들 정당도 없습니다. 15석인 보수당과 합치면 가능하겠지만, 그럴 일은 하늘이 무너져도 없겠죠?"

이형규가 어울리지 않는 농담을 하며 파안대소했다.

"보수와 혁신의 모임, 교섭단체 이름으로 괜찮지 않나? 하하!"

나는 상임위에서 비교섭단체인 혁신당 위원들이 얼마나 홀대받는지 여러 차례 목격했다. 교섭단체는 모든 상임위에 부위원장급인 간사를 파견할 수 있다는 점에서 막강한 영향력을 행사한다. 상임위에서 위원장과 위원 선임을 협의하는 역할을 교섭단체가 맡는다. 법안 소관 상임위와 법사위를 통과한 법안을 국회 본회의에 상정할 날짜를 정할 권한도 교섭단체에 있다. 따라서 법사위를 통과한 법안이라도 교섭단체 원내대표들의 합의가 이뤄지지 않으면 표결에 부치지 않는다. 국회의 입법 기능이 교섭단체인 행복당과 자유당 중심으로 돌아갈 수밖에 없는 구조다.

운신의 폭이 좁은 혁신당은 입법 과정에서 협조를 얻기 위해 울며 겨자 먹기로 행복당과 보조를 맞춰왔다. 하지만 행복당은 <보편적평등법> 등 혁신당이 의지를 갖고 추진하는 법안에 미온적이었다. 이슬기는 혁신당 아래에 밑줄을 여러 번 그으며 입술을 내밀었다.

"행복당 2중대라는 비아냥을 들으면서도 실리를 전혀 챙기지 못하니 답답할 겁니다. 행복당한테 항상 뒤통수만 맞고. 독점고발권 폐지 건 기억하시죠?"

당연히 그 사건을 잊지 않고 있다. 행복당이 대놓고 혁신당의 뒤통수를 친 사건이었다. 행복당은 얼마 전 혁신당의 협조 덕분에 정무위 안건조정위원회를 통과한 <공정거래법 개정안>을 전체 회의에서 뒤집었다.

개정안의 핵심 내용 중 하나는 독점고발권 폐지였다. 공정거래법에 따르면 기업 간 담합이나 중소기업에 대한 대기업의 횡포 등 불공정행위에 대한 고발은 공정거래위원회가 독점한다. 검찰 등 수사기관은 공정위의 고발이 있어야만 수사를 할 수 있다. 공정위는 그동안 대기업에 대한 검찰 고발을 지나치게 소극적으로 행사했다는 비판을 받아왔다. 여기에 공정위 퇴직자 취업 비리 사건까지 불거져 독점고발권 폐지 논의에 불을 당겼다.

행복당은 혁신당과 더불어 지난 대선 시기에 공정위의 독점고발권 폐지를 강력하게 주장했던 정당이었다. 심지어 자유당까지 독점고발권 폐지를 공약으로 내세웠을 정도다. 하지만 행복당 정무위원들은 혁신당 몰래 새벽에 모여 공정위의 독점고발권을 현행대로 유지하는 수정안을 단독 처리했다. 수정안은 그날 법사위를 거쳐 본회의까지 바로 통과했다. 행복당은 독점고발권을 폐지하면 위법행위를 막는 긍정적 효과보다 기업 활동 위축이라는 부작용이 더 커진다는 재계의 우려가 있었다고 해명했다. 그러나 깨져버린 혁신당과의 신뢰 관계를 회복하기에는 역부족이었다. 이형규는 그때를 회상하며 몹시 언짢아했다.

"그때도 모피아 출신 대기업 고위 임원들이 몇몇 개입했다는 소문이 파다했습니다. 그건 혁신당에 도리가 아니었습니다. 최소한 알려는 줬어야지 새벽에 몰래 모여 비겁하게 쿵작쿵작, 뭐 하자는 겁니까. 막말로 양아치 짓이나 다름없는 행동이었습니다. 염인성

의장님께서 국회에 계셨던 시절이라면 상상도 못할 일입니다."

보좌진이 들고 있는 핵폭탄을 잘 활용하면 요건불비로 폐기된 <집행관법·법원조직법 일부개정안>을 되살릴 수 있을지도 모르겠다는 생각이 들었다. 머릿속이 바빠졌다.

"이번 기회에 적당히 양아치 짓을 해볼까 하는데…… 여러분 의견은 어떤지 궁금합니다. 일단 남은 레몬 소주를 마시면서 이야기를 나눠보죠."

7. 반격

장사는
서로의 욕심을
채워주는 것

"어서오세요."

반수정은 혁신당 당사를 찾은 나를 반갑게 맞이했다. 정무위에서 참담한 표정으로 <규제자유구역 특별법>에 반발하던 그의 모습이 떠올랐다. 얼마 전 혁신당의 대통령 후보 경선에서 승리를 거둔 그는 시간을 쪼개 바쁜 일정을 소화하느라 피곤한 기색을 숨기지 못했다.

"집행관법 개정은 저희도 오래전에 추진했던 일인데 매번 실패했습니다. 발의 요건을 맞추기도 어렵고, 겨우 발의해도 본회의를 통과하지 못하고. 아시다시피 여론도 좋지 않고요. 늘 실패만 하니까 의기소침해져서 추진할 의지를 잃어버렸는데, 정 의원께서 직접 나서주셔서 정말 감사했습니다."

나는 민망해져 머리를 긁었다.

"저도 실패한 건 마찬가지입니다. 욕만 바가지로 먹었죠."

직접 내린 원두커피를 잔에 따르며 물었다.

"정 의원께서 발의했다가 폐기된 법안을 저희가 몇 곳만 살짝 수정해 대표 발의하겠습니다. 그런데 우리 당 소속 의원과 정 의원님을 합쳐도 공동발의자로 이름을 올릴 의원이 두 명 모자랍니다. 생각해 두신 방안이 있다고 들었는데요?"

두 얼굴을 떠올렸다.

"제게 빚진 사람이 있습니다. 이자는 못 받아내도 최소한 원금은 챙겨야죠."

반수정의 얼굴에 그늘이 졌다.

"이미 경험하셨듯이 발의는 시작에 불과합니다. 겨우 요건을 맞춰 발의한 보편적평등법도 지금 법사위에 계류 중입니다. 지난 국회에서 그랬던 것처럼, 이번에도 법사위는 법안을 뭉갤 겁니다. 그러다가 이번 국회 임기가 끝나면 폐기되겠죠. 집행관법과 법원조직법 개정안도 비슷한 꼴이 날 가능성이 큽니다."

커피에서 짙은 초콜릿 향기가 났다. 마음을 들뜨게 하는 기분 좋은 향기였다.

"커피를 잘 모르지만, 이 커피는 향이 정말 좋은데요?"

나를 만난 후 그는 처음으로 미소를 지었다.

"모카예요. 원산지가 예멘입니다."

커피 향을 깊이 들이마셨다. 나른한 기운이 손과 발끝으로 퍼져나갔다.

"구체적으로 말씀드리기는 어렵지만, 그냥 뭉개고 지나갈 수 없게 냄새를 풍길 계획입니다. 이 커피 향기처럼 말이죠."

일식집 조용한 방에서 마주 앉은 김기윤과 이세진의 표정이 떨떠름했다. 둘은 내가 권하는 술을 거절했다. 내 앞에 놓인 잔에 소주를 직접 따르며 물었다.

"왜 제 연락을 받지 않으신 겁니까?"

둘은 말없이 외면했다. 식당 직원이 모둠회를 들고 조심스레 들어왔다.

"예전에 두 분이 저를 이 집에서 대접해주시지 않았습니까. 그때 음식 맛이 좋아서 기회가 되면 한 번 더 오고 싶었습니다. 오늘은 부탁드릴 게 있어서 제가 사는 자리니 많이들 드시죠."

김기윤이 젓가락을 들었다가 테이블 위에 세게 내려놓았다.

"지금 뭐 하자는 거요!"

모둠회 가운데에 놓인 참치 뱃살을 젓가락으로 집어 들었다.

"말씀 드리지 않았습니까? 저번에 제가 발의했다가 폐기된 법안에 다시 한번 공동발의자로 서명해주시길 부탁드린다고 말입니다. 그게 어려운 일입니까?"

김기윤은 얼굴만 붉힌 채 입을 닫았다. 이세진의 목소리에 짜증이 섞였다.

"그때 무심코 법안에 서명했다가 의원실에 얼마나 많은 항의 전화가 쏟아진 줄 아십니까?"

"알죠, 아주! 잘 압니다."

김기윤이 참았던 화를 터뜨렸다.

"그걸 아는 분이 또 이런 무리한 부탁을 하나요!"

집어 들었던 참치 뱃살을 도로 접시에 내려놓았다.

"윤현종이 무서워 저를 대신 칼잡이로 쓰셨으면서, 이 정도 부탁이 어렵다면 말이 안 되죠. 따지고 보면 제가 당에서 제명당한 것도, 두 분의 부탁을 들어드렸다가 윤현종과 차경모에게 밉보인 결과 아닙니까. 그래도 제게 조금은 마음의 빚이 있을 줄 알았는데 실망인데요?"

행복당 대선 후보 경선에서 박상문이 탈락한 후, 김기윤과 이세진을 포함해 그에게 줄을 섰던 의원들은 좌불안석이 됐다. 이건재의 최측근인 윤현종이 차기 당 대표로 유력한 데다, 차기 총선 공천권까지 주도적으로 행사할 게 불 보듯 빤했다. 경선 과정에서 윤현종의 조직 장악력을 절감한 의원들은 너도나도 그와의 인연을 강조하며 충성 경쟁을 벌이기 시작했다. 두 사람도 SNS와 언론을 통해 당원 모두 하나가 되어 총력전을 펼쳐야 한다고 강조하며 몸을 사렸다.

그들이 순순히 내 부탁을 들어주리라는 기대는 처음부터 없었다. 하지만 내 연락까지 완전히 무시할 줄은 몰랐다. 나는 둘에게 여러 차례 전화를 걸고 문자메시지도 보냈지만 소용없었다. 부아가 치밀어 둘을 카카오톡 대화방으로 초대한 뒤 영상을 올렸다. 대리기사로 일할 때 몰래 찍은 영상이었다. 그 아래 메시지 한 줄을 남겼다.

두 분 연애 사업은 별 탈 없습니까?

이세진이 발끈했다.
"어디서 어떻게 그런 영상을 얻었는진 모르지만, 동의 없는 영상 촬영은 불법이란 걸 모르시진 않겠죠? 그리고 그 영상은 김 의원께서 취한 저를 집으로 데려다주는 모습을 담은 것에 불과합니다."
"그런 모습으로 보기에는 지나치게 끈끈한데요?"
"도대체 무슨 근거로 오빠, 아니 김 의원님과 저의 사이를 그렇게 보는 거죠?"

김기윤은 이세진의 입에서 나온 '오빠'라는 말에 화들짝 놀랐다. 둘 다 순진한 건지, 멍청한 건지……. 김기윤에게 천천히 힘줘 물었다.

"김 의원님. 두 분은 정말 아무 사이도 아닙니까?"

대답이 없었다. 재차 확인했다.

"다시 질문을 드리겠습니다. 두 분은 아무 사이도 아닌 것 확실합니까?"

인내심에 한계가 온 듯 그가 소리를 버럭 질렀다.

"당신 깡패야? 지금 이게 뭐 하는 짓이야!"

좋은 말로는 해결되지 않을 것이라는 생각이 들었다. 젓가락으로 참치 뱃살을 집어 들었다.

"그럴 리가요. 저 깡패 아닙니다. 하지만 가는 게 있으면 오는 게 있어야 인지상정이란 건 잘 아는 사람입니다."

참치 뱃살의 기름기가 혀를 덮었다. 다소 부담스러웠다. 소주로 입안의 기름기를 씻어냈다.

"…… 하지만 두 분이 이런 식으로 제 마음을 짓밟으면, 그땐 진짜 깡패가 되는 겁니다."

핸드폰을 꺼냈다. 몇 달 전 둘과 처음 이 자리에서 만났을 때 오간 대화를 재생시켰다. 당황한 김기윤의 말이 꼬였다.

"다, 당신 이게 뭐야!"

빙긋 웃고는 둘을 초대한 카카오톡 단톡방을 열었다.

"뭐긴 뭡니까? 제가 두 분과 처음 만났을 때 남긴 기념품이죠. 제가 지금 이 카톡방에 윤현종을 초대하고 이 기념품을 공유하려 하는데 어떻습니까? 그 양반 반응이 무척 궁금해지네요."

둘의 얼굴이 하얗게 질렸다. 나는 핸드폰을 테이블 위에 올렸다.

"그러게 왜 사람을 무시하고 쓸데없는 고집을 피워 일을 키우려 하십니까. 처음부터 제 연락을 받고 부탁을 들어주셨으면 이런 상황까지 안 왔을 것 아닙니까. 제게 일을 떠넘기고 입을 닦으면 끝날 줄 알았습니까?"

말을 한번 끊고 김기윤을 노려봤다.

"장사는 말입니다! 자기 욕심만 차리면 오래 못 갑니다. 장사는 서로의 욕심을 채워주는 겁니다. 정산은 뒷말이 남지 않게 확실하게 해야죠."

미리 준비한 서류를 건넸다. 꼼꼼하게 훑어보던 둘은 나란히 이마를 감쌌다. 그 모습을 지그시 바라보다가 간단히 내용을 설명했다.

"발의 서명부입니다. 훑어보셨으니 아시겠지만, 제가 발의했던 법안과 함께 독점고발권 폐지도 재추진하려 합니다. 거기에 서명하고 날인해주시면 됩니다."

둘은 동시에 앓는 소리를 냈다.

"하아……."

"독점고발권 폐지……. 지금 당장은 어려워요."

그런 대답을 예상하였기에 강하게 몰아붙였다.

"단톡방에 윤현종 부를까요? 독점고발권 폐지는 행복당이 지난 대선에서 강력하게 밀어붙인 공약 아닙니까? 뭐가 문제입니까?"

김기윤이 서명하려다가 주저하며 하소연했다.

"이보세요. 우리가 서명해봤자 결과는 달라질 게 없어요. 법안을 발의해도 상임위를 못 벗어날 겁니다. 상임위를 넘어가더라도 법사위에서 제동이 걸릴 게 뻔하고요. 아무것도 달라지지 않는다고요."

역시나 예상한 반응이어서 심드렁하게 대꾸했다.

"그건 김 의원님께서 걱정하실 일이 아닙니다. 그걸 모르고 추진하는 게 아니니까 괜히 이 자리에서 시간 끌지 마시고요. 배고픈데 식사하셔야죠?"

젓가락으로 광어회 두 점을 한 번에 집어 먹었다. 숙성회 특유의 감칠맛이 짙게 느껴졌다. 둘은 자포자기한 표정으로 법안에 서명한 뒤 한숨을 깊게 내쉬었다. 내 날숨에서 바다 냄새가 났다.

우리 모두
잔병을 끌어안고
살아간다

 행복당 원내대표실을 찾았을 때 테이블 상석 옆자리에 커피잔이 놓여 있었다. 그 자리를 무시하고 출입문 바로 앞 말석에 앉았다. 윤현종의 표정이 굳어졌다. 앞주머니를 살짝 눌러 녹음기 전원을 켜고 성의 없는 목소리로 지나가듯 말했다.
 "다른 급한 일이 있어, 이야기가 끝나면 빨리 나가보려 합니다."
 그는 말을 돌리지 않았다.
 "원하는 게 뭡니까."
 그 말을 못 알아듣는 척 눙쳤다.
 "제가 문자메시지를 드리지 않았습니까."
 갑자기 커피잔을 테이블에 내리쳤다. 부서진 잔해들이 테이블 위에 흩어졌다. 그런 그의 모습을 무심하게 바라보았다. 놀란 비서가 다급하게 뛰어 들어왔다. 윤현종은 비서에게 나가라고 손짓했다. 나는 비꼬듯 말했다.

"좋은 걸 함께 나눠 먹자는 게 그리 화를 낼 일입니까."

그는 화를 누르며 조용히 내게 물었다.

"원하는 게, 뭐냐고, 묻지, 않았습니까."

흥신소 실장이 서희철에게 건네준 김원용 추적 일지와 사진에는 의외의 장소가 기록돼 있었다. 김원용은 자신이 차를 몰고 세종시로 직접 내려갔다. 목적지는 도심에서 조금 떨어진 농지로 둘러싸인 땅이었다. 그곳에 조립식 주택 수십 채가 다닥다닥 붙어있었다. 그곳을 돌아본 후 가까운 부동산 사무실에 들러 한 시간 넘게 머물렀다. 서희철은 사진을 보며 단언했다.

"이건 벌집입니다."

"벌집? 이게 무슨 벌집이야? 벌통도 없는데?"

"하하. 진짜 벌집이 아니라, 다닥다닥 집을 붙여 지은 모습이 벌집을 닮았다 해서 부르는 말입니다. 샌드위치 패널로 대충 지은 조립식 주택이죠. 제가 경제부에 있을 때 부동산 맡아봐서 조금 압니다. 의원님이 보시기에도 사람이 살 집은 아니죠? 주변을 살펴보면 거주에 필요한 인프라가 전혀 갖춰져 있지 않습니다. 이건 백 프로 토지 보상금과 딱지를 노리고 지은 겁니다."

"딱지?"

"정부가 공공주택사업이나 택지개발사업을 벌이려면 거기에 사는 주민들을 일단 내보내야 하지 않겠습니다. 그냥 내보낼 순 없으니 싼값으로 이주자 택지를 공급합니다. 그 분양권을 딱지라 합니다."

그가 설명해준 부동산 투기 수법은 기가 막혔다. 정부가 택지를 개발하려면 미개발 지역이나 그린벨트의 토지를 수용해야 한다. 그곳에서 개발이 시작되면 토지 소유자들에게 보상이 이뤄진다. 이

때 보상금을 최대한 많이 받으려고 부리는 꼼수가 빨리 자라는 나무를 심거나 조립식 주택을 짓는 것이다. 나무와 주택의 수만큼 보상금이 늘어나기 때문이다.

"여야 모두 행정수도 이전 완성을 대선 공약으로 내세운 터라, 세종 내 투기 열풍이 엄청나지요. 정부도 심각성을 뒤늦게 인식해서 일부 지역을 토지거래허가지역으로 지정했는데, 효과는 별로 없고 꼼수만 넘쳐나고 있습니다."

"그거야 언론에 자주 지적되고 있지."

"꼼수 중 하나는 땅을 여러 필지로 쪼개 지분을 나눠 거래하는 지분거래입니다. 소액으로도 토지 투자를 할 수 있어 한탕을 꿈꾸는 사람들이 늘어나 투기 열풍이 과열되지요."

"그렇겠군."

"지금 세종에는 임야와 야산 하나에 소유자가 수백 명인 사례가 허다합니다. 이런 부동산은 등기를 다 뗄 수도 없을 정도입니다. 어느 지역이 토지거래허가구역으로 지정되면, 투기 세력은 이를 피해 옆으로 옮겨가 개발 호재를 미끼로 영업합니다. 그러다 규제가 풀리면 재빨리 다시 들어와 지분을 쪼개 팔아버리죠. 그야말로 아사리 판입니다."

내가 알지 못하는 곳에서 이처럼 치열한 투기판이 벌어지고 있다는 사실이 믿기지 않았다.

"만약 내부정보를 이용해 개발될 지역을 미리 알고 그곳의 땅을 싼값에 사들인다? 이건 완전히 땅 짚고 헤엄치기입니다. 이 벌집이 세워진 일대가 얼마 전에 첨단과학국가산업단지 후보지로 지정됐습니다. 논밭으로나 쓰던 허허벌판이 갑자기 금싸라기 땅으로 신분 상승한 겁니다. 이상하지 않습니까?"

서류 봉투에서 등기부등본 한 부를 꺼냈다.

"여기를 보면, 벌집이 세워진 토지의 소유자는 김원용이고, 사들인 것은 2년 전입니다. 제가 세종으로 내려가 그곳 부동산 사무실에서 이야기를 들어보니 정보를 알지 못하고는 살 수도, 살 이유도 없는 땅이라고 했습니다."

'이강우가 핵폭탄이다'라는 말의 뜻이 이제 짐작되었다.

"관보와 국회공보를 뒤져 이강우를 포함해 사진에 촬영된 국회의원, 고위공무원들의 몇 년 치 재산공개내역을 샅샅이 뒤졌습니다. 연도별 재산 내역을 비롯해 재산 변화 추이까지 확인해봤습니다. 보시면 알겠지만, 결과가 기가 막힙니다."

내 앞에 펼쳐진 것은 이강우의 재산 내역이었다. 아내 소유 부동산에 변화가 있었다. 등기부등본과 재산 내역을 살펴보자 4년 전에 아내 명의로 세종 인근의 대지와 건물의 지분 소유권이 이전되어 있었다.

"퇴직 후 세종에서 살기 위해 매입한 게 아닐까?"

"자기가 집을 짓고 살 땅을 지분으로 매입하는 경우는 거의 없습니다. 그리고 이 사진을 보시면 거주용으로 산 땅이 아니란 걸 확실히 알 수 있습니다. 제가 직접 그곳으로 가서 찍은 사진입니다."

주변에 구멍가게 하나 없는 대지에 커다란 가건물이 서 있었다. 내형 아울렛 매장이나 공장을 지어 운영하는 건 몰라도 거주용으로는 부적합해 보였다.

"그러네. 전원주택을 지어 살기에 풍경이 좋은 곳도 아니고, 그냥 허허벌판이네."

서희철은 노트북으로 이강우의 아내가 소유한 부동산 주변의 지도를 보여줬다.

"여기에 산업단지가 조성될 계획인데, 부지는 120만 평 규모입니다. 지금은 허허벌판이지만 향후 상당한 이익이 기대되는 지역입니다. 여기를 보시죠."

지도를 확대했다.

"이강우의 아내가 산 땅은 국도에서 산단으로 들어가는 입구 근처입니다. 이 자리의 입지 조건이 정말 신의 한 수입니다."

"산단이 들어설 땅이 아닌데 왜?"

"산단이 조성되면 자연스럽게 그 주변 인구가 늘어납니다. 주택과 상점이 산단 주변에 입주하겠죠. 기대수익 면에서 산단 후보지보다 오히려 주변이 더 알짜입니다. 사전에 정보를 몰랐다면 절대 살 수 없는 땅입니다."

"이 지역 땅값이 많이 올랐나?"

"이강우의 아내가 매입한 시점보다 최소 몇 배는 뛰었고, 앞으로 더 오를 겁니다."

"와우!"

나도 모르게 감탄사가 터져 나왔다. 하지만 그것은 시작에 불과했다. 윤현종의 아내가 3년 전에 매입한 토지는 KTX역이 있는 청주 오송과 정부세종청사를 잇는 간선도로 옆 황무지였다. 산단 후보지와 멀지 않은 곳에 있지만, 딱히 쓸모는 없어 보이는 그 토지 근처에서 BRT 정류장 공사가 한창 진행 중이었다. 기사에 따르면 BRT 정류장 신설 계획은 1년 전에 발표되었다. 자유당 정경수 기재위원장은 대놓고 자신의 명의로 산단 후보지 내에 토지를 매입하고 조립식 건축물을 지었다. 나는 문득 김원용의 서울 내 동선과 세종 내 동선이 무언가 비슷하다는 느낌을 받았다.

"김원용이 서울에선 자기가 자산관리를 맡은 건물을 수시로 돌아다녔잖아. 세종에서도 비슷한 일을 한 게 아닐까? 그런 의심이 드네."

서희철의 눈과 입이 크게 벌어졌다.

"의원님, 눈치 빠르시네요! 사진에 찍힌 인물들의 재산 내역에 기록된 부동산 주소지와 추적 일지에 기록된 김원용이 들른 장소가 상당 부분 일치합니다."

들여다봐야 할 서류가 아직도 많았다. 두꺼운 서류 봉투를 보자 가슴이 답답해졌다.

"사진에 찍힌 사람 외에도 많은 사람이 여기에 연루돼 있다는 말이네."

이슬기가 봉투에서 다른 서류를 꺼내 내밀었다.

"이왕 일을 벌인 김에 제대로 파보자는 생각으로 덤볐습니다. 산단 후보지를 비롯해 주변에 개발 호재가 있는 부동산의 등기부등본을 모두 뗐습니다. 소유주 변경 현황을 샅샅이 조사하고 재산 내역과 대조했는데, 뭔가 냄새가 나는 것만 모았는데도 이만큼입니다. 이 등기부와 재산 내역을 한 번 보시죠."

김재형 국회의장. 후반기 국회를 이끄는 행복당 5선 의원. 정치 인생에서 단 한 번도 비리에 연루된 일 없고, 여야 정치인과 두루 친한 처세의 달인. 과거 다른 국회의장과 마찬가지로 그 또한 이번 임기를 마지막으로 정계 은퇴를 선언했다. 최근 언론과의 인터뷰에서 은퇴 후 유학을 떠나겠다는 계획을 밝혀 신선한 화제를 불러일으켰다. 그런 그의 3년 전 재산 내역에도 장남이 소유 중인 세종 임야가 있었다. 이형규가 착잡한 표정으로 내역서를 바라보았다.

"김 의장의 장남은 2년 전에 결혼했습니다. 그 이후로는 독립 생계를 이유로 재산 공개에서 빠졌지만, 이전 기록은 이렇게 남아

있었습니다. 염 의장님이 계실 때 부의장으로 손발을 맞추며 국회를 품위 있게 이끈 분인데…… 안타깝습니다."

등기부등본에 기록된 임야의 소유자는 여전히 김재형의 장남이었다. 서희철은 지도를 가리켰다.

"보시다시피 국회 세종의사당 건립 예정지에서 가까운 임야입니다. 향후 세종의사당이 들어서면 이 땅의 가치는 더 올라가겠죠."

부동산 사랑에는 여야가 따로 없었다. 양대 정당인 행복당과 자유당은 물론 몇몇 보수당 의원도 본인이나 배우자 명의로 산단 후보지 주변 토지와 야산을 보유하고 있었다. 심지어 혁신당 소속 세종시 의원으로 추정되는 인물도 있었다. 허탈한 웃음만 나왔다.

"돈 앞에선 여야는커녕 진보도 보수도 없구나. 너무하네."

이형규가 소주잔을 단숨에 비운 뒤 물었다.

"의원님의 결단만 남았습니다. 어떻게 하실 겁니까?"

그 질문에 어깨가 무거워졌다. 얼마 전 대한토지주택공사 임직원이 신도시 등 자사의 사업 계획과 연관 있는 지역에 집단으로 부동산 투기를 한 의혹이 불거져 국민 여론이 들끓었다. 이 사안은 불난 집에 부채질을 넘어 기름을 부을 사안이었다.

"대선이 얼마 남지 않았는데, 이 사실이 알려지면 정치권, 아니 나라가 뒤집어지겠죠?"

"두렵습니까?"

"두렵기보다는 귀찮은 일이 많아질 것 같아서…… 저 역시 상당한 후폭풍에 휘말릴 테고요. 그보다는 하루하루 열심히 살아가는 보통 사람들의 마음이 무너지는 걸 보기가 더 두렵습니다."

이형규가 빈 잔에 소주를 따라 내밀었다.

"중병을 앓으면 시시콜콜한 잔병이 뒤따라오기 마련입니다. 마치 서로 짠 듯 동시에 터집니다. 그런데 말입니다. 중병은 어느 날 갑자기 생기는 게 아닙니다. 속에서부터 완전히 곪아버렸기 때문에 생기죠. 우리 모두 어느 정도 잔병을 끌어안고 살아갑니다. 적당히 곪아서는 잔병이 드러나지 않습니다. 면역체계가 작동하니까요. 하지만 중병으로 면역체계가 무너지면 드러나지 않았던 잔병도 그때야 함께 날뛰며 칼춤을 춥니다."

중병은 어느 날 갑자기 생기는 게 아니다……. 그 말이 귀에 잔상처럼 남았다.

"제가 오랫동안 국회에서 많은 사람을 겪어보니 말입니다. 사람은 작은 데에서 일을 시킬 때보다 큰 데에서 일을 시킬 때 견적이 나옵니다. 김재형이든 윤현종이든 국회의원도 못할 깜이었으면 여기까지 오지도 못했을 겁니다. 자기 그릇보다 더 큰 권한을 손에 쥐니 그때야 본성을 드러낸 거죠. 본성이 드러났다면 그 자리에 더 두면 안 됩니다. 중병이 죽을병으로 커지기 전에 도려내야죠. 이런 말이 어떻게 들리실지 모르지만, 의원님은 상처의 곪은 부위를 도려내기에는 꽤 괜찮은 메스로 보입니다."

아무 말 없이 윤현종의 눈을 바라보았다. 그는 내 눈을 피하지 않았다. 원내대표실 안의 공기가 긴장감으로 팽팽해졌다. 시계 초침 소리가 점점 크게 들렸다. 그가 먼저 입을 열었다. 목소리가 조금 전보다 누그러져 있었다.

"아무리 상대에 대한 감정이 좋지 않아도 가족을 건드리는 건 예의가 아닙니다."

예상치 못한 반응에 어이가 없어 헛웃음이 새어 나왔다. 내가 한 일은 윤현종에게 그의 아내가 소유한 세종의 토지 지분 등기부등본과 BRT 정류장 공사 현장을 담은 사진을 메시지로 보낸 게 전부였기 때문이다.

"제가 사모님을 협박했습니까, 납치했습니까? 저는 사모님의 기가 막힌 투자 위치 선정 비법을 배우고 싶었을 뿐인데, 말씀이 과하십니다. 더 하실 말씀 없으면 이만 가보겠습니다."

자리에서 일어나자 흥분한 그가 버럭 소리를 질렀다.

"야 인마! 앉아!"

출입문을 살짝 열고 내 목소리가 밖에서도 들리도록 일부러 큰소리로 말했다.

"야 인마? 사모님의 미래를 내다보는 신묘한 부동산 투자 비법을 공유해달라고 찾아온 게 욕먹을 일입니까! 같이 잘 먹고 잘살자는 게 그리도 못마땅하십니까! 서러워서 못 살겠다! 서글퍼서 죽겠다!"

화들짝 놀란 그가 부리나케 달려와 문을 닫았다. 내 멱살을 잡고 목소리를 내리깔았다.

"지금 뭐 하자는 거야! 너 깡패야? 누가 시켰어? 박상문이야? 나는 그 자식의 약점 하나 쥔 게 없을 줄 알아? 너 전에 기재위와 정무위에서 깽판 친 것도 박상문이 뒤에서 사주한 거지? 김기윤과 이세진 두 연놈이 붙어먹으며 박상문 똥꼬 빠는 걸 내가 모를 줄 알았어? 이 새끼가 겁도 없이 어디 함부로 날뛰어!"

뜻하지 않게 박상문 쪽에 첩자가 있다는 사실을 알게 되었다. 새삼 그의 정확한 정보력에 감탄했다. 한편으로는 이 상황을 전혀 모른 채 윤현종의 눈치를 보며 몸을 사리고 있을 김기윤과 이세진이 우스웠다. 나는 그의 판단에 혼선을 주려고 애매하게 답했다.

"글쎄요. 대놓고 나서지는 못해도 대표님을 벼르는 사람이 어디 박상문 시장뿐이겠습니까? 그 사람이 누군지는 알아서 찾아보시고요."

조금 전에 그가 한 말을 비아냥거림과 함께 되돌려줬다.

"그리고 말입니다. 예의는 저승으로 보내고 육신만 이승에 남으셨습니까? 아무리 상대에 대한 감정이 좋지 않아도 멱살을 잡는 건 예의가 아니죠."

여전히 내 멱살을 움켜쥐고 있는 그의 양 손목을 붙잡으며 힘을 세게 줬다. 그의 입에서 고통의 신음이 흘러나왔다.

"야 이 짜식! 놓지 못해!"

아프냐? 나도 아팠다, 이 씹템버야. 그의 손목을 던지듯 놓았다.

"젊었을 때 숙이고 살아야 나이 먹은 뒤 허리 펴고 사는 법이라고 말씀하셨죠? 글쎄요. 병신으로 사는 것보다 개새끼로 사는 게 더 편하던데요? 여기서 싸우면 누가 다칠지 잘 생각해보시죠. 침착하게. 한쪽은 잃을 것만 있고, 한쪽은 잃을 게 없는데 무슨 싸움이 되겠습니까?"

억지로 냉정함을 되찾은 그가 의젓한 걸음으로 상석으로 되돌아갔다. 그 옆자리에 앉아 다리를 꼬고 허리를 뒤로 젖혔다. 일그러진 그의 얼굴을 바라보며 손을 털었다.

"제가 원하는 건 아주 간단합니다. 조만간 한잔하며 이야기 나누시죠."

8. 축제

그들만이
사는 세상

    차경모가 나를 부른 곳은 평양냉면으로 유명한 마포의 한 식당이었다. 맛집으로 유명해 이경선과 함께 자주 들렀던 노포였다. 그곳에 VIP만 은밀하게 모여 이야기 나눌 수 있는 작은 방이 있고, 심지어 예약도 가능하다는 사실에 놀랐다. 그곳은 예약받지 않고, 식사 시간에는 오랫동안 줄을 서야 겨우 냉면 맛을 볼 수 있는 곳으로 유명했기 때문이었다.

    오후 6시인데도 대기 줄이 길게 늘어서 있었다. 줄을 서야 할지 말아야 할지 고민이 들었다. 서성이는 내게 직원이 다가와 작은 목소리로 물었다.

    "정치인 의원님이십니까?"

    "네. 맞습니다만."

    "저를 따라오시죠."

    식당 옆에 있는 좁은 통로로 안내했다.

"어떻게 저를 알아보셨죠?"

"당연히 알아보고 모셔야죠. 저희 집은 처음이신가요?"

"예전에 많이 왔었는데, 줄이 길어서 못 먹고 돌아간 일이 몇 번 있었습니다."

"그러셨구나. 방은 처음이겠네요."

"네. 여기 원래 예약이 안 되지 않나요? 영업 방침이 바뀌었나……."

직원의 목소리에 자부심이 실렸다.

"특별한 분을 모시는 방이 따로 있습니다. 여기로 오십시오."

내가 땡볕 아래 서서 줄이 짧아지기를 손꼽아 기다리고 있을 때, 여유 있게 다른 통로로 들어가 자기만의 공간에서 식사를 즐기고 가는 사람들이 있었다니. 뒤늦게 다른 세상의 존재를 알게 돼 씁쓸해졌다. 직원이 미닫이문을 열 때 앞주머니를 살짝 눌러 녹음기 전원을 켰다. 미리 도착해 기다리고 있던 차경모가 일어나 90도로 허리를 숙였다.

"정 의원님, 이제야 만나 뵙고 대접해드리게 돼 정말 송구합니다."

대기업의 입법 민원과 정치권 인사 청탁의 창구, 나 같은 떡국 하나쯤은 쉽게 당에서 제명할 수 있는 숨은 권력자, 다음 정부의 유력한 경제 사령탑, 홀로된 며느리를 살뜰하게 보살피는 시아버지…… 그의 진짜 얼굴이 무엇인지 궁금해졌다. 뒤에서 인기척이 느껴졌다. 그가 활짝 미소를 지었다.

"아이고! 사장님께서 직접 주문받으러 오시면 어떡합니까!"

"귀한 분이 귀한 분을 모시고 왔는데, 아무리 바빠도 얼굴은 비추고 가야죠."

이곳에 올 때마다 액자 속 사진으로만 접했던 늙은 사장이 내게 깍듯하게 고개 숙여 인사했다.

"처음 뵙겠습니다, 정 의원님. 앞으로 자주 찾아주시길 바랍니다. 의원님 자리는 늘 비워놓고 있겠습니다."

민망해진 나는 말을 더듬었다.

"아, 네……."

"평소 드시던 대로 수육과 녹두전 먼저 가져다드릴까요?"

차경모가 메뉴판을 건넸다.

"혹시 더 드시고 싶은 음식이 있습니까?"

"괜찮습니다."

"이 집 홍어도 일품입니다. 홍어 좋아하십니까?"

"좋아는 하는데, 지금은……."

"아, 다음에는 홍어를 꼭 대접해드려야겠습니다. 냉면은 나오는 음식을 어느 정도 먹은 다음에 주문할까요?"

"뭐 그러시죠."

"냉면은 다른 음식과 곁들여도 맛있긴 한데, 여러 접시에 젓가락질하는 사이에 면이 불으면 좋은 메밀 향이 죽습니다. 냉면은 중간에 시키는 게 낫지요. 술은 소주가 좋으시죠?"

"뭐든 상관없습니다."

질문을 잘하는 사람이 대화의 주도권을 쥐는 법이다. 그는 여러 말을 하지 않고도 자연스럽게 주도권을 가져올 줄 아는 사람이었다. 나는 주도권을 내주고 싶지 않아 바로 본론으로 들어갔다.

"오늘 만남의 용건은 뭡니까?"

주문한 수육과 녹두전이 금방 들어왔다. 그가 소주 뚜껑을 따며 가볍게 웃었다.

"하하. 젊으셔서 그런지 성격이 꽤 급하십니다. 일단 한 잔 드시죠."

소주를 주고받은 뒤 가볍게 건배했다. 소주잔을 비우고 다시 만남의 용건을 물어보려 했는데 선수를 빼앗겼다.

"사람의 손은 두 개입니다. 동시에 물건 세 개를 집어들 수는 없지요. 하나를 포기해야 두 개를 챙길 수 있습니다."

윤현종과 만난 다음 날 차경모의 연락을 받았다. 나는 윤현종에게 반수정이 대표 발의할 예정인 <집행관법·법원조직법 일부 개정안>과 독점고발권 폐지를 골자로 하는 <공정거래법 개정안>, 법사위에 계류 중인 <보편적평등법>이 국회 본회의에서 통과할 수 있게 힘을 써달라고 요구했다. 그는 자신에게는 그럴 만한 힘이 없다고 하소연했지만 나는 눈 하나 깜짝하지 않고 몰아붙였다. 대한토지주택공사 임직원의 신도시 땅 투기 의혹이 국민의 공분을 일으킨 상황에서 부인 관련 사안이 이건재의 대선 가도와 자신의 당권 장악에 악재로 작용하리라는 것을 그도 잘 알고 있었다.

윤현종의 대리인으로 이 자리에 왔을 차경모가 내밀 협상 카드가 무엇인지 궁금했지만 무슨 의미인지 못 알아듣는 척했다.

"돌려 말하지 마시고요. 어렵습니다."

그가 직구를 던졌다.

"독점고발권 폐지는 빼고 나머지 둘을 가져가시는 게 어떻습니까?"

늘 그래왔듯 그는 철저히 기업 편이었다. 대답 대신 수육에 젓가락질했다. 부드러운 수육의 풍부한 감칠맛에 파채의 깔끔한 맛이 더해져 술을 불렀다. 그가 눈빛으로 대답을 재촉했다. 나는 그의 빈 잔에 소주를 채웠다.

"독점고발권 폐지는 지난 대선에서 모든 정당이 내건 공약이었다고 압니다."

그도 내 빈 잔에 소주를 따랐다.

"앞으로 어떤 정부가 들어서도 지키지 못할 공약입니다. 사실 독점고발권 폐지는 대기업보다 중소기업에 훨씬 큰 타격을 주기 때문입니다."

그의 설명은 청산유수였다. 독점고발권이 폐지되면 검찰이 공정위와 담합 사건을 동시에 수사할 수 있게 된다. 전체 담합 사건 중 대기업 간 담합은 1%에 불과하고 중소기업 간 담합이 80%로 대부분을 차지한다. 중소기업은 대기업처럼 법무팀이나 법률 전문가를 따로 두기 어려워 수사선상에 오르는 것만으로도 존립을 위협받는다. 대한민국은 세계적으로 고소와 고발을 남발하는 나라다. 지금도 강력한 검찰 권력이 지나치게 비대해질 수 있다. 중소기업단체가 나서서 폐지를 반대한 이유가 여기에 있다.

나는 그 말을 끊고 질문을 던졌다.

"공정위가 대기업이든 중소기업이든 봐주기 수사를 했다는 걸 인정하신다는 말로 들립니다?"

젓가락으로 녹두전을 찢던 그가 가볍게 웃었다.

"저는 현실을 말씀드린 겁니다. 독점고발권이 폐지되면 거래 상대방은 물론 경쟁사, 내부 직원, 시민단체 모두 검찰로 몰려갈 겁니다. 끔찍한 일이죠."

"그 1%의 담합 규모가 80%의 담합 규모보다 훨씬 클 텐데요?"

"우리나라 기업의 99%는 중소기업이고, 직장인의 83%가 중소기업에 다니고 있습니다. 나무가 아니라 숲을 보셔야 합니다. 혹시 마르크스 아십니까?"

나는 말없이 눈으로 무슨 뚱딴지같은 소리냐고 물었다. 그는 찢은 녹두전을 내 접시에 담아줬다.

"그 사람이 한 말 중 하나는 새겨들을 만하더군요. 하부구조가 상부구조를 규정한다."

"하부구조가 상부구조를 규정한다?"

"하부구조는 사회를 이루는 물적 토대입니다. 생산수단, 근로자 등 경제와 관련 있죠. 반면 상부구조는 예술, 문화처럼 생산과 직접 관련 없는 모든 것을 의미합니다."

"어렵네요."

"쉽게 말해, 경제가 받쳐주지 않으면 사회 존립이 불가능하다는 말입니다. 먹고사는 문제 앞에서 무슨 예술이고 문화입니까? 대한민국 경제의 주춧돌은 기업, 그중에서도 대기업이고요. 요즘 출산율 때문에 정부가 비상이죠. 대책 마련은 생각보다 간단합니다. 주거비가 줄어들면 출산율은 늘어난다는 게 학계 정설입니다. 이미 대출 탕감 같은 공격적인 출산장려 정책을 추진했던 헝가리에서 증명됐고요."

"그게 정부가 대기업을 밀어준다고 해결됩니까?"

그의 목소리가 살짝 높아졌다.

"정책 추진에는 돈이 필요합니다. 정부는 그 재정을 어디에서 마련하죠? 세금요? 우리나라가 선진국 중에서도 서민의 세금 부담이 가장 적은 편이란 걸 아십니까? 왜냐고요? 아시잖습니까? 조금만 세금을 올려도 전 국민이 들고일어나니까요. 그래서 주세, 유류세, 담배소비세 같은 간접세만 계속 올라가는 겁니다. 이런 상황에서 재정 마련을 위한 가장 효율적인 방법은 무엇일까요?"

"……."

"대기업을 더 키워 규모의 경제에 대응할 수 있게 하고 글로벌 경쟁력을 높이는 겁니다. 지금까지 그렇게 해서 대한민국 경제가 전 세계적으로 유례없는 성장을 거듭했습니다. 정부가 지원해주진 못해도 최소한 발목을 붙잡진 말아야죠."

내 목소리도 함께 높아졌다.

"조금만 세금을 올려도 전 국민이 들고일어나는 이유를 모르시겠습니까? 국민이 정부를 신뢰하지 않기 때문입니다. 국민이 낸 세금을 정부가 똑바로 쓰고 있는지 의심스럽기 때문입니다. 그 세금이 국민에게 혜택으로 돌아온다는 걸 증명하지 못했기 때문입니다. 정부가 그런 믿음을 국민에게 주는 게 먼저 아닙니까?"

그가 코웃음 쳤다.

"정부가 국민에게 그런 믿음을 줬다고 가정해보죠. 그래도 국민이 자기 지갑을 기꺼이 열 거라고 믿으십니까, 정 의원님?"

말문이 막혔다. 그 질문에 반박할 답변이 떠오르질 않았다.

"돌아가신 모 재벌그룹 회장께서 오래전에 이런 명언을 남기셨죠. 우리나라는 행정력은 3류, 정치력은 4류, 기업 경쟁력은 2류라고. 국민성은 몇 류쯤 된다고 보십니까? 제가 보기엔 잘 쳐줘도 5류 이하입니다. 특히 평균적인 서민 수준은 참담합니다. 그들은 말입니다, 남이 나보다 잘났으면 어떻게든 끌어내리려 합니다. 그 사람이 운이 좋았든, 부모의 덕을 봤든, 본인의 노력으로 정당하게 성공했든 상관없습니다. 반면 미국인들은 말입니다, 잘난 사람을 보면 자기도 노력해서 성공해 그 위치로 올라서야겠다고 다짐합니다. 미국을 비롯한 선진국과 우리나라의 국가 경쟁력 차이가 이런 국민성의 차이에서 나옵니다."

"그동안 그렇게 겉과 속이 다른 태도로 국민을 바라봐왔던 겁니까?"

그의 목소리가 차분해졌다.

"예전에 이런 이야기를 들은 일이 있습니다. 식당에 갈 때마다 그 앞에서 구걸하는 거지에게 천 원을 적선하는 남자가 있었는데, 언젠가부터 적선하는 돈이 점점 줄어들더랍니다. 서운해진 거지가 남자에게 이유를 물었답니다. 그러자 남자는 천 원을 적선했던 시절에는 총각이었는데 지금은 결혼해 아이를 낳아 적선하는 돈을 줄일 수밖에 없었다며 거지에게 미안해했답니다. 그 말을 들은 거지가 뭐라고 했는지 아십니까? 그럼, 지금까지 자기 돈으로 결혼하고 아이를 키웠냐며 노발대발 화를 내더랍니다."

웃어야 할지, 화를 내야 할지 감을 잡기 어려웠다.

"정 의원님과 제가 상대하는 국민 대부분은 그런 존재입니다. 우린 냉정해져야 합니다. 겉과 속이 다르다? 그건 오히려 저보다 정 의원님 같은 정치인에게 필요한 자질 아닙니까? 국민에게 하는 공약이나 발언은 당연히 정도를 걸어야겠죠. 하지만 대의를 위해선 타협이나 줄다리기도 해야 하고, 때로는 속이기도 해야 합니다. 어떻게 사느냐와 어떻게 살아야 하느냐는 다른 문제입니다."

국민은 거지가 아니라는 반박이 목구멍에서 막혔다. 피자 배달 직원으로 몇 달 동안 일했던 시절이 있었다. 배달 구역은 재건축 정비예정구역과 고급 아파트 단지 두 곳이었다. 신속한 배달은 속도가 아니라 얼마나 동선을 잘 짜느냐에 달려 있다. 지도를 보지 않아도 될 정도로 주변 지리에 익숙해져야 했다. 나는 그 지점에서 가장 배달을 빠르게 하는 직원이었다.

그런데도 재건축 구역으로 배달하러 가면, 반말을 찍찍하며 왜 이렇게 늦게 오냐고 생트집 잡는 사람이 즐비했다. 심지어 머리카락이 들어갔으니 새 피자로 바꿔 달라며 테두리만 남은 피자를 내미는 진상도 있었다. 반면 고급 아파트 단지로 배달하러 갔을 때 반말을 들은 일은 거의 없었다. 빈말로라도 고생한다고 격려하는 사람들이 많았다. 어른뿐 아니라 아이들의 태도도 달랐다. 재건축 구역에 사는 아이들은 대부분 내게 인사도 없이 물건을 빼앗듯이 챙겼다. 고급 아파트 단지에선 물건을 받으면 감사하다며 민망할 정도로 허리 숙여 인사하는 아이들이 많았다.

식당에서 일할 때도 그랬다. 7천 원짜리 국밥을 파는 집에서는 사소한 것에 시비를 걸고 나를 무시하는 손님이 많았던 반면, 고급 횟집에서 일할 땐 컵 하나를 가져다주어도 고맙다고 인사하는 손님이 많았다.

우리는 진심으로 서로를 도우며 살아갈 수 있는 존재인가? 어렵게 사는 사람이 타인을 더 함부로 대하는 모습은 내게 깊은 충격과 회의를 남겼다. 멀리 갈 필요도 없다. 나와 함께 했던 세고나 회원들도 그랬으니까. 작은 이익에 지나치게 민감하고 공격적이며 피해의식에 젖어 있었다. 나 역시 그런 사람 아니었던가?

"몇 년 전에 교육부 고위공무원 하나가 기자들과 가진 술자리에서 국민을 개돼지로 취급해야 한다는 영화 대사를 흉내 냈다가, 잘린 사건 기억하시죠? 기지가 어떤 존재인지도 모르는 자가 그 자리에 있었다는 게 한심한 일이지만…… 틀린 말은 아니라고 생각합니다."

본인은 그 고위공무원과 다르다고 생각하나? 자신의 말이 녹음되고 있는 줄도 모르는 그가 우스워 피식 웃었다.

"다소 선을 넘은 발언 같습니다만?"

"정 의원님의 생각은 다르십니까? 옛말에 농사꾼이 원님이 되면 곤장이 칼이 된다고 했습니다. 지난 정부에서 힘을 키워 선량한 시민에게 불편을 주는 대형노조와 시민단체가 그 증거 아닙니까?"

나를 빗댄 말인가? 불쾌해진 나는 그 말을 퉁명스럽게 받아쳤다.

"자리가 사람을 만드는 법이죠. 부위원장님도 빈농 집안 출신이라 들었습니다."

"저는 자리가 사람을 드러낸다고 생각합니다. 단지 자리가 그 자리에 어울리는 사람에게 돌아가기가 어려울 뿐이죠."

더 길게 이야기를 나눌 필요가 없었다. 점차 그에게 말려들기만 할 것 같아 협상 카드부터 확인해보기로 했다.

"됐고요. 제안을 받아들였을 때 제가 얻는 건 뭡니까?"

그가 꺼낸 협상 카드는 파격적이었다.

"차기 정부에서 원하시는 공공기관으로 가실 수 있도록 길을 놓겠습니다. 임기 보장은 물론이고요."

국회에 입성한 후 알게 돼 놀란 사실 중 하나가 공공기관장이라는 '꿀보직'의 존재였다. 전국의 공공기관은 약 340개이고, 그 수만큼 기관장이 임명된다. 대한민국 국회의원 정수인 300명보다도 많다. 정권이 바뀔 때마다 보은 차원에서 낙하산 인사가 이뤄지는 경우가 부지기수다. 전문성을 갖춘 관료 출신 기관장이라면 다행이지만 정계 출신 낙하산 기관장은 기관 업무보다 잿밥에 더 관심을 기울여 물의를 빚곤 했다. 이들의 평균 연봉은 국회의원과 비슷하면서도 언론의 조명을 받는 일은 드물다. 귀가 솔깃해지는 제안이었다.

"거절한다면?"

"모양새가 좋지는 않겠지만, 복당과 재선을 도와드릴 수도 있습니다."

그 제안에서 보이지 않는 무게감이 느껴졌다. 슬쩍 그를 찔러

보았다.
"저처럼 물떡이나 팔던 무지렁이를 제명하는 일이 어렵지 않았을 테니 두 가지 모두 충분히 가능한 제안으로 들립니다."
그는 에둘러 내 질문을 피하며 대화의 주제를 돌렸다.
"오해입니다. 제게 무슨 힘이 있겠습니까. 과분하게도 주변에서 도와주시는 분들이 많을 뿐입니다. 그나저나 정 의원님 미혼이라 들었습니다. 혹시 만나는 분 있으십니까?"
이 식당에서 함께 냉면을 먹으며 미소 짓던 이경선의 말간 얼굴을 떠올렸다.
"없습니다."
"더 늦기 전에 좋은 사람 만나고 결혼도 하셔야죠. 시간 금방 갑니다. 기회가 되면 제가 중매를 서볼까 하는데 어떠십니까? 금융위나 기재부에 똑똑하고 집안도 좋은데 과년한 친구들 많습니다. 이왕이면 금융위가 낫겠네요. 기재부는 세종에 있어서 머니까."
갑작스러운 대화의 주제 전환에 어이가 없어 퉁명스레 반응했다.
"몸만 가지고 어떻게 결혼합니까? 가진 게 없으면 연애도 결혼도 사치인 세상입니다."
"없으면 지금부터라도 차근차근 만들면 되죠. 실은 옆방에 이이야기를 나눌 만한 사람이 대기하고 있습니다. 그런데 의원님이 많이 불편해하실 것 같아 미처 부르지 못했습니다. 불러도 괜찮을지."
처음부터 계획이 있는 자리였구나. 누구인지 얼굴이나 한번 보고 싶었다.
"누굽니까?"
"사실 의원님도 아는 사람입니다. 김원용 변호사라고."

결국 이거였나? 밑밥을 까는 실력이 프로급이었다. 끓어오르는 화를 억눌러 참았다.

"뭐 그러시죠. 어차피 어디서든 또 볼 사이인데."

그가 핸드폰을 누르자마자 옆방에 대기 중이던 김원용이 들어와 내 앞에서 무릎 꿇고 고개를 숙였다.

"그동안 정말 실례가 많았습니다! 죄송합니다!"

내 분식집의 강제집행을 주도하고, 유튜브에서 온갖 의혹을 제기하며 나를 빨갱이라 비난했던 인간이 정말 이 인간이 맞나? 용서를 비는 그의 모습이 현실처럼 느껴지지 않아 말없이 지켜보았다. 차경모가 진동벨을 누르고 그를 자신의 옆자리에 앉혔다.

"직원이 주문받으러 오는데 이런 모습을 보여주는 건 모양새가 좋지 않아서…… 주문하겠습니다. 물냉면 세 그릇과 소주 한 병 부탁합니다."

냉면이 방으로 들어오자 김원용은 지갑에서 5만 원권을 꺼내 직원의 앞주머니에 찔러 넣었다. 얼굴에 화색이 돈 직원은 큰 목소리로 '감사합니다' 외쳤다. 김원용이 죄인처럼 고개를 숙이며 내게 술잔을 들이댔다.

"소소하지만 이 자리는 제가 모시겠습니다!"

일단 개인적인 감정은 접어두고 그가 무슨 말을 하는지 들어보기로 했다. 셋이 냉면을 안주 삼아 소주를 몇 병 비우자 냉랭했던 분위기도 조금씩 풀렸다. 김원용이 눈을 내리깔고 조심스럽게 말했다.

"지금까지 부동산자산관리 일을 하면서 자괴감을 많이 느꼈습니다. 법적으로는 문제가 없는 일이었지만, 도의적으로는 책임감을 느낀 게 사실입니다. 얼마 전부터 이 일에서 손을 뗐습니다. 의원님께도 늦었지만 용서를 빌고 싶습니다."

이 작자가 어디서 광을 팔아! 나는 빤히 보이는 그의 거짓말이 역겨웠으나 아무렇지 않은 척 넘겼다.

"용서는 무슨! 그쪽은 그쪽이 할 일 하신 거 아닙니까. 저는 제 할 일을 했고."

"그렇게 말씀해주시니 감사하고 송구합니다!"

"그런데 궁금한 게 있습니다."

"네. 말씀하시죠."

"그쪽은 본업이 변호사입니까, 부동산업자입니까? 뭐라고 불러야 할지 좀 헷갈려서요."

비아냥거림을 꾹 참는 듯 그는 어색하게 웃으며 말을 돌렸다.

"의원님께선 본인이 부자라면 어떻게 사시겠습니까?"

"글쎄요. 저라면 그냥 마음 편하게 놀고먹을 것 같습니다만."

그의 눈빛이 날카로워졌다.

"제가 지금까지 수많은 부자를 만나봤는데, 노는 부자는 아무도 없었습니다. 다들 몸이 움직이는 한 죽을 때까지 일합니다. 세계적인 부자 중에 자기 명함이 없는 부자를 보셨습니까? 아무리 돈이 많아도 말입니다, 자기 명함이 없으면 그냥 동네 아저씨, 할아버지에 불과합니다. 변호사 명함이 없었다면 오늘 제가 어찌 감히 두 분과 겸상할 수 있었겠습니까?"

네가 국회의원이 아니었다면 감히 우리와 겸상할 수 있었겠느냐? 그는 눈으로 그렇게 묻고 있었다. 나는 입으로만 웃으며 대꾸했다.

"아무래도 제가 금뺏지를 오래 달고 있어야 할 것 같습니다. 앞으로도 이렇게 두 분과 좋은 자리에서 겸상하려면 말입니다. 그나저나 두 분은 어떤 관계십니까?"

김원용은 차경모의 눈치를 보며 대답을 머뭇거렸다. 나는 내 생각이 맞는지 슬쩍 떠보았다.

"김 변호사님이 계신 로펌이 DTC의 법률 자문을 맡고 있지 않습니까. DTC컨소시엄이 시범사업자로 선정될 때 차 위원장님과 인연을 맺었나 보군요."

김원용이 어색하게 웃었다.

"뭐 어쩌다 보니 인연이 그렇게 이어졌습니다."

차경모가 주제를 다른 방향으로 틀었다.

"실은 이 자리에 김변을 부른 이유는 따로 있습니다. 요즘 김변이 신도시 투자에 관심이 많습니다. 가지고 있는 정보도 믿을 만하고요."

김원용에게 눈짓하자 헛기침으로 말문을 텄다.

"정 의원님도 더 늦기 전에 결혼 준비를 하셔야죠. 그 전에 최소한 살 집 하나는 마련해 놓는 게 좋지 않겠습니까. 암만 달리기 잘해봐야 차 타고 가는 놈 못 따라갑니다."

소액 지분투자, 산단 후보지…… 보좌진과 이미 나눴던 이야기가 그의 입에서 줄줄이 나왔다. 처음에 무심한 척했지만 시간이 흐르면서 진지하게 그의 이야기에 집중했다. 그럴수록 그는 신이 나서 내가 몰랐던 이런저런 정보를 더 토해냈다.

'이 인간, 일확천금을 꿈꾸면서 성실하게도 살았네.'

나도 돈 좀 벌고 괜찮은 여자 만나 떵떵거리며 살고 싶다는 욕구가 치솟았다. 눈 딱 감고 조용히 넘어가면 인생이 편안해질 것 같았다. 머릿속에 문득 떠오른 이런저런 생각에 나는 소스라쳤다. 거나해진 차경모가 기분이 좋아졌는지 한마디 거들었다.

"의원님 앞날이 아주 훤해 보입니다. 하하!"

김원용이 건배를 외쳤다. 소주잔 세 개가 부딪치며 청량한 소리를 냈다. 그 소리가 마치 풍경 소리처럼 들렸다. 언젠가 이경선이 들려주었던 말이 귓가에서 속삭이듯 울렸다.

"오빠는 좋은 사람이에요. 앞으로도 계속 좋은 사람으로 남아주세요."

다시 채우는
첫 단추

이렇게 만취하기도 오랜만이었다. 식당 밖에 강유현이 자신의 차를 세워놓고 기다리고 있었다.
"미안하지만…… 나를 후니제빵소, 거기 알죠? 그곳으로 데려다주세요."
어두움과 현란함을 뚫고 차는 곧 빵집에 도착했다.
"저 앞에 편의점, 거기 내려주세요."
"저는 여기서 기다리겠습니다."
"아니에요. 그냥 돌아가시고, 내일 보아요."
편의점에 들어갔다. 남아있는 조각 치킨 전부와 소주 몇 병을 샀다. 터덜터덜 걸어 빵집 앞에 도착했다. 이세훈이 장승처럼 서 있었다. 비틀거리며 빵집으로 다가가자 달려와 나를 부축하며 타박했다.
"술에 취했으면 곱게 집으로 갈 것이지 왜 여기로 찾아와서 행패야!"

"마시다 보니 형님 생각이 나서······. 죄송합니다!"

"죄송하면 집으로 돌아가. 나중에 정신 멀쩡할 때 다시 찾아와라."

빵집 간판의 글자가 빙글빙글 돌았다. 고개를 흔들며 시선을 아래로 돌리자 길바닥이 내게 덤벼들었다. 이세훈이 나를 부르는 소리가 메아리처럼 울리다가 끊어졌다.

다시 눈을 떴을 때, 빵집 안 간이침대에 누워있었다. 테이블에 앉아 홀로 소주를 마시던 그가 나를 한심한 눈으로 바라봤다.

"정신이 드냐?"

속이 울렁거리고 머리가 깨질 듯 아팠다. 그는 내가 괴로워하는 모습을 보고 눈을 흘기다가 컵라면 비닐을 찢었다. 벽에 걸린 시계는 새벽 2시 15분을 가리키고 있었다. 며칠 영업을 하지 않은 듯 빵집 내부가 휑했다. 커피포트에서 물 끓는 소리가 들렸다.

"가게 정말 접으려고요?"

잠자코 컵라면에 끓는 물을 부어 건넸다.

"폐업 전문 철거업체가 이틀 후에 온다. 주방기기와 매장 집기류 모두 한꺼번에 매입하고 원상 복구까지 하기로 했다."

그의 시선이 원목 진열장, 제과용 쇼케이스 냉장고, 데크오븐, 발효기, 반죽기, 테이블형 냉장냉동고로 차례로 이동했다. 쓸쓸한 목소리가 뒤를 이었다.

"별수 있나. 당신도 잘 알잖아. 건물주 이기는 세입자 없다."

"값을 잘 쳐주던가요?"

그는 테이블에 앉아 소주잔을 비웠다.

"여기 물건들 다 팔아봤자 철거비 제하면 남는 것도 없지 뭐. 그런데 왜 온 거야?"

컵라면 국물을 한 모금 마시고 면을 건져 먹었다. 뜨끈한 게 들어가자 속이 조금 풀어졌다.
"아주 좆같은 술자리를 가졌더니, 경선이한테 미안해져서요."
"좆같은 술자리는 뭐고, 경선이한테는 왜 미안해?"
김원용의 얼굴이 떠오르자 구역질이 났다. 후다닥 빵집 바깥으로 뛰어나가 가로등을 붙잡고 토해냈다. 소화되지 않은 수육과 냉면이 길바닥에 어지럽게 쏟아졌다. 속에서 누린내와 신물이 함께 올라와 다시 구토를 유발했다. 이세훈이 다가와 말없이 등을 두드렸다. 목구멍이 심하게 따끔거렸다. 옷소매로 입을 닦고 하늘을 보며 심호흡하자 조금 전보다 정신이 또렷해졌다.
"김원용 그 새끼가 사준 술과 안주를 게워내니 속이 시원하네요."
"그놈이 왜 너한테 술을 사?"
"자세한 이야기는 들어가서 하지요."
불어 터진 컵라면으로 대충 해장을 마치고, 냉면집에서 있었던 일을 털어놓았다. 이세훈은 기가 막힌 듯 피식 웃었다.
"세상 오래 살고 볼 일이다. 별일이 다 있네."
"그런데 더 기가 막힌 건 뭔지 알아요? 이야기를 듣다 보니 저도 그놈들처럼 살고 싶어지는 거예요. 어느 순간 제가 김원용 그 새끼가 하는 말을 집중해서 듣고 있더라고요. 이게 말이 돼요? 그놈이 어떤 놈인데!"
그가 정색했다.
"돈 벌어서 집 사고 결혼하고 싶은 게 왜 나빠? 당신 지금 오버하는 거야. 그걸 왜 고민해? 인생 피곤하게 살지 마. 괜찮은 여자도 소개해주고 좋은 투자 정보도 알려준다며? 그런데 뭘 고민해? 너 지금 인생에 아주 좋은 기회가 온 거야. 받아들여. 자연스럽게."

"형님!"

"좀 즐기면서 살아라, 이 등신 같은 놈아! 니가 그렇게 산다고 죽은 경선이가 좋아할 것 같아? 정신 차려라, 인간아!"

둘 사이에 침묵이 이어졌다. 나는 와이셔츠 단추를 모두 풀었다. 그가 침묵을 깼다.

"뭐 하는 짓이야?"

일부러 와이셔츠 첫 단추를 잘못 채운 채로 나머지 단추를 모두 채웠다.

"지금 제 모습이 어때 보여요?"

"말해 뭐해. 등신 같지."

두 손으로 와이셔츠를 거칠게 뜯어냈다. 단추 여러 개가 바닥에 떨어져 흩어졌다.

"야 인마!"

"첫 단추를 잘못 끼우면, 내 눈에는 띄지 않아도 남의 눈에는 우스꽝스럽게 보입니다. 내 눈을 속일 수 있을지는 몰라도, 남의 눈까지 속일 순 없지요!"

바닥에 흩어진 단추를 하나하나 주워 바지 주머니에 넣었다.

"첫 단추를 잘못 끼웠는데도 고집을 피운다? 몽땅 뜯어내야죠. 뜯어내면 다시 단추를 달고 첫 단추부터 제대로 채우겠죠. 단추 없이 다니면 창피할 테니."

빵집 문을 열고 밖으로 나왔다.

"그놈들과 술을 마시는데 어디선가 경선이가 속삭이는 소리가 들리더라고요. 오빠는 좋은 사람이라고, 앞으로도 계속 좋은 사람으로 남아달라고."

눈가에 눈물이 고여 시야가 흐려졌다. 옷소매로 눈물을 훔치며 그에게 말했다.

"형님, 저 단추 똑바로 달러 갈게요."

받은 만큼
돌려주마

    금융위원회를 대상으로 하는 정무위 국정감사는 전체 감사 일정의 막바지에 있었다. 김대환과 차경모를 필두로 여러 금융위 고위 간부가 정무위에 참석했다. 차경모와 내 눈이 마주쳤다. 그는 가볍게 미소를 지으며 눈인사했다. 나는 씩 웃으며 화답했다. 강태형 정무위원장이 좌중을 돌아보며 의사봉을 들었다.

    "의석을 정돈하여 주시길 바랍니다. 지금부터 헌법 제61조, 국회법 제127조와 국정감사 및 조사에 관한 법률에 따라 금·융·위원회에 대한 국정감사를 실시할 것을 선언합니다. 오늘 국정감사 대상 기관인 금융위원회는 데이터 및 디지털 금융 혁신 등을 통해 미래의 새로운 먹거리를 창출하는 등 우리나라 금융시장 안전 및 금융 발전을 위해 중요한 역할을 하고 있습니다. 위원님들께서는 이러한 점들을 유념하시어 금융산업의 발전과 금융소비자 보호를 위한 생산적인 정책 감사가 될 수 있도록 힘써 주실 것을 당부드립니다."

이어 김대환이 발언대로 나와 대표로 선서했다. 차경모는 다른 간부들과 함께 제자리에서 일어나 오른손을 들었다.

"선서, 본인은 국회가 헌법 제61조, 국회법 제127조, 국정감사 및 조사에 관한 법률 제10조에 따라 소관 업무에 대한 국정감사를 실시함에 있어 기관장으로서 성실하게 감사를 받을 것이며, 또한 증인으로서 증언을 함에 있어서는 국회에서의 증언·감정 등에 관한 법률 제7조에 의하여 양심에 따라 숨김과 보탬이 없이 사실 그대로 말하고 만일 진술이나 서면답변에 거짓이 있으면 위증의 벌을 받기로 맹서합니다."

선서를 마치고 곧바로 업무 현황을 장황하게 보고했다. 위원들의 질의가 뒤를 이었으나 날 선 질의는 없었다. 질의 순서표에서 내 번호는 마지막이었다. 두 시간 넘게 흐른 뒤에야 드디어 내 차례가 왔다. 누군가가 그냥 좀 끝내라는 혼잣말을 하자 위원들 사이에서 웃음이 터져 나왔다. 강태형이 웃음을 참으며 의사 진행을 재개했다.

"다음은 존경하는 정치인 위원님 질의하시길 바랍니다."

주어진 시간은 7분이었다. 나는 보좌진과 함께 며칠 동안 연습한 질의 순서를 머릿속에서 빠르게 복기했다. 이슬기가 내 자리로 대형 액자 크기의 폼보드를 들고 왔다. 위원들의 시선이 폼보드에 쏠렸다.

"질의하겠습니다. 규제자유구역 특별법 입법에 주도적인 역할을 하신 차경모 금융위원회 부위원장님께 여쭤보겠습니다. 법안이 DTC를 위해 만든 핀셋 법안이 아닌 게 확실합니까?"

정무위 사안과 관련 없는 질문을 하자 회의실이 이내 술렁였다. "아직도 근거 없이 그 사안을 물고 늘어지냐"며 호통치는 위원도 있었다. 차경모는 살짝 당황했지만 침착하게 대답했다.

"네. 확실히 아닙니다."

폼보드를 테이블 위에 올리고 전면을 덮은 포장지를 뜯어냈다. 김원용과 차경모의 며느리가 카페 앞에서 이야기를 나누는 사진이었다. 순간 그의 안색이 창백해졌다.

"이 사진에 등장하는 인물과 장소를 아십니까?"

아무런 답변을 하지 못했다.

"제가 대신 설명해드리겠습니다. 왼쪽 남성은 법무법인 사이로의 김원용 변호사, 오른쪽 여성은 차 부위원장의 며느리인 서모 씨입니다."

그가 눈을 질끈 감으며 힘겹게 말했다.

"오른쪽 여성은 제 며느리가 맞지만, 왼쪽 남성은 사진만으로는 누군지 모르겠습니다."

내 얼굴에 조소가 떠올랐다.

"며칠 전 저는 차 부위원장님과 사진에 등장하는 김원용 변호사와 만난 일이 있습니다. 녹취록을 들어보시죠."

"없으면 지금부터라도 차근차근 만들면 되죠. 실은 옆방에 이 이야기를 나눌 만한 사람이 대기하고 있습니다. 그런데 의원님이 많이 불편해하실 것 같아 미처 부르지 못했습니다. 불러도 괜찮을지."
"누굽니까?"
"사실 의원님도 아는 사람입니다. 김원용 변호사라고."

회의장이 침묵에 잠겼다. 녹취록 재생을 멈추고 다시 물었다.

"모르는 분을 제게 소개해주실 수는 없지 않습니까?"

그는 한숨을 깊게 내쉬며 힘없는 목소리를 냈다.
"제가 사진을 잘못 보고 착각했습니다. 아는 사람 맞습니다."
"어떻게 아는 분입니까?"
"개인적으로 친분이 있을 뿐입니다."
"그게 전부입니까."
"네. 그렇습니다."
 다시 녹취록을 재생했다.

"김 변호사님이 계신 로펌이 DTC의 법률 자문을 맡고 있지 않습니까. DTC컨소시엄이 시범사업자로 선정될 때 차 위원장님과 인연을 맺었나 보군요."
"뭐 어쩌다 보니 인연이 그렇게 이어졌습니다."

 말문이 막힌 듯 차경모는 회의장 천장을 올려다봤다. 여기저기서 사진기자의 카메라 셔터음이 쏟아졌다. 위원들은 여전히 침묵이었다. 나는 다시 공세를 펼쳤다.
 "김원용 변호사가 파트너 변호사로 있는 사이로는 DTC의 법률 자문을 맡은 로펌입니다. 부위원장님과 DTC 사이에 유착관계가 있는 게 아닌지 의심되는 부분입니다."
 그가 목소리를 높여 반발했다.
"그건 지나친 억측입니다!"
 나는 질문을 바꿨다.
"저 사진이 촬영된 장소는 어딘지 아십니까?"
"제 며느리가 운영하는 카페입니다."
"아드님은 몇 년 전 지병으로 세상을 떠났다고 알고 있는데 맞습니까?"

침울한 대답이 돌아왔다.

"네. 그렇습니다. 그리고 저 카페는 홀로 남은 며느리가 살아가는 데 어려움을 겪지 않기를 바라는 마음으로 제가 어렵게 마련해 준 겁니다."

위원들의 입에서 탄식이 터져 나왔다. 동정표를 얻어 빠져나가시겠다? 예상했던 일이었다. 나는 카페 건물 등기부등본을 인쇄한 폼보드를 들어 보였다.

"며느리를 위해 카페 보증금을 대주시는 건 충분히 이해합니다. 아름다운 일이죠. 그런데 말입니다, 등기부상 이 건물의 소유주 이름을 보니 며느리와 같습니다."

이슬기가 차경모의 고위공직자 재산 내역을 인쇄한 폼보드를 가져왔다.

"등기부등본과 재산 내역을 비교해 보겠습니다. 며느리 서 씨가 이 건물의 소유권을 취득한 시점을 전후해 부위원장님의 재산 내역은 큰 변동 사항이 없습니다. 게다가 이 건물의 현재 가격은 부위원장님이 보유한 전체 재산 가치보다 훨씬 높습니다. 그렇다면 이 거액의 건물 구입 자금은 어디서 나온 겁니까? 하늘에서 뚝 떨어졌습니까? 제가 DTC와 부위원장님의 관계를 의심하는 이유입니다. 참고로 김원용 변호사는 부동산자산관리 전문가로 이 건물도 그가 관리했던 건물 중 하나입니다."

차경모는 두 손으로 얼굴을 감쌌다. 나는 공세를 늦추지 않았다.

"김원용 변호사는 상가건물을 시가보다 조금 비싸게 사들인 뒤, 기존 임차인이 감당할 수 없을 정도로 임대료를 올리고, 그 임대료를 반영해 건물 가격을 올리는 수법으로 부동산 투기를 조장해왔습니다. 이 과정에서 김 변호사는 특정 집행관, 특정 용역업체와 함께 강제집행을 주도했습니다. 많은 임차인이 투기의 거센 파도에 휩쓸려 삶의 터전을 잃었고요."

김원용과 차경모의 며느리 사진을 다시 테이블 위에 올렸다. 두 사람 뒤에는 멋진 카페 모습이 펼쳐져 있었다. 이슬기가 7분이 다 돼 간다고 신호를 보냈다. 황망한 표정을 감추지 못하는 차경모에게 힘줘 말했다.

"이 카페 자리는 제가 한때 분식집을 운영하다가 강제집행 당한 자리이기도 합니다."

카메라 셔터 터지는 소리 외에 아무런 소리도 들리지 않았다. 나는 마음속으로 외쳤다.

'잘 가라, 썹템버. 함께 해서 더러웠고 다신 만나지 말자.'

서글픈 웃음을 참으며 녹취록의 마지막 부분을 재생했다.

"몇 년 전에 교육부 고위공무원 하나가 기자들과 가진 술자리에서 국민을 개돼지로 취급해야 한다는 영화 대사를 흉내 냈다가, 잘린 사건 기억하시죠? 기자가 어떤 존재인지도 모르는 자가 그 자리에 있었다는 게 한심한 일이지만…… 틀린 말은 아니라고 생각합니다."

"다소 선을 넘은 발언 같습니다만?"

"정 의원님의 생각은 다르십니까?"

아직 한 발 남았다

　　정무위 국감 후, DTC와 차경모의 유착관계를 다룬 기사를 시작으로 금융업계와 고위 관료의 유착관계를 파헤치는 기사가 쏟아졌다. 김리안의 측근이 DTC에 임원으로 채용되고 몇 달 지나지 않아 단독으로 승진한 사실도 대서특필됐다. 내가 몇 달 전 기재위에서 제기했던 청와대와 DTC 사이의 커넥션 의혹에도 다시 불씨가 붙었다.

　　청와대와 DTC는 의혹을 강하게 부인하며 법석 대응 을 예고했지만 <규제자유구역 특별법>이 DTC를 비롯해 김리안의 재단에 상납한 대기업들을 위한 핀셋 법안이 아니냐는 의혹만 키웠다. 아울러 모피아를 비롯한 고위 관료가 권력과 자본의 유착에 연결고리 역할을 한 게 아니냐는 비난 여론도 커졌다. 대선을 앞두고 정치권은 혼란에 휩싸였다.

　　나는 1분 단위로 울리는 전화벨을 감당하지 못해 핸드폰을 아예 꺼버렸다. 회의실에 모인 보좌진은 모두 상기된 얼굴로 내 말을 기다렸다.
 "이제 국감은 잊어주시고요. 우리가 할 일은 내일부터 열리는 국회 본회의에서 어떻게든 세 가지 법안을 통과시키는 겁니다."
 이슬기는 미심쩍은 표정으로 고개를 갸웃거렸다.
 "준비는 다 끝냈는데, 과연 가능할까요?"
 윤현종이 세 가지 법안의 본회의 통과가 어렵다고 하소연한 이유는 법사위원장 김수연 때문이었다. 후반기 국회 법사위원장을 맡은 그는 검사로 활동하다가 국회에 입성한 자유당 3선 의원이다. 지금까지 국회에선 여당을 견제한다는 명분으로 야당이 법사위원장을 차지하는 게 관례였다. 하지만 지난 총선에서 행복당이 1당이 돼 국회의장을 차지하자 자유당이 법사위원장 자리까지 내놓을 수 없다고 버텼다. 결국 오랜 관례가 깨졌다.
 철저한 법치주의자로 유명한 김수연은 '철녀'라는 별명답게 법사위에서 엄격하게 수문장 역할을 하며 법안을 쥐락펴락했다. 때로는 자유당이 당론으로 밀어붙이는 법안도 통과시키지 않아 주목받기도 했다. 그런 그에게 <집행관법·법원조직법 일부개정안>이 곱게 보일 리 없었다. 이슬기는 윤현종의 하소연이 엄살이 아니라고 강조했다.
 "김수연 법사위원장, 고집이 대단히 센 사람입니다. 로비도 안 통하기로 유명하고요. 윤 원내대표의 말도 일리가 있습니다."
 "방법이 없을까요?"
 모두 서로의 얼굴만 바라볼 뿐이었다. 이형규가 입을 열었다.
 "의원님, 마지노선이라고 들어보셨습니까?"
 "네. 들어봤습니다."

"다들 아시기는 할 텐데…… 2차 대전이 일어나기 전에 프랑스의 앙드레 마지노 장군의 제안으로 쌓은 국경 요새선이죠. 독일의 공격을 막기 위해 엄청난 돈을 들여 라인강을 따라 방어선을 구축했는데, 막상 독일군이 밀어닥쳤을 때 아무런 역할도 하지 못했지요."
"그런가요? 재미있는 얘기네요."
강유현이 물었다.
"그런데 마지노선은 왜 무용지물이 된 거죠?"
"독일군이 다른 곳, 즉 아르덴 삼림지대로 우회해서 프랑스를 공격했기 때문이지."
군 출신답게 그는 전쟁사의 이면을 잘 알고 있었다.
"아르덴 삼림지대요?"
"프랑스와 벨기에, 룩셈부르크에 걸쳐 있는 거대한 삼림지대야. 숲이 빽빽하고 길이 좁은 고원이지. 프랑스는 독일군이 그곳으로 쳐들어올 거라고는 생각하지 못했어. 난데없이 어두운 숲에서 수많은 독일군과 전차가 쏟아져 나오니까 프랑스는 혼비백산했지."
이슬기가 관자놀이를 두드리며 중얼거렸다.
"우회로라……. 하나 있기는 한데 그건 좀……."
이형규가 빙긋 웃었다.
"지금 이비 생각이 내 생각과 같을 거야."
"네? 정말 그걸 생각하시는 거예요? 그건 무리 아닌가요?"
둘 사이에 오가는 대화를 알아들을 수 없어 답답했다.
"무슨 말인지 설명해주시죠. 이건 뭐 스무고개도 아니고."
"국회의장의 고유 권한인 직권상정을 이용하는 것입니다."
"……."
"직권상정을 하면 상임위와 법사위를 거치지 않고도 법안을 본회의로 바로 넘겨 표결할 수 있습니다."

"그런가요?"

"어차피 원내 제1당은 행복당이고, 혁신당도 법안에 반대할 이유가 없습니다. 법안을 본회의로 넘기기만 하면 해결됩니다."

하지만 현실은 간단하지 않았다. 직권상정 발동 요건이 엄격하게 제한돼 있기 때문이었다.

"직권상정은 소수파의 지나친 발목잡기를 막고 상임위에서 예결이 늦어질 때를 대비한 권한인데, 실제로는 다수당의 법안 날치기 용도로 많이 쓰였죠. 국회의장은 당적을 가지고 있지 않지만, 어쨌든 다수당 출신이니까요. 이를 막기 위해 지금은 국회법이 개정돼 직권상정 요건에 제한이 걸렸습니다."

국회법에 따르면 천재지변, 전시·사변 또는 이와 맞먹는 국가비상사태, 의장이 각 교섭단체 대표 의원과 합의하는 경우에만 국회의장이 직권상정을 발동할 수 있다. 평시에는 직권상정이 불가능해진 것이다. 나는 과거에 국회에서 자주 볼 수 있었던 공성전이 왜 사라졌는지 이형규의 설명을 들은 뒤에야 깨달았다.

또한 그가 무슨 생각을 하는지도 짐작할 수 있었다. 국회의장 김재형과 행복당 원내대표 윤현종이 사전에 개발 정보를 입수해 세종에 부동산 투기를 한 증거가 우리에게 있다. 투기 정황이 드러난 의원은 행복당보다는 여당인 자유당 쪽에 더 많았다. 국회 내 교섭단체는 행복당과 자유당 둘뿐이다.

"마지막 발동 요건을 이용해보자는 거군요."

이형규는 고개를 끄덕였다.

"집을 좁혀서 이사하진 못하는 법입니다. 그 양반들 자기 손으로는 그 자리를 절대 못 놓습니다. 우리가 들고 있는 게 뭔지 양당에 슬쩍 흘리면서 명분도 함께 주면 직권상정 합의를 안 할 수 없을 겁니다. 일단 자기들이 사는 게 중요할 테니까요."

"명분요?"

그가 팔짱을 끼며 씩 웃었다.

"공정위 독점고발권 폐지, 보편적평등법 입법은 지난 대선에서 모든 정당이 내세운 공약이었습니다. 차기 대선을 앞두고 여야가 이제라도 대승적으로 합의해 공약을 지키겠다며 법안을 직권상정 한다……. 그림 좋지 않습니까?"

문득 부끄러웠다. 솔직히 보좌진이 다 차려놓은 밥상에 숟가락만 올리는 꼴 아닌가. 그들이 자료를 모으기 위해 동분서주하는 동안 나는 강 건너 불구경하며 국민 세금만 낭비했을 뿐이었다. 머리를 긁으며 멋쩍게 웃었다.

"그런데 말입니다. 아무것도 준비하지 않은 제가 이렇게 무임승차해도 되는 겁니까?"

그가 나를 바라보며 사람 좋은 미소를 지었다.

"좋은 차만 준비하면 무슨 소용입니까? 운전할 사람이 있어야 죠. 정치는 결정하고 책임지는 행위입니다. 의원님께선 눈 감고 역주행만 하지 않으셔도 충분합니다."

"정 의원, 지금 장난해요?"

국회 근처 일식집 방에서 마주 앉은 윤현종은 젓가락을 세게 내려놓으며 역정을 냈다. 마침 음식을 가지고 들어오던 종업원이 놀라 움찔했다. 그를 흘끗 보며 큼, 헛기침했다. 나는 그의 빈 잔과 내 빈 잔에 차례로 소주를 따랐다.

"설마 제가 바쁘신 분을 불러 놓고 장난을 치겠습니까."

"직권상정이 뭔지 아시고 그런 소리를 하는 거예요?"

"제가 그걸 모르고 대표님을 여기로 모셨겠습니까?"

그는 허탈하게 웃으며 잔을 비웠다. 나는 다시 빈 잔을 채웠다. 그가 넥타이를 풀고 따지듯 물었다.

"지금 천재지변이 벌어졌습니까? 국가적 비상 상황입니까? 도대체 무슨 명분으로 직권상정을 합니까?"

"자유당 원내대표와 사이좋게 합의하시면 될 일 아닙니까? 국회의장께서도 우리 당 출신 원로인데 무슨 걱정입니까."

"지금 그게 말이 된다고 생각해요? 정치가 애들 장난도 아니고!"

나는 잔을 비운 뒤 이형규가 했던 말을 그대로 들려줬다.

"공정위 독점고발권 폐지, 보편적평등법 입법은 지난 대선에서 모든 정당이 내세운 공약이었습니다. 차기 대선을 앞두고 여야가 이제라도 대승적으로 합의해 공약을 지키겠다며 법안을 직권상정하면, 그림 좋지 않습니까? 여기에 불합리한 집행관법 개정까지 더하면 금상첨화겠네요. 아마 대한민국 정치사에서 가장 아름다운 장면이 될 겁니다."

"이보세요! 내 약점 하나 잡았다고 불가능한 일이 가능해집니까? 이 사람 정말 보자 보자 하니까!"

"설마 하나뿐이겠습니까?"

서류 봉투를 내밀었다.

"이건 또 뭐요?"

"불가능을 가능으로 만들어 줄 매직입니다. 정치도 사람이 하는 일인데, 불가능한 일이 어디 있겠습니까?"

불쾌한 얼굴로 서류를 꺼내 살피던 그의 낯빛이 창백해졌다.

"그 자료는 일부에 불과합니다. 여야와 이념을 막론하고 다들 왜 이렇게 부동산을 사랑하십니까? 금수강산을 좀 내버려 두시지. 그 사랑의 반의반에서 반의반만 국민에게 나눠주면 정말 아름다운 나라가 될 텐데."

그의 목소리가 떨렸다.

"정 의원……. 날씨가 맑기만 하면 펄펄 끓는 사막이 되는 법입니다. 지금 다 같이 타 죽자는 거요?"

"무슨 그런 살벌한 말씀을 하십니까? 저는 더 늦기 전에 모두를 살려보겠다는 절박한 심정으로 이 자리를 마련했습니다. 부동산을 사랑하는 분은 우리 당보다 자유당에 조금 더 많은 듯하니 직권 상정을 흥정하기 어렵지 않을 겁니다. 이 매직, 충분히 효과가 있지 않겠습니까?"

잔을 들어 건배를 권했다. 거절할 것 같았으나 잔을 비운 그가 씁쓸하게 웃다가 고개를 숙였다.

"졌습니다, 졌어요. 제가 정 의원을 제대로 보지 못했다는 걸 인정합니다. 제가 한 잔 올리지요. 아, 그리고 이 자리는 제가 사겠습니다."

물러실 때를 아는 인간이다. 결과가 빤히 보이는 승부에 미련을 두지 않는다. 하지만 내가 약점을 쥐고 있는 이상 경계를 멈추지 않을 것이다. 그렇다면 나를 상대하는 가장 좋은 전략은 하나다.

"복당하시죠. 신청하면 바로 절차를 진행하겠습니다."

"복당요? 갑자기 공기가 바뀌니 황송해서 숨을 쉬기 어려운데요?"

"마침 서울 지역구 당협위원장 자리 하나가 비어있습니다. 우리 당의 텃밭입니다. 그곳에 터를 잡고 제대로 한번 정치를 해보시죠. 지금 우리 당에 정 의원만큼 배짱이 두둑한 젊은 인재가 없어요. 이번 대선에서 우리 당이 정권을 잡고 총선에서도 승리하면, 정 의원은 집권 여당의 재선 의원으로서 입지를 굳히게 될 겁니다."

"뭘 믿고 제게 그런 파격적인 호의를 베푸십니까?"

"어차피 내줄 거라면 화끈하게 내주는 게 좋습니다. 찔끔찔끔 내줄 거라면, 내주지 않느니만 못합니다. 앞으로 한길을 걸어야 할 사이 아닙니까?"

그가 호탕하게 웃으며 악수를 청했다. 적을 상대하는 최고의 전략은 같은 편으로 두는 것이다. 확실히 싸울 줄 아는 썸템버였다. 그러니까 그 자리에 있겠지. 그의 손을 맞잡으며 웃었다.

"앞으로 잘부탁드립니다, 대표님."

불꽃놀이

　이틀 후 새벽, 눈을 뜨자마자 신문을 펼쳤다. 여야 원내대표가 회동하고 세 가지 법안을 같은 날 오후에 열리는 본회의에 직권상정해 처리하기로 했다는 기사가 1면에 실려 있었다. 이들이 내세운 명분은 이형규가 회의에서 한 말 그대로였다. 갑작스러운 소식에 재계와 종교계 일부가 급히 반발했지만, 기습적인 직권상정을 막기에는 역부족이었다.
　본회의장 왼쪽 가장자리 맨 앞 좌석. 그 자리까지 길이가는 내내 나를 주목하는 따가운 시선이 여럿 느껴졌다. 반수정이 멀리서 반갑게 손을 흔들었다. 나와 마주친 김기윤이 어색한 표정으로 내 눈을 피했다. 의장석에 앉아 있던 김재형이 나를 힐끗 쳐다본 후 엄숙한 표정으로 본회의 개의를 선언했다. 곧 법률안 의결이 시작됐다.
　"의사 일정 제1항, 제2항, 제3항, 제4항과 관련해서 한 말씀 드리겠습니다. 의원 여러분께서도 아시는 바와 같이 보편적평등법 입법,

독점고발권 폐지를 골자로 하는 공정거래법 일부 개정안 처리는 지난 대선에서 여야 모든 정당이 내세운 공약이었습니다. 강제집행 현장에서 벌어지는 물리적 충돌을 방지하기 위한 집행관법 일부 개정안과 법원조직법 일부 개정안 처리 또한 시급한 사안입니다."

회의장에 가득한 의원들을 바라본 후 말을 이어갔다.

"이 법안 처리를 더 미루는 것은 국민에 대한 도리가 아니라 생각됩니다. 의장은 양당 교섭단체 대표와 만나 대승적 합의를 끌어내 이 안건을 본회의에 바로 부의했습니다. 이제 이 자리에서 이를 심의하도록 하겠습니다. 그러면 먼저 보편적평등법을 의결하겠습니다. 투표해 주시기 바랍니다."

<보편적평등법>은 참석 의원 228인 중 찬성 132인, 반대 37인, 기권 59인으로 가결됐다. 혁신당 의원들의 환호성 소리가 본회의장을 울렸다.

"조용히 해주시길 바랍니다. 다음은 공정거래법 일부개정법률안을 의결하도록 하겠습니다. 투표해 주시길 바랍니다."

<공정거래법 개정안>은 찬성 181인, 반대 42인, 기권 5인으로 가결됐다.

"다음은 집행관법 일부개정법률안을 의결하도록 하겠습니다. 투표해 주시길 바랍니다."

내 좌석에 설치된 터치스크린에 법안의 찬반을 묻는 질문이 떴다. 오랫동안 간절하게 기다려온 순간이 현실이 됐다는 게 믿기지 않았다. 떨리는 마음으로 파란색 찬성 버튼을 눌렀다.

"투표 결과를 말씀드리겠습니다. 재석 228인 중 찬성 205인, 반대 22인, 기권 1인으로서 집행관법 일부개정법률안은 가결되었음을 선포합니다. 다음은 법원조직법 일부개정법률안을 의결하도록 하겠습니다."

나는 흥분을 가라앉히고 신중하게 찬성 버튼을 눌렀다. 터치스크린 위로 이경선의 얼굴이 겹쳤다. 투표 결과를 기다리는 찰나의 시간이 좀처럼 흘러가질 않았다.

"투표 결과를 말씀드리겠습니다. 재석 228인 중 찬성 201인, 반대 26인, 기권 1인으로서 법원조직법 일부개정법률안은 가결되었음을 선포합니다."

고작 몇 번 터치스크린을 누른 것뿐인데……. 기쁨보다 허무함이 컸다. 정말로 법이 바뀐 것인지 의심이 들었다. 핸드폰 진동이 울렸다. 장유정이었다.

국회방송으로 잘 봤습니다. 어려운 자리에서 정말 고생 많으셨어요. 감사합니다.

연달아 비슷한 내용의 여러 문자메시지와 카톡이 도착했다. 뭔가 달라지기는 달라지려나 보구나. 나는 메시지를 확인한 뒤에야 법이 바뀌었음을 조금이나마 실감할 수 있었다. 가게 간판이 매달리는 모습을 올려다보며 눈물짓던 순간, 가게에서 웅크려 자면서 내일을 기대하며 설렜던 나날들, 바리케이드를 사이에 두고 용역과 긴박하게 대치했던 시간, 소화기 분말로 범벅돼 가게에서 끌려 나올 때, 그 순간 들렸던 간판 부서지는 소리가 주마등처럼 스쳐 지나갔다.

나는 마지막으로 해야 할 일을 되새기며 단톡방에 메시지를 남겼다.

이제 불꽃놀이를 시작할 겁니다. 폭죽은 다 준비됐습니까?

이슬기가 메시지에 답하며 문서 파일을 첨부했다.

확인해보시고 추가하거나 수정해야 할 부분 있으면 회신해주십시오. 저희는 준비 끝났습니다.

그녀가 첨부한 문서 파일에는 지금까지 보좌진이 확인한 여야 정치인의 세종 지역 부동산 투기 내역이 일목요연하게 정리돼 있었다. 나는 마지막 공지사항을 남겼다.

폭죽을 국회 출입 기자들에게 일제히 뿌리고 다들 내일 아침까지 핸드폰을 꺼둡시다. 앞으로 시끄러운 일이 많을 테니 일단 오늘 하루는 쉬도록 하죠. 서비가 노량진 수산시장에 여의도 불꽃 축제가 잘 보이는 횟집을 잡아놓았다 합니다. 오후 6시에 모여 한잔 마시면서 함께 불꽃놀이를 즐기기로 하죠.

김재형의 눈빛이 느껴졌다. 나는 미소를 지으며 의장석을 향해 반갑게 손을 흔들어 보였다. 당황한 그가 시선을 다른 곳으로 돌렸다. 나는 바지 주머니에 남아있는 와이셔츠 단추를 매만지며 핸드폰을 껐다.

혼잣말

경선아.

내가 흥미로운 이야기 하나 들려줄까?

눈이 많이 내리던 날, 어느 높은 산에서 등산객이 길을 잃었어. 그는 마을을 찾으려고 제대로 쉬지도 않고 눈 속을 매일 걸었대. 며칠 후 죽기 직전에야 겨우 구조대에 발견됐어. 병원에서 의식을 찾은 그는 자신이 엄청나게 먼 거리를 이동했다고 여겼는데, 알고 보니 길을 잃은 곳에서 고작 몇 킬로미터 떨어진 곳에서 구조된 거야.

그 등산객은 귀신에게 홀려 길을 찾지 못한 걸까? 아니야. 사람은 눈을 가리고 걸으면 아무리 똑바로 걷고자 노력해도 커다란 원을 그리며 걷게 된다더라. 그걸 '윤형 방황'이라 부른대. 산이나 사막에서 조난을 겪다가 그렇게 원을 그리며 지쳐 쓰러지거나 죽는 사람이 많대. 섬뜩하지?

이번에는 우스운 이야기를 들려줄게.

북아프리카 원주민은 원숭이를 잡을 때 조롱박을 준비한대. 방법은 간단해. 조롱박에 원숭이의 손이 겨우 들어갈 구멍을 뚫고, 그 안에 나무 열매를 넣어두는 거야. 그리고 조롱박을 원숭이가 지나가는 길목에 두는 거지. 조롱박을 발견한 원숭이는 열매를 꺼내려고 구멍 안으로 손을 넣어. 문제는 구멍이 작아서 열매를 움켜쥔 손을 뺄 수 없다는 거야. 손을 빼는 방법은 간단해. 움켜쥔 손을 놓기만 하면 되잖아. 그런데 사람이 다가와도 그 손을 놓지 않아서 잡힌대. 웃기지?

넌 내게 좋은 사람이라며 앞으로도 계속 좋은 사람으로 남아 달라고 말했지. 똑바로 걸을게. 손을 놓아야 할 땐 과감히 놓을게. 끝까지 나를 좋은 사람으로 봐줘서 고마워. 앞으로 더 자주 들를게.

안녕.

작가의 말

이 소설을 쓸 때 여러 장소에 빚을 졌다.

지난 2021년 봄, 횡성 예버덩문학의집에서 초고를 썼다. 낯선 작가에게 기꺼이 집필 공간을 내준 조명 시인의 따뜻한 마음에 감사하다. 그곳에서 실컷 마셨던 맑은 공기를 평생 잊지 못할 테다. 같은 해 여름, 서울 프린스호텔에서 퇴고가 이뤄졌다. 객실 앞에 붙어있는 '소설가의 방'이란 문패를 볼 때마다 내가 꽤 괜찮은 사람처럼 느껴져 목에 힘이 들어갔다.

이듬해 여름에 원주 토지문화관에서 이 소설을 드라마로 각색하는 첫 시도를 했고, 같은 해 늦가을엔 담양 글을낳는집에서 각본 소반부를 썼다. 멀리서 찾아온 까마득한 후배를 넉넉하게 품어준 故 박경리 작가와 김규성 시인의 은덕이 없었다면 불가능했을 일이다.

올해 봄, 제주의 커뮤니티형 한달살기집 '안녕, 릴라'에서 그간의 작업 결과물을 모두 끌어모아 엮어서 소설을 완성할 수 있었다.

먼저 손을 내밀어 멋진 공간과 제주의 아름다운 봄을 경험하게 해 준 이연희 대표의 배려 덕분이다.

사람에게도 많은 빚을 졌다.

안나푸르나 김영훈 대표는 집필 시작부터 나와 함께하며 다소 모험인 소재를 다룬 소설에 힘을 실어줬다. 이진서 감독은 소설의 드라마 제작을 과감히 출간 전에 결정한 데 이어, 연출자의 시각으로 다양한 아이디어를 제공했다. 아내 박준면 배우는 지금까지 내가 쓴 모든 원고를 꼼꼼히 검토해 허술한 부분을 메워줬다. 덕분에 엉망진창이었던 원고가 조금이나마 읽을 만해졌다.

강유현, 고종석, 김기윤, 김명하, 김상구, 김원용, 김지현, 김화균, 박상문, 박서영, 박준호, 반수정, 서희철, 손현, 염인성, 윤현종, 이세진, 이세훈, 이슬기, 이형규, 장유정, 차경모는 소설에 이름을 빌려주며 소설에 생기를 불어넣어 줬다.

앞으로도 지금처럼 많은 사람과 부대끼며 오랫동안 소설을 쓰고 싶다. 그러니까 사람들아, 책 좀 사 가라.

2023년 5월
김포 양촌에서 정진영

용어 해설

1. 변제공탁: 채무자가 채무를 이행하려 해도 일정한 사유에 의해 채무자가 채무 이행을 할 수 없는 경우, 채무의 목적물을 공탁소에 공탁함으로써 채무를 면할 수 있다. 이를 변제공탁이라 한다(민법 제487조).
2. 체당금: 근로자가 퇴직했는데 사업주가 도산하거나 확정판결을 받은 경우, 국가가 사업주를 대신해 미지급 임금을 지급하는 제도. 일정한 요건이 충족되면 최종 3년간 퇴직금, 최종 3개월간 임금을 일정 금액을 상한으로 하여 지급한다. 즉 미지급 임금 전부를 주지는 않는다.
3. Daehan Technology Corporation: 가상의 대기업.
4. 축조심의: 의안을 한 조항씩 낭독하면서 의결하는 심의 방법. 조문들을 검토할 때 많은 시간과 수고를 요구하는 반면 보다 세세한 부분까지 검토가 가능한 방법이다.
5. 집행관 채용: <집행관제도의 문제와 개선방향에 관한 연구>, 권혁술, 호서대학교, 2013.
6. 전문위원: 국회사무처 소속 공무원으로 국회의원이 발의한 법안에 대한 검토보고 권한을 갖고 있다.
7. 야당반장: 언론사 정치부에서 야당 출입 기자를 총괄하는 팀장급 기자를 말한다. 주로 차장급 기자가 맡는다.
8. 대관 업무: 관(官)을 상대로 기업 입장이나 이익을 대변하는 업무.
9. 뻗치기: 중요한 취재원을 만나기 위해 오랜 시간 무작정 집 앞에서 기다리는 취재 방식을 의미하는 은어. 주로 사회부와 정치부 기자들이 이런 취재 방식을 활용한다.
10. 행복청장: 행정중심복합도시 건설 사업을 총괄·조정하기 위한 중앙행정기관인 행정중심복합도시건설청의 수장으로서, 차관급이다.

정치인
결정하는 인간

ⓒ 정진영

초판 1쇄 인쇄 2023년 5월 19일
　　　1쇄 발행 2023년 5월 25일

지은이　　정진영
펴낸이　　김영훈
편집　　　김호경
디자인　　옥영현
펴낸곳　　안나푸르나
출판신고　2012년 5월 11일
주소　　　경기도 고양시 대덕로 101길 1-20 1층
전화　　　02-3144-4872 팩스 0504-849-5150
전자우편　idealism@naver.com
ISBN　　　979-11-86559-81-9 (03810)

* 저자와의 협의로 인지는 붙이지 않습니다.
* 이 책은 저작권법에 따라 보호받는 저작물이므로 무단 전재와 복제를 금하며,
　이 책의 내용 전부 또는 일부를 이용하려면 반드시 저작권자와 안나푸르나의 서면
　동의를 받아야 합니다.